U0107406

上海表情

何建明——

著

作家出版社

因疫情"被留"在上海的作者

作者（左一）在上海市抗疫指挥部采访

作者在上海市"新冠肺炎"疫情防控新闻发布会现场

作者（后排右四）在虹桥附近的韩、日外籍人士居住地采访

作者（右一）与韩国志愿者文先生父子合影

疫情中，曾经热闹的上海老弄堂空无一人

公交车站等车的市民

目录

序：从"0"到"0"，一场影响世界格局的战"疫"…… /1

1. 与"一号病人"擦肩而过 /1

2. 紧急刹车，"被留"上海 /4

3. 武汉彻底悬了！ /8

4. 上海人告诉我：真的有"毒蝙蝠"！ /17

5. "一号病人"进入上海 /20

6. "疫"战大幕提前拉开 /25

7. 无奈与国家"春节团拜会"拜拜 /35

8. 庚子年的上海，是祸是福？ /39

9. 对"疫"，上海早有招 /49

10. 上海不能"沦陷"！ /55

11. 北京"非典"时，我曾经绝望 /60

12. 申城战"疫"现场 /74

13. 最无味的"过年"里,他们全线出击　　　　　/82

14. 比较后,才知谁的城是真正的城　　　　　　/90

15. "第一时间"最重要　　　　　　　　　　　/98

16. 那个北京"非典""一号病人"留下的毒根　/113

17. 大街小巷内的"游击队"　　　　　　　　　/124

18. 我突然发"热"了,去不去医院?　　　　　/130

19. 7年前的"预言"让我成"网红"　　　　　/134

20. 真话必须说　　　　　　　　　　　　　　　/155

21. "屏牢"与屏不牢　　　　　　　　　　　　/160

22. 黄浦江让我泪流满面　　　　　　　　　　　/176

23. 悲情出诗人　　　　　　　　　　　　　　　/193

24. "疫"中小夜曲　　　　　　　　　　　　　/202

25. 战争风云　　　　　　　　　　　　　　　　/211

26. 上海"张爸"不止一个　　　　　　　　　　/228

27. 城市有爱,生命才会灿烂　　　　　　　　　/250

后记:致敬上海!　　　　　　　　　　　　　　/259

序

从"0"到"0"，一场影响世界格局的战"疫"……

2020年1月15日，这一天是个非常平常的日子。

但就在这一天中，有一个看不见、摸不着的"家伙"，悄然进入一个有2400多万人口的特大城市——中国上海，于是原本跟受新型冠状病毒肺炎（英文简称"COVID-19"）疫情袭击的武汉相隔1600多里远的繁华而热闹的东方大都市陷入一场空前的"疫战"……

56岁的武汉籍女士、后来成为上海"一号病人"的病毒携带者，这天晚上在位于长宁区的上海同仁医院被隔离观察，而1月15日晚上几乎与这位"一号病人"擦肩而过的我，从苏州老家那边进入上海市区、路经同仁医院，后到达浦东我经常入住的酒店，开始了我在上海的极不寻常的战"疫"全过程。这个过程从时间上算起，它应是：2020年1月19日，上海新型冠状病毒感染者的"0"记录，到2020年3月3日，上海市宣布这一天本地确诊感染者为"0"，而且这个纪录，一直到我这本书截稿为止。

43天，从"0"到"0"，我和2400多万上海人民一起度过和经历了这场从困惑迷茫、焦虑万分，到孤独恐惧、欲哭无泪，再到树立信心、全力抗击和夺取全面胜利的战"疫"全过程。

已经有很多年了，我一直持这样一种观点：对于灾难、战争和特大事故，必须用严肃、准确的笔去客观认真地记录，用清醒、批判的目光去审视与鞭挞其中的丑恶、无能和没有人性的人与事，包括官僚与一些无能的官员，以及无视民众生命与安危的所作所为，比如武汉疫情初期的那种无能指挥、漠视生命和管理混乱等一些现象，都必须用严厉和辛辣的笔去揭露与批判。然而对武汉疫情中那些医务工作者前赴后继、英勇抗击，武汉人民积极配合中央和省市统一指挥、自觉行动，全国各省（区、市）、人民军队的奋力支持和钟南山式的一批专家的杰出贡献，必须予以歌颂。

歌颂战争或灾难中的人性与道德的崇高者并不是遮掩和漠视任何其他的丑恶与错误，而是为了让善良、正义、公平和真理，闪烁更强大的光芒与力量。那么，相比于一些因为官僚主义、因为无力无为者、因为无视民众生命和在关键时刻犹犹豫豫的决策、决断而造成人民生命和财产巨大损失者，对于那些在困难和灾难面前，在人民生命与财产受威胁、城市与乡村面临摧毁时刻的果断、英明和科学的决策者，以及在整个战胜困难、战胜灾难中表现出高度战斗艺术、崇高思想品质以及管理经验的行为，我们必须给予最神圣和真诚的致敬。

上海从"0"到"0"，以及"0"与"0"之间的疫情之口收得如此之小、危及人民生命和伤及城市本体的整个战"疫"中的"上海方案"，其本身就是人类文明和现代城市史中的一部具有经典意义的诗篇，我们无须解释为什么要赞美它。看看重新恢复生机与繁荣的上海欢快美丽的景象，我自然愿意把"疫"中的"上海表情"，以一个"疫中人""城中人"的视角，来向读者呈现……

它是庚子年中国"疫"战的重要组成部分，更是上海自己独立的和我个人的"疫"战史。

我想概括地说一句："疫"情使我意外地"被留"在了上海，让我有足够的机会去每天细细地感受和观察这个城市在大疫之中的每一份表情……这表情其实很恐怖，也很寂寞；很孤独，有时也很温暖，也很热血沸腾。

总之，是百味之感。

1 与"一号病人"擦肩而过

1月15日下午晚饭前后,并不知晓上海已经有了新型冠状病毒肺炎"一号病人"的我,依然很高兴、很轻松地参加完在家乡举办的"文学与艺术交辉"展后,乘车进入上海。这个展出是我离开家乡40多年后首次将50余部作品集中面向父老乡亲做的一个汇报。记得当地领导和文学理论家丁晓原先生有这样一句评价:自古苏南出才子,何建明应该也算当代的一位优秀者。

对此我内心是接受的,因为生活在中国最伟大的一段改革开放时代,我用40年时间,写出了50余部作品,应该算是这一历史进程的重要见证。没有枉费岁月和人生,本身也是一种珍贵。

几十年来养成的固定的工作时间习惯多少能够说明我对文学的执着和热爱。这个春节同样如此。

2020年1月15日晚到达上海之后,我便开始做第二天的采访安排。之后是穿梭在上海市区和郊区街道与公路上……上海近年发生的几起重大案件引人注目,我想借春节的几天时间进行调查和采访。那时除武汉之外,我们谁也不会把这次"非典"式(后来证明比"非典"疫情更厉害)的大疫情放在心上,该干什么照干什么。后来想起来真有些恐怖,因为说不定哪个地方已经有"二号病人""三号病人",就在你身边走过,同你在一张桌子上喝着咖啡、吃了碗面条呢!

"何主席，春节前你还能来我们浙江采访吗?" 18 日下午，正在上海浦西采访时，我接到浙江省高级人民法院的同志来电询问。

"你们节前还有几天上班呀?" 我心算了一下，如果 19 日过去，还能采访三两天吧，于是就这样问对方。

"到 23、24 日可能就不太好采访了，大家要准备过年了。这几天还可以……"

"那行。明天上午我到杭州。"

时间点就这样踩着。习惯了。

19 日一早从上海出发，我仍然把行李放在上海浦东的酒店，因为在这之前已经买了 22 日一早回京的高铁票。

19、20 日两天在杭州和金华等地连续"作战"，把浙江的几个重点法院进行了"地毯"式的密集型采访调研。

21 日，在浙江省高级人民法院魏副院长等陪同下，我一整天都在宁波采访。这一天收获很多，因为宁波的执法在全国领先，尤其是他们在解决执行难和海务执法方面做出了许多贡献。最高人民法院周强院长跟我特别提到过他们。采访的时间超出了预期，连晚饭都是匆匆在他们的食堂里吃了一半我就起身说要走了。

"真那么着急吗?" 魏副院长关切地问。

"是。因为明天一早要从上海回京，后天参加人民大会堂的春节团拜会，我买的是早上 8 点多的高铁，所以今晚尽量早些回到上海……" 我说。

"那就不跟你客气了。司机，吃好了没? 赶紧送何主席回上海!" 魏副院长立即吩咐司机。

"没问题，马上就走。" 隔壁吃饭的司机立即回应道。

从宁波到上海必须经过跨海大桥，然后再进入上海市区，得3个小时的汽车行程。

后来我们知道，1月21日武汉的疫情其实已经非常严重了，只是那时我们还不知道，仍然过着春节前的平常日子，工作状态中的我同样如此。只是下午在宁波法院会议采访半途，手机突然响起，一看是家人发来的微信：北京、上海的口罩已经脱销，赶紧看看能否在宁波买点回来！

有这么严重吗？我心中一笑。

因为是家人发来的，不能不重视。专注采访中的我不得不放下笔，悄悄把家人发来的微信内容给坐在一旁的宁波法院领导看，又不好意思道："不知真的假的，怎么给弄成这个样……"

法院领导也笑笑，没说话。

"能帮我买几个口罩吗？"我向他求助。

"没问题。"

不到五分钟，两个口罩拿到我面前。"这么快呀！"我有些惊讶。

"是到我办公室里去拿的……"法院领导说。

我拿起一看，笑了，话没说出口：蓝布的，根本就不是医用口罩。我暗道，看来宁波人也根本不知道外面的世界此时已经如临大敌了！

但我是经历过"非典"的，警惕性存在于心。家里人都是医生出身，问题不严重不会对我如此"大惊小怪"地下命令的要求。

回程时，司机开得比较快，一路雨水蒙蒙，看不清路途上的夜色……连续几天在浙江各地采访，有些疲劳，所以我就迷迷瞪瞪地回到了上海。谢过司机后，急忙赶回酒店房间收拾东西，准备明天一早回京。

2 紧急刹车，"被留"上海

"你就别回来了！现在武汉出大问题了啦！全国都有危险，尤其是乘车、乘飞机，太危险了！传染特别严重……"北京方面的家人和朋友连连打来电话，劝阻我。

"有那么严重吗？"我不信，因为连续几天埋头在"法院"之中，根本没有在意"外面的世界"近期到底发生了什么。

"是。可靠消息，武汉发生传染性瘟疫……跟当年'非典'差不多！"北京方面的朋友都是重量级人物，消息应该是绝对可靠的。

"咱是'非典'过来的人，还怕它？"我有些自傲起来，因为17年前北京闹"非典"时，我冲锋陷阵在一线，随吴仪、王岐山等时任中央和北京市领导在抗击"非典"前线采访了两个月，啥都见过。"我不怕它……"

"你不怕我们怕呀！听劝，不要回了！在上海留几天看看情况再说。"北京方面似乎在"命令"了。这让我不得不作出决定：那就只能不回去了？！

赶紧吧——退票。

半夜三更地退票，好退吗？家人忙碌起来，票是从"携程"网上订的，结果告诉我：退票人太多，排到1000多号……

"管它呢！排队再说。"我回应道。虽不缺那几百元钱，但不退有些冤枉。

"根本是耍我们……"家人愤怒道。

"怎么啦?"

"他们、他们玩花招,刚才我已经排到几十位了,再过十几分钟就到了,可他们突然说转为人工办,也就是让打电话退票。可电话根本就打不通!"

"再排队试试……实在不行就算了!估计他们也有难处。"我反倒心平气和道。因为我知道商家赚钱的"奥秘",玩这类事是他们的高招。不过令我没有想到的是,其实这个时候全国人民都在大退票!

我想到武汉真出大事了!否则不会全国恐慌。春节谁不想回家,可那么多人退票,证明一件事:大家真的害怕传染病大暴发呀!

我的心头开始有些紧了。

怎么会这样呢?好端端的春节,搞得人心惶惶还了得!

1月21日这一夜在大半怀疑和不怀疑中度过。上海的夜下着细雨,窗玻璃上不停的声响扰乱着我的睡意……

感觉很不好,导致半夜被一场怪怪的梦惊醒了:长江里的水突变成红红的,啊,是血水!

我吓醒了。起身悄悄拉开窗帘,我身边的不是长江,是黄浦江呵……她依旧在悄然流动,毫无异样。

但我睡不着了。

22日似乎只能在上海"傻"待着了:朋友们都差不多不上班了,买年货过年,或发个短信、微信开始拜年。22日,离春节还有两天,这个时候拜年是不是太早了些?

我自顾自地想着,又自顾自地干了些"群发"——在手机上进行网络"拜年",因为抢在别人前面省去很多事,一显得主动热情,二不用一个个回拜。效果实在好:铁凝、李冰、钱小芊等领导、朋友和同事纷纷"上当",他们一一回拜。

但22日在上海的我,还有两件更重要的事情要做:一是关心武汉的事到底怎么样了,二是约请上海高级法院领导与我谈发生在上海的几起恶性案件的过程。当然,还有一件事:上街买点东西,以防春节"没吃"的——至少在上海待上几天再回苏州老家看看老母亲。

第一次认认真真地看了"疫情日报",第一次认认真真地分析了一下疫情:感觉有点危险,但似乎"不会出现再一次的'非典'吧"!

22日早上可以看到前一天的疫情:

据国家卫健委卫生应急办公室消息,2020年1月21日0—24时,国家卫健委收到国内13省(区、市)报告新增新型冠状病毒感染的肺炎确诊病例149例(北京市5例、天津市2例、上海市7例、浙江省5例、江西省2例、山东省1例、河南省1例、湖北省105例、湖南省1例、广东省12例、重庆市5例、四川省2例和云南省1例),新增死亡3例(均来自湖北省);除湖北省外,6省(区、市)报告新增疑似病例26例(上海市10例、浙江省10例、安徽省2例、广西壮族自治区1例、广东省1例和四川省2例)。

截至1月21日24时,国家卫健委收到国内13省(区、市)累计报告新型冠状病毒感染的肺炎确诊病例440例(北京市10例、天津市2例、上海市9例、浙江省5例、江西省 2 例、山东省 1 例、河南省 1 例、湖北省 375 例、湖南省 1 例、广东省 26 例、重庆市 5 例、四川省 2 例和云南省 1 例），其中重症 102 例，死亡 9 例（均来自湖北省）；除湖北省外，12 省（区、市）累计报告疑似病例 37 例（山西省 1 例、吉林省 1 例、黑龙江省 1 例、上海市 10 例、浙江省 10 例、安徽省 3 例、广东省 1 例、广西壮族自治区 2 例、海南省 1 例、四川省 5 例、贵州省 1 例和宁夏回族自治区 1 例）。

收到日本通报确诊病例 1 例，泰国通报确诊病例 3 例，韩国通报确诊病例 1 例。

目前追踪到密切接触者 2197 人，已解除医学观察 765 人，尚有 1394 人正在接受医学观察。

这是官方媒体的报道，凭借"非典"前线采访和与领导、专家们在一起"抗非"的经验，并写过中国医疗队参加援助非洲"抗击埃博拉"的作品，我感觉：武汉的肺炎病毒"还不至于像当年'非典'那么吓人吧"！不过因为春节，春节是"关"不住中国百姓的……当时我看完这个报道，内心有两种半分裂状态的判断。

上海的大街上人已经明显少了许多。往日人头攒动的黄浦江边的滨江路上和陆家嘴金融区完全不像平时那么热闹了。然而我没有太在意，心想大家回家过春节了，瞎逛没意思了吧！二是似乎有些怕传染病了。喜欢安静的我，反而觉得这样好，2020 年的春节，我在上海独自过个安静、舒适的节日！

3 武汉彻底悬了！

想法有些惬意。自然把所有的事情想得乐观，包括对疫情。而且我还"认真"地看了看武汉《长江日报》早先发的有关"新闻"，如元旦这天有关肺炎疫情不会"人传人"的通报：

（2020 年 01 月 01 日：长江日报）市卫生健康委员会通报 武汉肺炎疫情尚未发现人传人现象

长江日报讯（记者黄琪）上月 30 日晚，关于武汉出现不明原因肺炎的消息在网上传播。上月 31 日中午，武汉市卫生健康委员会面向社会作了情况通报：尚未发现人传人现象。

近期，武汉部分医疗机构发现接诊的多例肺炎病例与华南海鲜城有关联。市卫健委接到报告后，立即在全市医疗卫生机构开展与华南海鲜城有关联的病例搜索和回顾性调查。目前，已发现 27 例病例，其中 7 例病情严重，其余病例病情稳定可控，有 2 例病情好转拟于近期出院。

据介绍，患者临床表现主要为发热；少数患者呼吸困难，胸片呈双肺浸润性病灶。目前，所有患者均已接受隔离治疗，密切接触者的追踪调查和医学观察正在进行中，对华南海鲜城的卫生学调查和环境卫生处置正在进行中。

武汉市组织同济医院、省疾控中心、中国科学院武汉病毒研究所、市传染病医院、市疾控中心等单位的临床医学、流行病学、病毒学专家进行了会诊。专家从病情、治疗转归、流行病学调查、实验室初步检测等方面情况分析认为，上述病例系病毒性肺炎。

截至目前，调查未发现明显人传人现象，未发现医务人员感染。目前，对病原的检测及感染原因的调查正在进行中。

同济医院专家介绍，病毒性肺炎多见于冬春季，可散发或暴发流行，临床主要表现为发热、浑身酸痛，小部分有呼吸困难、肺部浸润影。病毒性肺炎与病毒的毒力、感染途径以及宿主的年龄、免疫状态有关。引起病毒性肺炎的病毒以流行性感冒病毒为常见，其他为副流感病毒、巨细胞病毒、腺病毒、鼻病毒、冠状病毒等。确诊则有赖于病原学检查，包括病毒分离、血清学检查、病毒抗原及核酸检测。

专家提醒，病毒性肺炎可防可控，预防上需要保持室内空气流通，避免到封闭、空气不流通的公众场合和人多集中的地方，外出可戴口罩。临床以对症治疗为主，需卧床休息。如有上述症状，特别是持续发热不退，要及时到医疗机构就诊。

武汉媒体这样的报道，后来被全国人民骂惨了，因为就是一句"尚未发现人传人现象"，让整个武汉、整个湖北"沦陷"，也差点让全国 14 亿人跟着饱受疫情灾难的苦痛。

现在回头想当初的武汉，有些事确实气人，因为如果在发这篇报道中，能够提醒市民"有可能人传人"，从而提高警惕的话，武汉可能就不会有后来的疫情大暴发及所付出的惨痛代价，然而事情没那么简单。我们后来也知道了，当时其实武汉肺炎病毒传染已经非常严重了，也出现了死亡病例。可话说回来，一个没有防疫经验的，也未经历过像广州和北京那样"非典"疫情的城市，有谁能对一个异常狡猾的新型病毒有那么高的警惕呢？

发出预警的人是有的，李文亮医生就是其中的一个。可在那个时候，官方——指武汉公安部门对李文亮等 8 个人以"散布谣言"名义而进行"训诫"，而且这事还在很多媒体上给予了曝光，并将他们定名为"不法分子"。

李文亮是武汉市中心医院医生，据他自己回忆，在 12 月 30 日，他看到一份病人的检测报告，显示检出 SARS 冠状病毒高置信度阳性指标，出于提醒同为临床医生的同学注意防护方面的考虑，所以在微信群里发布消息说"确诊了 7 例 SARS"。当时有 3 个医学交流群发布相关的消息，群名分别是：武汉大学临床 04 级群、协和红会神内、肿瘤中心。疫情初期，这些信息尚未引起足够的重视。但武汉"有关部门"则对这样的"谣言"看得异常严重，于是 1 月 1 日，武汉警方发布通告称：一些网民在不经核实的情况下，在网络上发布、转发不实信息，造成不良社会影响。公安机关经调查核实，已传唤 8 名违法人员，并依法进行处理。后来的事态发展，完全出乎武汉所有人的意料，更出乎"有关部门"领导们的意料：李文亮他们不仅没做错，且如果这些预警之音响彻武汉上空，武汉肯定不会是现在这个样，全中国也肯定不会是这个样……后来李文亮又倒在了抗击病毒一线的战场上，全国民众所爆发出的愤怒是可想而知的，而且我认为这是一种觉醒——对那些没有危机意识、好大喜功、宁可得罪百姓而不愿承担责任的官僚衙门作风是一次有力而不可小视的行动。

李文亮事件应该给了我们社会一个极大的教育和提醒。不然，让我们吃亏的事还在后头。

武汉的疫情发展到后来的局势，与疫情初期一些武汉官场上的、一些医疗卫生部门的作风和习惯性思维有着密切关系。人们憎恨的就是这些问题。

无数生命和血的代价、无法估量的经济和社会以及国家形象损失的代价，让我们永远不要再打压和诋毁那些勇于和敢于说真话的人。如果善于打压和诋毁说真话的人的社会与政治生态存在，那受损害的将是这个社会，并将把这个民族引向苦难与灾难。

李文亮的事件还没有"到此为止"。1月3日，公安部门要求他签了接受"训诫"的承诺书，此后他一直在医院正常工作。就在这个时候，他接诊了新型冠状病毒肺炎患者，1月10号他开始出现咳嗽症状，11号发热，12号住院。"那时候我还在想通报怎么还在说没有人传人，没有医护感染。"李文亮后来住进ICU，之前做了一次核酸检测，但一直没出结果。需要说明的是此次"新冠病毒"特别狡猾，开始武汉用的全是以核酸检测结果判断是否感染上病毒，后来又发现仅靠核酸检测结果为阴性并不能完全排除感染的可能。这就又一次造成"集体误诊"的严重后果……

2020年元旦过后到1月10日之间都是什么日子？作为医生的李文亮怎知道"政治"和"大局"！

1月6日至10日武汉"两会"要召开。之后紧接着是省里要开

"两会"，这些都是既定的大事，是武汉和湖北的"头等大事"和"大局"。这个当口，有人"造谣散布"说在武汉有病毒传染，由此影响到当地的这些"政治"大事和社会"大局"，不把你李文亮等人抓了才怪！没抓你算便宜了你！

"灵秀湖北，楚楚动人。要打造亮丽文旅名片，让荆楚大地成为人人向往的'诗和远方'……"这是曾经在网络上流传特别广泛的湖北省省长今年1月10日左右在武汉疫情大暴发的关键点上所作的政府工作报告中的一句话。

"诗和远方"这一年开年让武汉和湖北真是苦死了呵！没有"诗"，湖北2020年年初所讲的"诗和远方"成为一句反讽。

现实就是如此无情。

22日在上海第一天的我，粗浅地筛滤了一下武汉方面有关疫情的公开说法：

元旦（2020年1月1日）对李文亮等8人的定论，非常可能除了武汉当时要召开"两会"的"政治"与"大局"原因之外，与前一日即2019年12月31日武汉市卫健委发布了关于"肺炎病变"的第一则《通报》有关，因为这一期《通报》说："近期部分医疗机构发现接诊的多例肺炎病例与华南海鲜城有关联，已发现27例病例，其中7例病情严重，其余病例病情稳定可控，有2例病情好转，拟于近期出院。在武汉市组织同济医院、省疾控中心、中科院武汉病毒所、武汉市传染病医院及武汉市疾控中心等单位的临床医学、流行病学、病毒学专家进行会诊后，专家从病情、治疗转归、流行病学调查、实验室初步检测等方面情况分析认为，上述病例系病毒性肺炎。"

这是武汉官方首次对于此次肺炎的认知——"病毒性肺炎"。

且专家认为，此时病毒未发现明显人传人现象，未发现医务人员感染。

在上述的这则新闻中，我还注意到一位病毒学专家这样认为："没有明显的人传人这个信号很重要，因为目前已知病毒所导致的病毒性肺炎，基本都是人传人的。也就是说，这将是一个未知的新病毒。"

由此看，当时人们对新出现的冠状病毒肺炎知之甚少。这是武汉受疫情袭击的关键问题之一。不知"敌人"是谁，怎能不出问题？

事实上，在这则《通报》中，我还看到武汉市卫健委其实排除了已知的病毒，一场即将袭来的疫情被视为"常见病"而已。这一期《通报》这么说："到目前为止调查引起病毒性肺炎的病毒以流行性感冒病毒为常见，其他为副流感病毒、巨细胞病毒、腺病毒、鼻病毒、冠状病毒等。"

武汉的肺炎疫情在"未见明显人传人"的结论下持续发展。我们外地人充分相信和有理由相信"武汉没有发生什么事"。

2020年1月3日，武汉市卫健委发出第二则《通报》：截至1月3日8时，该市共发现符合不明原因的病毒性肺炎诊断患者44例，其中重症11例。

似乎依然并不那么严重。

1月5日，武汉市卫健委发出第三则《通报》：截至1月5日8时，该市共报告符合不明原因的病毒性肺炎诊断患者59例，其中重症患者7例。

这一期的《通报》结论依然为："初步调查表明，未发现明确的人传人证据，未发现医务人员感染。"并且对于病毒本身，武汉卫健委明确给予了回应：已排除流感、禽流感、腺病毒、传染性非典型肺炎（SARS）和中东呼吸综合征（MERS）等呼吸道病原。病原鉴定和病因溯源工作仍在进一步进行中。

这时，人们的目光开始聚焦到有多例确诊病例的华南海鲜批发市场。我瞬间联想到 2003 年的"非典"，估计上海人和全国多数民众也和我一样，都想到了因有人吃"野味"而引发的 17 年前的那场大疫……那么这次引发肺炎病毒的会不会也是野生动物呢？人类因为贪吃而触动灾难的发生，那些可恨可憎的贪吃者！这个时刻，我脑海里闪出无数可憎、可怕的"贪吃者"的恶毒相，如有人把活生生的猴子的脑袋敲开了吃其脑浆等。太残忍和可恶了。然而，他们一边吃，一边还在狂笑。

我恨这种恶习！

然而，这只是疫情来袭初期，探索和追溯病原病因的过程中，人们在迷茫状态下的猜测而已，最终真相，还要依赖科学的研究，依赖病毒专家权威的解释。

1 月 11 日，武汉市卫健委发出的第四则《通报》中，第一次以专家解读的形式告知我们："不明原因的病毒性肺炎。"

一个十分奇怪的长着很多刺的球形病毒图案开始让大家熟悉。它很狰狞，它叫"新型冠状病毒"。

武汉出现了死亡病例！

第四则《通报》称：截至 2020 年 1 月 10 日 24 时，武汉初步诊断有新型冠状病毒感染的肺炎病例 41 例，其中已出院 2 例、重症 7 例、死亡 1 例，其余患者病情稳定。所有密切接触者 739 人，其中医务人员 419 人，均已接受医学观察，没有发现相关病例。

武汉此时对外的口径依然是：未发现医务人员感染，未发现明确的人传人证据。

其实，22日在上海的我——完全外行的一个人在看武汉最初的疫情也没有想到会那么严重。传染病尤其是肺炎，出现一个两个死亡病例，断定是不是真的因为病毒的厉害才不治，这其实还是挺难的。高明的医生可以做到，像钟南山院士，估计一般的专家做不到。我们这些外行更只能当"事后诸葛亮"。

武汉大疫的生成，原因太多！开始以为的跟"非典"接近的病毒，越到后来，越发觉此次病毒"狡猾狡猾"的，根本不让你知道它到底是谁！

"你是谁""为了谁"没弄清，肯定也就不知它"来自何方""去往何方"！坏了大事！

历史上的瘟疫大流行，基本上都是这样造成的。

武汉苦了！中国跟着苦了！

我们那个时候谁都没有真正把武汉的事放在心上。直到钟南山院士到武汉之后说了一句新冠病毒"有人传人"的严重迹象之后，举国顿时哗然：这还了得！

大春节的，大多人、大多家庭，都得"跑一跑"、动一动，尤其是几亿民工们、几亿城市人，现在都想回家、回老家或借春节长假到"外面"、到外国走一走、看一看呀！

历年春运多少人次？2019年春运29.8亿人次！天，意味着至少一半以上的中国人都要"动一动"呵！

多少？5亿？6亿？至少七八亿人要在春节期间流动……那么靠吸人血的病毒简直高兴得在狂欢和跳舞，因为有这么多中国人将成为它们血口中的猎物，难道还不够狂欢的吗？

在这关键时刻，钟南山再次站了出来！

华佗再现倚南山，一盏仙壶济世悬。

国有危机公鼎立，民生苦难汝当先。

八方号令良医至，四面分离鬼魅缠。

送走瘟神开美景，还来晴朗楚江天。

（作者：吹尽狂沙）

期许钟君八十翁，身虽憔悴执长弓。

鹰随浪起忙逐晚，语到人安胜御风。

荆楚擒妖卿为将，峰峦结气道称雄。

何时扫去中华患？燕子来时福至东。

（作者：自然）

这样的诗在网络上随处可看。

钟南山院士有科学精神、悯民情怀和职业操守，在此次一句"病毒已出现人传人"的警世言语之后，他成为了中国的一尊精神之神。

钟南山让迷茫和失望中的中国人似有了一盏明灯一般，而他确实在又一次的大疫之中为中国和中国人民立了大功，盖世之大功。

4 上海人告诉我：真的有"毒蝙蝠"！

22 日在上海的我，也绝对相信多数上海人与我差不多，并没有真正把武汉的事想得太严重、太复杂，内心还是在准备"热热闹闹""喜气洋洋"地过个欢乐春节的。

这一天上午，酒店的服务员阿姨来打扫时，我们很热闹地谈论起她作为"老上海人"对浦东开发的一些体会：她说她原来就是这块土地上的老土著居民，原来严桥镇的农民。浦东开发后，她们家就被集体搬迁到南浦大桥那边。拆迁时分了 3 套房子，一套给了儿子，一套自己住，还有一套出租出去。现在自己没啥事干，就一直在这家酒店当服务员。虽然工资不高，"但有事做，比在家里闲着要好些"，她说。我觉得这一批老浦东人不容易，他们为上海和浦东作出了特殊贡献，值得尊敬。因为前年写了一本《浦东史诗》，我对这块土地上发生的历史变迁有所了解。我知道这个春节走不了啦，就把宁波朋友送的一箱鲜带鱼给了这位服务员阿姨。

"哎呀，个不好意思了呀！"似乎她还没有见过像我这样的客人。我只笑笑，说："今年春节看来要在这酒店过了。反正这儿有吃的，我又不会烧这东西。不用客气。"

"谢谢谢谢！"她很感激，当天特意多给我送了几十瓶矿泉水。"我看来，你不抽烟，整天坐电脑前，靠喝开水……多喝水有好处。

我保证满足你喝水。"她说。

"太感谢了!"这回轮到我感谢她了。因为按规定,酒店每天打扫卫生时仅给每个房间换 4 小瓶矿泉水,而我的喝水量至少是这个的一倍以上。所以水对我至关重要,尤其是"备战"所用。

这是小插曲。不过对武汉正在发生剧烈变化的"新型肺炎",我们仍然并不在意,或者说根本没太放在心上。事实上我们全都想错了——这是后话。

这一天下午 3 点。上海高院的领导准时来到我所住的酒店,接受我采访。他介绍了前几年发生在上海的一起恶性案件:"80 后"罪犯朱晓东"杀妻藏尸案"的侦破与审判全过程……

案发于 2017 年年初的这一凶杀案,震惊全上海:29 岁的上海青年朱某某,与结婚才半年的妻子吵闹时,用双手残忍地扼死同岁的年轻妻子,然后将其包起来后塞进了事先买好的一台大冰柜之中,长达 105 天……其残忍的作案手段和如此长的藏尸时间,以及罪犯朱某某在法庭上企图为自己的无耻行径和婚外情辩解等案情,让法官和民众义愤填膺,不杀其不足以平公理与民愤。

上海高院领导向我介绍案情纯属是我"意外"的请求,因为我是在接受周强院长和另一个法院系统采访任务时听说了上海这起案件,才想了解此案的。

"这样的案件发生在上海,发生在年轻人身上,而且罪犯在犯罪之后,表现出的异常冷静、残酷和狡辩及想逃避法律的正义审判等,让我们长期在一线审判的法官都感到万分吃惊。这些人虽然是极少数,但他们的智商非常高,犯罪的动机特别简单,犯罪的手段又特别残忍,把别人的生命视为随意可以毁灭之物。而且他们利用现代社会人们居住、生活独立自由和手机等通信技术,伪装、逃避和欺骗他人等种种现象，值得我们社会反思和反省。这些人不在社会的大舞台上，也不在我们常看得见的天底下……他们像病毒一样严重侵袭着一个个无辜的生命，其社会危害性极大！"上海高院领导跟我一起谈到了两个与当下非常有关联的字：病毒。

"抱歉，要走了！我还要去一下养老院，看看我妈……"上海高院的领导跟我说。

"你妈在养老院？"我有些惊讶。

"父亲去世后，我妈一个人在家里见啥都会联想到我爸……后来跟她商量，要不要换个地方住住。她同意了，我们几个子女就帮她找地方，发现现在上海很多养老院真的不错。过去观摩后，我妈也同意了。所以就把她安排在那里。"这位高院领导说，"武汉的事已经让我们上海这边警觉起来了。市里今天特别开了会议，安排防疫的工作。明天开始要在院里值班，李强书记要求全上海各单位主要领导必须在单位值班，随时待命。看来武汉的事情有些严重了……"

"那你赶紧走吧！别耽误了时间。"我赶紧送朋友出酒店。

距春节还有两天多，23 日就是年根了。上海已经开始感觉有些紧张的气息。酒店内不断有开门关门的声音在我耳边响起。

让人揪心的庚子年，来了！

5 "一号病人"进入上海

我自嘲一番后,到了这一天的晚上,在手机上看到了一条新闻,心中不由得一惊:坏了,上海也有感染者啦!

新闻来自中央广播电视总台央视记者的报道:

国家卫健委确认上海首例输入性
新型冠状病毒感染的肺炎确诊病例

1月20日晚,国家卫生健康委确认上海市首例输入性新型冠状病毒感染的肺炎确诊病例。患者为56岁女性,湖北省武汉市户籍。1月12日自武汉来沪后,因发热、乏力等症状,于1月15日在本市一发热门诊就诊后即被收治入院隔离治疗。经上海市疾控部门检测,并经中国疾控中心复核,新型冠状病毒核酸检测结果为阳性。1月20日,经国家卫健委疫情应对处置领导小组的专家评估确认,该病例为新型冠状病毒感染的肺炎确诊病例。现患者体温正常,生命体征平稳,其2名在沪密切接触者正在接受医学观察。

到过武汉的就会传染到其他地方、其他人身上?估计我和两千多万上海人看过这条新闻后，只是胸口掠过浅浅的一点"心惊"而已。因为这么大的上海，出现个把病例，属于"太正常不过"的事了！

但后来我知道，这一病例其实已经在上海市政府领导那儿挂上"号"了——这就是上海：每一个细节他们都格外谨慎。也因此后来有人嘲笑"上海怕死"。

上海人不服道："阿拉怕死？""阿拉当年 30 万人肝炎大流行，我们都没怕过死！这点小小的肺炎阿拉就怕死啦？肚子呀笑穿了！再讲，传染病面前，怕死点有啥坏处，笃定点归是好事！"

瞧，这就是上海人。很快，我通过"内线"知道了上海第一例病毒感染者的"来龙去脉"和当时的病情，更让我感动的是有关方面知道我留在上海，马上送来几包口罩。

"用得着吗？"我对别人对我的好意有些满不在乎。

"必须提高警惕，以防万一！"他们友善地关照我，"对了，这桶消毒药水也留着用，进出门注意手消毒……"

听听，这就是上海人。细腻、周到。我已经感动了。

我们回头来说一说上海第一例病毒感染者的"来龙去脉"吧——

56 岁的陈女士长期居住武汉市，1 月 12 日抵沪探望女儿一家。可是陈女士早在 1 月 10 日就有发烧症状，她并不知道这是感染上了毒性巨大的新型冠状病毒——那个时候大家都这样称呼这个冒出来的新病毒。陈女士在发烧后，自行服药几天，但热度一直不退，并伴随着浑身无力、胃口差和明显的咳嗽症状。

1 月 15 日晚 10 时许，已经有些吃不消的陈女士在子女的陪同下，来到上海同仁医院发热门诊。

"哪儿不舒服呀？"接诊的于亦鸣医生是这一天临时被抽来支援

发热门诊的呼吸与危重症学科医生，经验丰富。"我记得当时媒体说武汉已有 40 多例确诊新型肺炎患者，又听这位女士的口音好像有点是那边的人，所以特别留神起来。"事后于医生说。

"听口音你不是本地人……"于医生顺口问。

"不是。是武汉的。闺女在上海，来这儿过春节的……"陈女士吃力地回答道。

"噢——武汉的。"36 岁的于医生声音很随和，但心里"咯噔"了一下。凭他在工作岗位上 13 年的执业经验，他立即警觉起来，以最快的速度给这位陈女士进行了"特别处理"——会同感染行政科副主任刘岩红立即将陈女士移至独立留观室。

"你先到这边休息一会儿。我给你开个单子，去做个胸片检查。这样保险一点。"于医生非常专业地请陈女士在另一边坐着，自己低头给患者开单子。随即让她在家人陪同下做胸片检查去了。

"你们几个也要注意点，戴个口罩，防止传染。"另一边的刘岩红一边吩咐其他人防护起来，一边自己第一个申请进入给陈女士治疗的发热隔离病房，并亲切友善地告诉陈女士："不用紧张，你休息好。我们会对你进行认真会诊和治疗的。如果出现不舒服，马上按铃叫我们啊！"这一串叮嘱，让陈女士放心地在床上躺下。

"于医生，等片子看后有什么情况立即通知我们……"刘岩红医生同时又对主诊于亦鸣说。

"明白。"于医生点点头。

陈女士的胸部透视片子到了于医生手里。坏了！两侧肺部呈现多发渗出病灶……

这不是"非典型肺炎"的明显表现嘛！

"马上给患者办理住院手续，并立即对其进行隔离！她的亲属在吧？也马上进行隔离观察……还有医院内部凡这个患者经过的地方都进行消毒。你们几位和于医生一样要特别注意观察自己的身体啊！一有异常，要立即报告。"刘岩红严肃地向身边几位医生和护士交代后，立即向医院领导汇报情况。

"我们马上请专家来集体会诊。"医院领导同样在第一时间作出果断决定。

当晚，武汉来的陈女士被安排在有隔离设施的特殊病房，并开始接受特殊的治疗。尽管上海此时还不知道到底什么是"新型冠状病毒肺炎"，但该"上手"的治疗立即开始在陈女士身上实施了……同时，医院向上级行政部门和疾病预防控制机构上报相关情况。

1月16日一早，上海市卫健委即组织市级专家来到陈女士所住的医院进行会诊。专家们的意见与医院的初步诊断和治疗举措一致，并对患者采样检测。

当天下午，有关武汉籍陈女士的病情和采集的病情样本上传到北京的国家卫健委有关部门。

此时的武汉，情况已经十分严重。

1月20日，经国家卫健委专家复核，陈女士被确诊为新型冠状病毒感染的肺炎。

"你们务必要做好医务防控和患者的治疗，要仔细再仔细。尤其是要做好隔离，绝不能在医院里出现传染。同时马上把患者的亲密接触者全部隔离……"市政府领导的电话直接打到市卫健委。卫健委的领导直接下到患者陈女士已经住下的同仁医院检查。

从上海市民们还照常工作和上班的16日开始，市委、市政府和各大医院已经开始下达一道又一道的"内部指令"：务必注意来自武汉的发热者和他们的生活与工作范围，一旦发现情况，立即采取隔离措施！

"武汉那边情况到底怎么样?"上海方面在"侦察"武汉方面的情况。

"好像没有特别的情况。还正在热火朝天、全心全意地开'两会'呢!"外界获得的基本情况是这样。

18日,"两会"终于结束。而此时,武汉的各大医院的"发热"就诊市民已经呈现"蜂拥"之势……

19日,武汉市百步亭社区"万人宴"以空前的热闹场面在露天举行。在武汉,没有几个人不知这拥有30万人居住的知名大型社区,它大到像一个小县城规模。过去在百步亭住着的居民都有一种说不出来的幸福感,毕竟它是武汉荣获首届"中国人居环境范例奖"的唯一社区。春节要到了,"万众欢聚"、大吃一顿,以彰显社区之气派和商业氛围。据说,此次万人宴实际到场的有近10万人。好家伙,10万人大餐,10万人聚集在一起,这会让具有强烈"愿望"同人类"亲密接触"的病毒多开心呀!

后来证明,百步亭的"万人宴"是武汉疫情广泛传播的重要"源头"之一。

可怕。再想想也可恨至极。市长后来出面道歉,也没有多少作用。因为此次"万人宴"害死和害苦了多少人?

19日我在干什么?噢,想起来了:早上在上海,上午浙江省高级人民法院派车来浦东接我去杭州。当天下午,我在省高院领导的陪同下,参观了浙江省网络法院,真是大开眼界——原来现在可以通过网络来进行法庭审判了,而且效率、效益特别地好。

20日我在飞奔到金华去采访的途中,上海接到国家卫健委正式通知:武汉籍来沪的患者陈女士确诊为新型冠状病毒肺炎。她因此成为上海市第一例新型冠状病毒肺炎患者。

6 "疫"战大幕提前拉开

"哎哟哟，真来了！结棍结棍！"上海话中"结棍"就是厉害的意思。第一例的出现，便意味着中国第一大城市的疫情就此拉响警报。

市委书记李强和市长应勇立即召集有关部门负责人开会，研究防疫措施和春节期间的疫情防控布置。

"必须全力抢救患者，以百分之一百的努力抢救他们的生命。"

"必须全力隔离好亲密接触者，做到绝不扩大传染范围！"

"必须全力做好市民和医院的防控，工作布置到各个社区、各个基层单位！"

"必须全力做好虹桥、浦东两个主要交通枢纽的防控安全……"

一道比一道更严格更严谨的指令从人民广场边的市政府大楼里发出，然后传遍全上海市区与郊区的每一个单位、每一条街道、每一个乡村。

"陈阿姨，你放心好了！有我们在，你尽管放心。有啥事体和不舒服的地方，告诉我们就是啊！"患者陈女士的病房里，医生、护士一句句温馨的话、关切的举动，让一度担忧、焦虑、情绪极度低落的她，慢慢地舒展开了愁容，露出了希望的笑容。与此同时，在专家指导下，医院不停地对各种药物和治疗方案进行着调整和试验，并向着更科学、合理和符合患者的情况对症下药着……

20日——2020年的1月20日，对武汉、对湖北、对全中国都是一个重要的疫情"关口日"。因为这一天，钟南山正式在央视节目里，面对全国人民说了句武汉的病毒是"人传人"的……于是全国一片哗然，等于说武汉疫情在全国范围内都将大传染、大传播，因为武汉本身有一千多万人，来来往往于全国的"武汉人"有多少？一个人传多少人？哪个地方没有"武汉人"或与武汉接触过的人？没有人回答得出来，但谁都想象得出来！

央视新闻这一天下午请国家卫健委高级别专家组组长钟南山院士就公众关心的问题回答了记者提问。他肯定而且明确地讲到武汉"新冠病毒"有人传人的特征，并对于武汉疫情的形势作了研判。钟南山院士说，目前疫情有三个特点：95%以上都跟武汉有关系，去过武汉，从武汉来，这是第一个特点。第二，目前已经证实了有人传染，一例在广东，一例在武汉，证实有人传染。第三个特点是有医务人员感染。

事实上，钟南山已经知道了李文亮等武汉医院里的医生们已经有相当数量的传染，并且他们的病情十分危急。这也就有了后来接受媒体采访时，83岁的他泪流满面，再次感动了全国人民。

钟南山在这一天还表示，新型冠状病毒跟SARS病毒相比，尽管有很多的同源性，但是是平行的、完全不同的病毒，只是某些方面有近似的地方。新型冠状病毒的感染正在爬坡，但是相比SARS传染性没那么强，戴口罩预防很重要。

后来的事实证明，钟南山这一判断具有疫情时期的"划时代意义"。也正是他的这句明确的病毒有"人传人"的现象，立即引起了全国人民的高度警觉——

一夜之间，口罩紧缺，14亿人都要戴口罩，而且两三天又要换一个口罩，尤其医院等单位可不是一天一人一个口罩的问题，是需要十个八个哪！

什么都不缺的中国，一下缺了口罩、缺了消毒药水——即使到了疫情直线往下降的2月底，我们仍然可以从新闻上看到国外支援我们口罩一类的事。一度连全球的华侨都被动员起来，似乎方才缓解了武汉口罩的医疗急用。这让人感觉原来我们奋斗了几十年、盖了那么多房子、修了那么多高铁，但我们仍然缺乏基础的物资，比如口罩。这个平时看起来并不引人注目的物品，却成为了可能影响到拯救整个民族的大事呵！

一次疫情带给我们的教训太深刻，得有记性呀我亲爱的同胞们！

因为有"人传人"现象，所以上海立即出现了与陈女士亲密接触的她女婿的第二例确诊"新冠病毒"肺炎患者，这也从又一个方面证实了钟南山院士的话是英明和科学的判断。

曾经在前几天说过"不会人传人"的某些专家被彻底地扛到了舆论平台上酷晒了……愤怒的全国人民几乎"同仇敌忾"，有人甚至高喊要将其"吊死""仍不解恨"，反正能形容得出的字眼全搬了出来！

事实上从这个时间段开始的后来10多天时间里，整个社会舆论是混乱和半混乱状态，手机里充斥着无数你不知是真是假的信息。想起来挺吓人的。不过也确实能够让我们在迷茫和困惑中获得可知、可行的方向。不要轻易否定这种"自由"状态下的"混乱"舆论在疫情中所发挥的正面作用。历史上无数事实已经证明了这一点。

1月21日的上海——也就是我回到上海的前一天，这一天市民们似乎没有发现特别之处，除了大家拼命前往药店和其他商店抢购口罩、食品等外，"重大新闻"没有太多。但是市政府机关和市委大楼里，以及市下属单位的领导们早已忙坏了，甚至有同志告诉我，他们忙得连中午饭都是跑步去抢了几口便重新回到了岗位。

"为什么呀？"我问。

"我们知道大疫马上就要来临，这可是暴风骤雨般地向我们大上海袭来呀！再有两天就是春节了！这几天要路过我们上海和准备到上海的人知道有多少吗？"他说。

"多少？"我真不知。

"千万！每天要接近千万人次啊！"

天，每天上千万人在上海拥来拥去……这是个什么样的情况？不可思议！但今天的大上海就是如此。它连通四面八方，不仅地上跑的，还有天上飞的，另有水上行的，自驾到上海旅游的每天也有好几十万人！

"对这些人都得防控呀！一个患者防不住，可能就会传染给百个；百个再传染千个、万个……整个上海是啥样晓得哦？"

晓得个！我心想。

面对如此大的"春流"和有着2400多万自身人口的大上海到底如何防控这场疫情，估计西方世界听了又会惊叹不已，其实我们中国人自己也十分想知道大上海是怎么做的。

上海到底在这个时间里怎么做，我在1月23日上午看到了1月21日的《解放日报》及当日电视新闻，才知道原来上海是如此这般呀！

第一篇介绍的是杨浦区的社区公共卫生服务中心如何为居民做公共卫生服务的经验。在此时推出这样的社区经验，无疑是上海领导者和城市管理者的极其高明之举——及时把好的防疫经验与做法告知其他单位和社区，意义深刻而又现实呵——

必须把这杨浦社区的经验展示给公众看一看：

覆盖 18 万人口的杨浦区殷行社区卫生服务中心，两年前曾荣获"全国百强社区卫生服务中心"荣誉称号。就在本周，这里又将挂牌成为"复旦大学上海医学院附属社区卫生服务中心"。"今后全科医学的全国带头人祝墡珠教授，将派精兵强将来殷行，手把手教全科医师精准转诊分诊、带教课题写论文。"殷行社区卫生服务中心主任崔明很是振奋。

"健康民生"工程在杨浦正发生静悄悄的变化，殷行社区便是缩影。记者近日从杨浦区卫计委获悉：这块地处上海东北角的人口大区正面临深度老龄化，将健康民生做到民心，区卫计委不断创新思路、突破瓶颈、促进融合，探索多项"率先之举"实现行之有效的健康服务，造福于民。

一招妙棋：校院合作密织高水准"医联网"

摆在杨浦面前的健康题，做起来并不容易。区卫计委主任高贺通直言，作为曾经的老工业区，杨浦辖区常住人口有 130 万，60 岁以上人口占比户籍总人口近 35%，区域呈现深度老龄化。底子薄、任务重，基于区域特点，寻找符合自身特色的高效医改策略，是为关键。

探索"率先之举"首要是明晰自身特点。杨浦是人口大区，亦是教育大区，多所高校林立于此，借力高校医科强大实力，强化校院合作，建立区内南北医联体，成为医改的一招妙棋。杨浦区政府与复旦、交大、同济、海军军医大学、健康医学院等五所高校签署战略合作框架协议，形成一系列高校牵头、专科先行的医联体。据了解，除"杨浦－新华""杨浦－肺科""上海市北部儿科医联体""杨浦－长海脑卒中联盟"四大成熟市级医院医联体，区属专科医联体也已成形——以杨浦区中心医院为核心的"1+8+X"区属南部医联体、以市东医院为核心的"1+4+X"北部医联体、以"康复中医和精神卫生"为特色的 3 个区属专科医联体。

翻开杨浦区地图可见，方圆 60 多平方公里覆盖多个医联体，高水准高校附属医院带动区域实力整体提升，触角则深入区内每个角落，确保所有居民纳入 15 分钟家庭医生服务圈，享受"1+1+1"分级诊疗。家住新江湾城的宣老伯深有感触。老伯患有脑梗塞后遗症，老伴更是多年罹患高血压、糖尿病等，家庭医生为老两口建立档案后，定期随访，医联体内的杨浦区中心医院中原分院，专科医师与家庭医生还形成"全专结合"模式共同为老人制订健康管理方案，以备不时之需。而今，宣老伯逢人点赞，"我看病不出远门，服务便捷了，医生技术也有保障！"

……

如此科学、规范、有序的社区群防经验，如果武汉也有而非在疫情时搞那种"万人宴"的话，今日的武汉一定不会是这个样……

上海就是"硬气"，硬在平时的管理水平和能力上。

这是平时的做法。战时的上海又如何做？

到了 23 日，我才知道 22 日的上海市政府、市委大楼及各所属单位的工作人员为什么忙得不可开交，原来他们在为第二天即 23 日全面开启的防控措施做准备和布置——这绝对是一场"战役级"的战斗：

看 23 日的省际交界处如何防控：G15 朱桥站 11 条车道已经全部开放，距道口 500 米左右的朱桥服务区增设 2 个检查点。

明白了。朱桥是上海连接江苏方向来的公路最忙的收费站。这个关口是一个防控要害部位。11 条车道全部开放，在距道口 1 里路外的地方进行温度检测。在 23 日时上海能这么防控，着实走在了全国前列——上海人不是"怕死"，上海人实在是做事迅速、谨慎、细致和科学、果断。

现场工作人员给我们直接进行了介绍：为保证每人必检，每条车道一次会放多辆车进入检查区，每车对应两名志愿者。除了测体温、检查是否填写健康信息登记表外，还会要求车主打开后备厢看看。几位身着白色防护服的志愿者，不时爬上货车货架查看。全部检查完成后才可以放行。

看看，仔细哦！上海人可以这样骄傲地告诉全国人民。

朱桥检查站原本只有 10 余位民警，面对疫情防控任务，市公安局紧急增援了警力，嘉定区也发动志愿者上岗帮忙。"我们希望大家都能提前在'健康云'上申报好，这样过关速度会快很多。"志愿者袁女士说。为加快通行速度，有关部门在道口临时画了许多停车位，供需要线下填报材料的车主停车。

"因假期延长，车辆分散返程，日均入沪车流量较往年大幅下降。去年大年初六是春运返程高峰，上海高速公路省界道口入沪车流量为 25 万辆左右。"市委发言人杨俊表示，"因疫情检查的需要，春运返程省界安检站车辆缓行情况比较普遍。"

真是想得太周到。你想到的上海有关管理部门、执行部门都想到了。你没有想到的，他们也都给想到了。这就是仔细、严谨。

再看看铁路（主要是高铁）：所有旅客出站都有检查"过两关"！

相关负责人说，当日上海铁路运营高达数百辆次。但车站工作人员要对虹桥站进行全方位喷雾消毒，消毒保洁人员对重点区域进行即时的消毒保洁外，还要配合各列进入车站的列车进行喷洒消毒水。这个工作量巨大。"再大也必须做！"车站负责人说。

目前，所有铁路入沪旅客都需接受两关检查：第一关是在出站前接受红外测温，一旦发现体温偏高者，将由医护人员做进一步检查。如果反复测量仍显示体温偏高，该旅客就会被救护车送至有发热门诊的医院检查。第二关是在出站后出示手机短信，证明自己填报了健康信息。湖北出发或者途经湖北的旅客，需要统一到留验点登记，并居家隔离 14 日，工作人员会通知所属社区落实相关工作措施。没有提前填报信息的旅客，志愿者会引导他们到现场填报点登记信息。

这是全民皆兵的做法。人民战争的提前进行。这又是"上海经验"。

再看机场：

上海的虹桥和浦东两大机场，日流量平时在 10 万人次左右。如何防控"天"上下来的旅客疫情传播，也是个重点。事实上旅客会发现，这两个机场应该是防控最"保险"的，因两个机场已经在前些日子设立了对进出港旅客测温的 46 个装置，可谓无一人能够轻易越过这种严密的监控。

另外，我们在现场获悉，目前两个机场对旅客使用较频繁的航站楼洗手间、母婴室、电梯、自动扶梯等设施，以及其他人员密集区域，已做到每小时消毒1次；对人工、自助值机柜台、现场问讯柜台、旅客座位等设施，每天至少3次消毒保洁，并根据客流量动态提高至每隔2小时消毒一次；对旅客必经的登机廊桥，做到保障一架次航班，立即消一次毒。

上海两大机场也是我南下北上的主要出入地点，22日当夜，我从有关人士那里获悉，两大机场都有防控指挥部，共有400多名医护人员和志愿者在现场执行防控任务。

"一旦发现问题，立即采取措施！"这位朋友说。

防疫人员在核对疑似对象的社区地址

7 无奈与国家"春节团拜会"拜拜

23日中午，人民大会堂如期举行春节团拜会。各单位参加的人都必须在一个月前向中办、国办报告。副省部级以上的自然在参加其列，只要你身体好，有时间去一般都可以。其他人员则看分配的名单多少了，通常像中国作协能有七八个名额，都是作家代表出席。

活动一般都在三楼的宴会厅举行。前面是个舞台，舞台下面第一排大桌子，是中央领导和退下来的老领导们的席位。后面就是各单位各条线上的人了。每年都是满满的，跟国庆招待会差不多，每年"十一"也如此。

总理李克强主持。总书记习近平讲话，其中有一句话让全国人民感到特别有力量和有希望："在中华文化里，鼠乃十二生肖之首，进入鼠年就代表着开始新一轮生肖纪年，也寓意着新的开端。奋斗创造历史，实干成就未来。新的一年，我们要决胜全面建成小康社会、决战脱贫攻坚，实现第一个百年奋斗目标，中华民族千百年来'民亦劳止，汔可小康'的憧憬将变为现实。这在实现中华民族伟大复兴的历史进程中具有里程碑意义。"

没能在人民大会堂春节团拜会现场的我，只能在上海酒店的房间内感受与党和国家领导及首都各界朋友们的亲切拜年。我记得每一个团拜会上总有人因为与国家领导握到手为荣，然后跑回座位的桌上后，全桌的人都要庆贺一番，并告诉他回家千万别"洗手"，留着这春节的"福气"。瞬间，全桌人发出一阵欢快的笑声。这是很有意思的现场。而我，可能比别人多一份有意思的情景：在其他人忙着拥向跟领导人握手时，我会去看一看一年难得见一两次的几位中央老领导——他们通常也是我的"文友"，这个时候很开心，因为这些德高望重的老领导，会像初入门道的文学青年一样天真和真诚。这样的交流是我每年参加春节团拜会的特别收获。

然而，2020年的春节团拜会，这个"COVID-19"（新型冠状病毒肺炎）剥夺了我的这份特别收获。而它又剥夺了中国14亿人的什么呢？是很多人的生命和很多家庭的幸福，还使整个国家和民族陷入一场严重危机。

可是，比起此时此刻的武汉人来说，我们真的还是不幸之中的大幸者，因为就是人民大会堂举行春节团拜会的时间（10点），武汉全市正式开始"封城"——后来我们知道，第一个提出"封城"建议的是浙江的李兰娟院士。这位17年前"非典"期间就是浙江省卫生厅厅长的"温存小女人"，竟然有比大男人更有气派的壮志："封城"，必须"封城"！只有这样才能控制传染源，才能不让传染发生更大的悲剧！现在已经到了刻不容缓的时候了！不能再拖，每拖一个小时就可能造成武汉甚至全国更严重的疫情啊！

我们后来才知道，1月18日这一天，钟南山、李兰娟等几个国家传染病顶级专家抵达武汉，他们看到的情形已经是触目惊心了，所以也有了钟南山断言此病毒有"人传人"的惊天动地之警示。

1月22日深夜，李兰娟院士接到浙江省卫生健康委主任电话，称近期有大量的人从武汉返回浙江，不仅引起了第二代感染，还引发了聚集性疫情。

那下一步该如何行动？"封城！"就是在这个时候，弱小女子李兰娟立即向上级汇报，给出了这个果敢坚毅的建议。

23日上午10点，武汉封城，这是面对疫情，党中央、国务院做出的及时、有效的决策。

然而，有史以来的首次"封城"，无论从实际生活与出行方面的影响，还是全城所有人的心理上，对武汉人都是极大的冲击。

我记不住当年北京"非典"时是不是也采取了"封城"措施。那个时候好像感觉没有"封城"的概念，是人家外地人根本不让北京人往他那儿去，似乎我们也没有想过逃出北京城呀！

从这天上午10点起，武汉首先是地铁、轮渡、公交等市内公共交通全部暂停运营，所有车站全部关闭。而火车站、机场离汉通道相继停摆，武汉的三大火车站只能出站，不能进站。多个高速公路口也已相继封闭。有记者在武汉火车站看到，原本春运出行高峰人流汹涌的进站大厅空无一人，出站厅里显得空空荡荡。所有乘客只允许出站，不允许再进入。火车站每天都要进行至少一次消毒杀菌措施，工作人员都戴上了口罩。

在天河机场，大批乘客等待改签。成千计划返乡过年的市民开着私家车全被堵在各大高速公路的收费站，他们被告知："不得出收费站。"

无奈，有人开始调转车头往回走……

"进城可以吧？我们是武汉人，回家总可以吧！"外来的车辆仍在源源不断地往武汉城区驶来。他们被告知：可以进。

呵，谁能知道他们进去后的命运将是什么呢？他们是否有人后来就在那两千多死亡病例中呢？如果当时他们知道会有这样的命运还会有些得意地往城里驶去吗？

　　呜呼。这是这一天的武汉城内城外的未知命运!

　　那么上海呢? 上海人在这一天又在做些什么呢?

　　2020 年的 1 月 24 日、25 日,这两个日子是人们最喜悦、欢欣的,大人小孩都开开心心、热热闹闹的除夕和大年初一呵!

　　问天,天无语。只有淅沥有声的细雨在拍打着我所在的房窗。它似乎在提醒我:"你这么个作家是不是该记录这一特殊时间里所发生的事?"

　　我突然意识到使命沉沉。

8 庚子年的上海，是祸是福？

2020 年 1 月 25 日是中国的农历大年初一，即庚子年的春节。这一年我们的祖先俗称它是"鼠年"。

鼠年在十二生肖中是老大。而 60 年一个轮回的庚子年似乎按中国传统的说法它并非吉利年，恰恰相反是比较倒霉的疫灾年。真是吗？

那些"易经"学家们会告诉你是真的，而且"理论"十分扎实。他们分析道：庚子年生肖为白鼠（金鼠），纳音"壁上土"。庚子是厚德之土，地势坤，君子以厚德载物。能克众水，不惧众木来害。因为木到子位乃破败之地没有了气力。庚子年，纳音为壁上土，戊土为云。戊癸化火，火为日，故为天云日承。乃气过孚虚之土。若得重土相资，则水木不刚，弱遇官鬼而不刑，则衰绝自保。水土同宫，子为刃，极至而反，盛于亥而衰于子，阳出而阴伏。

"风水"先生则另有一番理论，他们认为，影响地球大风水的有三条线，一是日木线，二是土日线，第三条是威力更大的银日线。因此庚子年的各种灾难，与地球和银日线的位置密切相关。地球处于太阳系，太阳处于银河系，因此宇宙中，对地球影响最大的便是太阳和银河。因为当地球运行到太阳和银河中心之间、三点成一线时，神奇的事情发生了。它们的这种特殊同轴位置引发了 3 个空间弯曲，好像 3 个发射信号的大锅，从而形成一个特殊的能量共振场。这种共振，相当于数以亿万计的射线和能量波被杠杆放大后，再双面包抄地球，引发的磁场干扰可以想象，自然而然会加速地球上生物的各种不寻常反应。要知道太阳系中，土星和木星体积最大，对地球的影响也最大。这些质量巨大的行星的引力让地球保持接近正圆的稳定运行轨道，从而使其可以从太阳那儿获得持续稳定的光照，这是生命繁荣昌盛的基础。土星和木星在 60 年一大轮回的时候，它们一起跑到银日线上"折腾"，自然对"小弟弟"的地球产生物理上的巨大影响……这就是为什么"庚子年"是"灾难年"之说。

我不信这些"玄学"。但似乎又没有能力进行反驳。因为有些事你信不信是一回事，然而历史的现象却又是清清楚楚、明明白白告诉你——它就是"不顺"和"疫灾年"。看看中国近代史，可不是嘛！你看——

1840 年庚子年：中国第一次鸦片战争，西方列强敲开了古老封闭的满清王朝大门，是我国近代屈辱的半殖民地半封建社会的开端。

1900 年庚子年：八国联军为扩大对中国的侵略，进犯北京。导致中国陷入空前灾难，险遭瓜分。这场动荡被称为"庚子国难"。

1960 年庚子年：全国大面积受灾，其中以河北、山东、山西最为严重，占耕地面积的 60% 以上。中国经历了持续 3 年的困难时期，这场大饥荒，给人民的生命和生活带来了灭顶之灾！

以上这 4 个"庚子年"，我有幸经历其中两个，大概一般人都不可能经历更多。1960 年的庚子，我出生不久，那时全国人民都处在荒饿之中，许多人没有挣扎过来而死去了。我后来成为家里的独生儿子，就是因为在这个"三年困难时期"里失去了比我小四岁的弟弟……乡邻们抬着那口小木棺材出殡时我母亲哭天喊地的那一幕永远烙在我童年的记忆中，而且因为没有兄弟，之后受外人欺负的事常有，这是许多像我一样缺少兄弟的男孩们的心头之痛。还好，因为生活在江南鱼米之乡，这个庚子年没有饿死我家其他人，我们后来生活还是比较幸福的。苦了的是我们的父母及爷爷奶奶。

再逆上两个庚子年我祖上的经历——如果不是因为2020年这一庚子年"被困"申城上海的话，我不会去追溯有关我家族历史上两次不幸与灾难的——今天讲出来是因为这个故事与上海有着密切相关的特殊性……

近代的庚子年——1840年，上海是个什么样？我爷爷都不知道。但他听他的爷爷说，那个时候的上海还真的刚刚从"海"的上面露出个笋尖尖。竹笋在我们苏南一带家家户户都有，一般种在宅基后面，它起的作用是冬天挡北风，夏天可以乘凉，春天能给笋吃，秋天伐下可遮掩漏雨的房屋。你说竹笋对我们苏南人有多大的影响！所以爷爷的爷爷用"笋尖尖"来代称1840年时的上海是有道理的。再说，我爷爷的爷爷，那时常在苏州和常熟城跑生意的，区区渔村的小上海算啥？如果我爷爷的爷爷活到现在，他跑到上海听到嘲笑他是"乡下人"的话，肯定会气得大骂："你个小出棺材，葱头的个子，知道竹笋比你高多少吗？"这话的意思是：小赤佬（骂人粗话），你有多大的个头在这里瞎嚷嚷？老子吃的盐都比你吃的饭不知多多少，你还是"上海人"？！笑话，我在上海开河筑路时，你奶奶的奶奶还不知在哪个地方发芽呢！

我爷爷的爷爷够有底气，如果论在上海的资格，在目前2400多万上海人中几乎没一个可以与他相比。不是吗？哈哈，我替他骄傲，是因为上海最初像模像样成为镇，应该是在宋朝，后来就慢慢有了"城市"的轮廓。清朝时，苏州城内的富商们开始陆续往海边的这个地方迁移。从苏州到上海的距离，自古以来没有什么变化，现在两地之间如果走高速路，只需一小时。然而在我爷爷的爷爷时代，要走整整两天甚至三天。为什么？因为那个时候唯一"先进"的交通工具是船。现在上海市区除黄浦江外，另一条河为何叫"苏州河"，其主要原因就是最早的时候内地人到海边来，唯有一条大河通着，它就是苏州河。所以知道苏州河才是上海的"母亲河"，才有资格称为"上海人"；会说黄浦江是上海的"母亲河"的，皆是后来者，或者说是我爷爷的爷爷口中的"外乡人"。

1840 年前后，苏州城里仍然不断有那些财主往上海迁移。我爷爷的爷爷兄弟二人，力大无比，在十里八乡有名。要不然，他们怎么可能硬压倒了桂姓，把原来叫"桂市"的一个镇，正式改名为"何市"——我出生时，何姓就是这个镇的"大户人家"。全国没有第二个"何市"。

我爷爷的名字叫何叙生。爷爷的爷爷叫何兴生，人称"何大力"，力气特别大，据我爷爷说，他爷爷能一个人挑起 800 斤的大石头。"何大力"时代在上海算是一个人物，因为那些从苏州搬迁到上海的有头有脑的"大户人家"离不开他和他的船帮搬运，所以爷爷的爷爷在苏州、上海两地很吃香。那个时候的船帮是不是有点像今年管交通一类的"官儿"？反正富人穷人都得靠上我爷爷的爷爷。

有些势力和人缘的爷爷的爷爷"何大力"，认识了一位贺姓财主。当时上海黄浦江西岸和苏州南岸已经有街道、有商店，渐渐地热闹起来，这个速度是空前的，10 年中人口大增，甚至几条主要街道开始拥挤了。另一个情况是黄浦江两岸开始起来一个个码头。尤其是黄浦江与苏州河交界的一带沿岸，码头一个接一个，现在我们知道的"十六铺"码头，就是其中之一。与此同时，就是黄浦江东岸的船厂方兴未艾地迅速占据沿江各个地方。

"大力兄，我们一起在浦东那边弄个码头如何？我出钱，你出人和力……"一天，贺氏老板找到我爷爷的爷爷。

"好个呀！码头码头，船头到头就是码头。我干的就是这生活，我看蛮好，弄个码头，省得老靠人家那里，还要出份子钱呀！"我爷爷的爷爷何兴生——何大力爽快地答应此事。

"起个啥名字呢？"贺氏老板有些为难了，因为从心底里他是想用贺氏码头的，但又因为跟我爷爷的爷爷"合办"，如果用了"贺氏"打头，担心我爷爷的爷爷心里不舒服。贺氏是读书人，聪明圆滑，他很快起了个"中性"的，而且两人都能接受的"好名"——和氏。

"我们两人我姓贺，你姓何，都是韩氏后代，今天又一起在上海兴业，便该和为贵。所以我起个'和氏'商号，你觉得好不好？"他征求我爷爷的爷爷意见。

"好好！这个'和'字好，啥事体只要'和气'，就能生财呀！我双手赞成！"

那个时候，几乎所有的码头都是某某人的姓氏作"商号"。"和氏码头"就在我爷爷和贺氏先生一起动作下，在如今的浦东陆家嘴沿黄浦江往东一点的地方成立了。即今天的"东方明珠"塔向东沿黄浦江向吴淞口方向500米左右的那一片沿江之地……

"现在这里寸土寸金，1亩地至少可以卖到10个亿地皮价……"原陆家嘴开发区第一任总裁王安德先生告诉我，十几年前他退休时，那一片土地开发价是他说的这个价。

我爷爷告诉我，他听他的爷爷说，当时"和氏码头"占地约300亩。好家伙，如果爷爷的爷爷把它留到如今，我何氏家族怕也进了"富豪榜"！

可惜，如此美妙的好事被1842年一纸《南京条约》和洋人铁舰船的"轰隆"声全给炸灭了！

庚子年过后的第二年，英帝国主义强盗在完成对广州、香港的霸占之后，强行逼迫软弱又腐败的清政府签订了丧权辱国的《南京条约》。这一条约打开了东方大港——上海的大门。从此上海开始了一个自己不能主宰的历史新纪元。

"1840年的庚子上海，闹过一场大疟疾，死了多少人当时没有衙门来统计，但肯定不会少于上千人……那个时候全上海也才三五十万人吧，死上千人就是吓死了的大事体！"在我小时候，夏天乘凉时，爷爷给我讲他爷爷的故事时说过这样的事。

听爷爷说，后来他爷爷他们再到上海做生意就非常注意身边备些老鼠药。

"是老鼠传染的病吗？"那时我不懂。

只记得爷爷说："那年是鼠年。老人有句话：鼠年不吉利，有灾有难……"

真的假的，我不知道。但爷爷的话在我幼小的心灵种下了这根"筋"——所以在我们苏南一带，过去每家每户粮食未必仓满，但却少不了备一包老鼠药。而且慢慢也常听说有人寻短见一般都是吃老鼠药。

这就怪了！

听爷爷说，他的爷爷后来运气不太好，就是因为一次"拉肚子"，一拉不休，直拉得他差点儿见阎王爷。从此，"何大力"就不再是苏州、上海码头上的头牌大力士了。

没有了力气的我爷爷的爷爷在上海滩的事业开始走下坡路，到1875年去世前甚至连拿只碗的力气都没了。至于他和贺氏老板开立的"和氏码头"，则因"何大力"不能常撑场，所以洋人大铁船靠码头后，一步逼一步地将这块与苏州河出口处"斜对面"的风水宝地霸占。据说我爷爷的爷爷当时分得二三十两银子，但为了治病，花得精光。

"我阿爹后来只在洋人办的铁船厂里当伙计，因为这个码头不再有我们何家的股份了……"爷爷说，"但他也算是有力气人，一个人能单手举起近300斤的东西，可以靠力气吃饭。上海码头多，所以只要有力气就有饭吃。"

爷爷的父亲——也就是我的曾祖父，靠力气在上海滩和浦东码头又洒干了一辈子的汗水，混得一口饭，养活了家里的3个儿子。我爷爷是兄弟3个中"老末"（最小一个）。嘿，这何家3兄弟个个彪悍，曾一度驰骋黄浦江两岸的码头上下。然而上海滩码头上是三教九流最活跃的地方，也是黑道白道争夺最激烈之处。我爷爷他们何氏三兄弟尽管有力气，但最后不是伤病致死，就是勉强维持一份口粮而已。等爷爷开始有家有室有儿子后，他不再相信靠力气可以吃饭，所以力争让我父亲——他的大儿子"改弦更张"，在老家学点文化。二儿子——我叔叔遗传的父亲和祖父的基因较多，力气比我父亲大，所以最后还是走了"靠力气吃饭"之道。

1932年，一场瘟疫，彻底打碎了我爷爷的"上海梦"，甚至使得他举家退出上海滩码头、解甲归田回到原籍，从此让我"何氏家族"与上海"失联"至今……

那场瘟疫与一场战争有关：这就是著名的"一·二八淞沪抗战"

一役。当时驻上海的国民党十九军与侵华日本海军在上海大打一战，双方伤亡同样惨重。自古以来战争之后必有大疫。作为中国第一大城市也没有逃脱这样的命运。1932 年 4 月 26 日，发生第一例霍乱，迅速在市区传染开，而且传染到了武汉。这一次霍乱除了上海，武汉是第二个瘟疫暴发流行地。上海自然更严重，到 1933 年 3 月 19 日，上海因霍乱而死达 503 例，感染上的人数达 10686 人。这个数字在今天看来似乎没那么严重，但不要忘了当时染上这瘟疫的患者，其死亡率是非常高的，达 7.4% 呵！

我的爷爷为此彻底告别了上海，那一年我父亲刚刚出生。爷爷本来对"靠力气吃饭"的前途已经伤心透了，再加这场"吓死人"的瘟疫，从此对上海产生了恐惧感——"我们家里好"。他至死前一直对我这样说，就是在晚年病榻上知道我已经在北京的解放军总部机关工作了，他仍然念念不忘吩咐他孙子一句："大城市里没啥好的。人多，容易出瘟……"

庚子年里有无大疫？谁也说不清。但因为此次武汉疫情暴发于庚子年来到之际，所以"庚子有大疫"，成为一个社会话题。

到底是否有"根据"？现在资讯发达，天底下的事又多，所以任何一个好或坏的事情，都几乎可以从正反两个极端找出一百种、一千种的"例证"。但我关心的是与上海、与此次武汉疫情有关的"历史例证"，因为这很重要，原因是，同样一个城市，为什么上海与武汉同样出现疫情，却有完全不同的后果，这是一个现代文明社会特别要研究的重要话题，且这话题具有现实未来意义。

我们必须寻找不再重复灾难的根源与可能。学习和研究"上海经验"，就得了解上海曾经一次次对付疫情的手段与从痛苦中走出来的路径……我绝对相信如果此次新型冠状病毒肺炎在北京暴发的话，肯定不会有现在武汉那么惨，因为我们经历过"非典"疫情，知道如何做，甚至如何面对恐慌与死亡。这是血的代价换来的。

上海能够有今天的"娴熟"对付疫情的能力，与曾经所付出的一次次血的代价有直接关系。

大上海开埠以来所受的疫灾比中国任何一个城市都多——这是它的许多特性所决定的：开放程度最大、人口最多，又是容易产生疫情的南方，还有它历来受外来列强的一次次奴役与粗暴的对待等等，上海的这些特殊性对今天和未来的中国现代化城市的防疫都具有意义。

当我走进上海图书馆，去查阅相关资料和阅读百年来发生在这个城市的疫情时，可谓大吃一惊：原来历史上的上海曾经发生过那么多的大疫啊！我美丽繁荣的上海，原来吃过那么多苦哟！

不去说远的，仅解放前"民国时代"的上海，曾在23年间先后出现过6次天花大流行。

"天花"这词现在的年轻人已经很少听到了。可在我们小时候似乎经常能听说"某某家谁谁得了天花病死了"的一类噩耗……史料告知：在上海1926年到1949年的23年间的6次天花大流行，死亡率相当高。伤寒病在清末的上海也曾经流行，每隔2—3年就要流行一次，从1930年到1940年的10年间，仅此一项流行病毒在上海累计发病15190人，死亡近万人，死亡率高达59.5%。

专家告诉我，旧上海的传染病之所以流行得十分猖獗，其原因有四条：一是市民对居住的城市环境缺少保护意识，甚至对给自身造成的健康威胁充耳不闻，视而不见，邻里之间"各管各的弄堂"，没有群体和集体公共卫生概念，更不用说相互帮助与防范。弄堂、阁楼和作坊式的小家庭生活方式，加上那个时候宰牲不统一、垃圾乱丢等等，市民不仅自身不注意卫生，更无视周围群众的健康和生活，制造污染和污染源太多，甚至有的弄堂里的脏乱环境到了令人无法容忍的地步。二是旧上海的城市污水大多不经任何处理就直接排入苏州河和黄浦江，使上海的水质遭到严重污染，已经变成肮脏的"大水沟"，甚至污染到井水和市区的所有支流。三是对尸体的处理。大多数民众根本没有认识到处理尸体与人类的健康有着重大的关系。近代上海乞丐、流民特别多，他们死亡之后，无人收尸，且每次大疫，定有许多人死亡，这些尸体多数裹以草席浅埋，或者干脆扔在空旷之地，不予掩埋。四是旧上海时，无论有钱人无钱人，办婚、丧事都喜欢讲排场，逢年过节聚会盛行，一到春节，拜年、庙会等活动成为扩散瘟疫的主要途径。无论大户人家、石库门小户居民还是市郊农家，都是按上海旧习俗"招待亲友三天"办理。三天之内，从早到晚，几十人、上百人，聚集在一起，吃喝玩乐，又不怎么讲卫生，都给传染病提供了广泛流行的契机。

"城市病让旧上海饱经疫情屡次折磨！"这位专家如此说。

9 对"疫",上海早有招

"城市病"?！专家的概念让我第一次警觉它的严重性。这其实并不是新名词，以前我们也曾听说过，但似乎只注意了比如车多了、道路拥挤，我们上下班堵在路上几个小时回不了家；一下雨、一下雪，不是水淹了，就是道路瘫痪了，或者用电不够，傍晚一片漆黑……我们去想一个病毒流行的"城市病"，不仅使我们生活在城市里的人没法出家门，而且要面临一个个活生生的生命瞬间消亡、一个个家庭悲惨地消失……一个强大的国家陷入全面瘫痪的境地！

今年这个春节的武汉、庚子年的这个春节的中国，遇到的就是如此境地！此"城市病"比患癌症还要可怕。

"城市病"在今天的武汉、这一回的中国，被淋漓尽致地暴露了出来，甚至有些行径丑恶得令常人难以接受。而新型的"城市病"又与乡村紧密联在一起——我们的几亿农民工往返于城乡之间，还有我们那些已经在城市里、乡村中富裕起来的人，又从一个个城市的机场飞向全世界的另一个城市、另一个乡村，于是新型冠状病毒肺炎可能蔓延……这样的"城市病"或许比核战争还要令人担忧。

呵，我的城市、我的上海，我的中国和中国的其他诸多城市，你和你们想过这种"担忧"吗？

一个城市，有时如同一个人一样。我们常说久病的人有时寿命反而挺长，而平时一直觉得他是气壮如牛的挺健康的汉子，可能一次病情就送了性命。城市和国家何尝不是如此！

所有这些看似古老和朴实、简单和平庸的常识，有时会比一条真理更深刻和精辟。我们万不可忽略和忽视了它的存在与价值。

上海有一次我们这一代都知道的发生在 1988 年夏天的那次甲肝大流行——

当时暴发甲肝的时间点与此时武汉疫情很接近：并不算寒冷的 1 月。春节快到了，上海市民们家家户户忙着备年货。许多家庭和单位从元旦开始，已经呈现了相互送礼、请客吃饭、聚会等"过新年"的传统"走亲戚""闹门闹门（热闹热闹的意思）"。改革开放十余年了，尤其是周边的老亲戚、老朋友们所在的江浙乡镇都已经富裕起来，惹得上海人心里"痒滋滋"。吃、送、收……你来我往地吃、送、收，浩浩荡荡，一浪更比一浪高。也不知从什么时候开始，上海人竟然喜欢吃一种叫"毛蚶"的海鲜美味。你家吃、我家吃；你吹它好，我说它更鲜，也不知谁把根本不起眼的毛蚶抬到了佳肴和贵宾席上……"统吃！阿拉就是喜欢吃毛蚶！"上海的特点是：一旦某样东西在市民中流行，那后来居上者一定要"白相"出更高水平！于是乎，毛蚶成为上海人酒桌饭席上的重要谈论话题和论说对象，甚至关联到"某某人的生活水准"。

"拆烂污了！"上海人讲这话的意思是：麻烦大了！

果不其然，有人感觉吃了这家伙肚子不舒服了：呕吐、发热、浑身没劲。

"哈哈哈，老弟可能是吃力了！弄点感冒药吃吃就好了……明天阿拉屋里请侬再来吃鲜毛蚶啊！"瞧，还在请吃毛蚶。

但这位发热无力的老弟过了几天，身体越来不舒服，再看看面孔，蜡黄蜡黄的！

"侬做啥整体了？刚刚两三天没见面，小面孔就黄成这个样？"朋友一看吓坏了，"赶紧上医院！"

上医院一诊断：你是肝炎！甲型的。

天，这是咋回事？

吃了啥东西？

没啥特别呀，就是点毛蚶呗！

医院受不了啦：突然间一个比一个脸色蜡黄蜡黄的人来看病，最后整个上海市区医院里就诊的患者人山人海，挤破了头都轮不到会诊！

一场感染人数达 30 万之多的肝炎大流行在上海以空前的势态袭击着每一条弄堂、每一个小院和每一个单位与小区……热闹了百年的南京路和外滩在那些日子竟然变得冷清起来，只有些不知情的外地人偶尔在那里溜达。凡是上海本地的人都老老实实地不敢越雷池一步，生怕传染到自己身上。

那时人们还没有手机，打个电话也要长途费，所以上海到底发生了什么，宣传管控得外地人只知其一二，却并不知全部真相。只有上海人自己知道到底是怎么回事。

"病从口入""茹毛饮血""贪吃寻死"……这几个词一度在当时的上海百姓中流传很广。一向很高贵和高傲的上海人也惭愧地低了头，因为以前他们总是称别人"邋遢"，这回他们自己彻底"邋遢"了一回，还差点被死神拥抱过去。

然而，尽管特大的疫情来得突然、传染范围非常迅速和广泛，当时的上海市委、市政府的行动如今看来仍然可圈可点。他们雷厉风行地出台了"三招"有力措施：

第一招，360° 全方位无死角洗脑式卫生宣传。那时大上海也没有网络，于是他们就在每天的《新民晚报》《文汇报》等报纸刊登最新的疫情，本地电视台和广播电台连续十几个小时滚动疫情科普和防治措施，街道、居委会则挨家挨户发宣传单，顺便排查居民有没有甲肝症状。找到1988年1月18日的报纸，上面报道的就是第一、二例发病者的情况，什么人、什么事引发的病患，并立即指出可能是食过了毛蚶所害。整篇报道有两只手掌大，在《新民晚报》上可算是"大新闻"了。几乎家家户户有这份晚报的上海市民可以说在几个小时内都知道了"吃毛蚶要老命"这样的危险提醒。"快点放筷放筷！"这一天估计有一半以上喜欢吃毛蚶的市民真的放下了筷子。之后，又天天轮番地介绍传染情况，一天比一天严重的患病人数，让整个上海市民的"神经全都竖了起来"——当时的市领导听百姓这般议论，连声说好！要的就是"人人皆知，全民皆兵"。

第二招，果断掐断直接传染源头。上海市政府决定上海全市严令禁止销售毛蚶，一经发现，立刻重罚，并收缴销毁了一大批毛蚶，而且通知各居委会到弄堂、到小组、到单位，实行相互监督检举。你卖蚶不是病毒来源渠道嘛，那我就切断你来源，谁卖罚死谁。你不是嘴馋嘛，那我告诉你明天到单位、到居委会检讨交保证书！再拒不配合禁吃毛蚶的规定，拉到派出所说个明白。再不听话？那就"请进局子里去反省反省"，谁还在偷偷买卖？好，抓住就重罚，罚到你肚脐眼都发疼还不罢休！

第三招，动员全市人民参与"战'役'"。1988年的上海，其实只能具备接收传染病床位2800张，加上所有医院病床总数也才约55000张。疫情暴发高潮时，不到半个月就床位紧缺了。怎么办？

市委书记一声命令：不惜一切代价，必须将肝炎病人全部收治，切断病毒传播。于是乎，工厂企业主动把仓库、礼堂、招待所等改成临时隔离病房，让本企业甲肝病人入住；部分旅馆酒店也临时被征用为隔离病房；各区学校、新竣工的楼房，统统都改用于安置病患……再不够了时，市民纷纷从家里扛着折叠钢丝床跑到医院说是来捐献。一时间，全市共增设 12541 个隔离点，床位达 118000 张，另有近 30000 张家庭病床备在后面，随时等用。

如此这般，一场史无前例的上海大疫被硬硬地扼制住了！

不管是老上海，还是新上海，这一次惨痛的疫情和血的代价，让上海人明白了一个道理：讲究干净是必须的，必须从细小的日常生活习惯做起；一旦有了传染疾病和疫情来临，动员和组织市民自觉行动，听党指挥，动员一切资源，全力以赴进行治疗；等等。上海人慢慢摸索和懂得了如何与一个个病毒、一场场疫情进行搏杀和较量的本领、经验、方法，甚至心理承受能力等。

上海人终于也活出了更高、更好的水平！

2003 年"非典"来袭，广东、北京基本"沦陷"之后，上海以其强大的抵抗能力，四面阻击，最终以最小的牺牲代价，保卫了1000 多万人的城市，捍卫了大上海的尊严。

"呱呱叫！"上海市老领导江泽民在北京竖起拇指，赞扬他的"阿拉老乡"。

从 1988 年到 2020 年，弹指一挥，32 年。

这 32 年间，上海发生了什么变化？上海的变化用上海人自己的话说：地上跟天，翻了个跟斗！现在我们的上海才像个"大上海"！

原来不像？外地人心想：你上海在 100 多年前在我们心目中就是"大上海"了！与 30 多年前相比，上海市区面积超过几倍；楼房超了几十、几百倍；摩天大楼的高度超了几倍、几十倍，当然财富更超了几十、几百倍！

100 多年前上海是"东方巴黎"。100 多年后今天的上海，用不着跟世界上的任何著名城市相比了，上海就是上海，中国的第一大城市，世界屈指可数的伟大城市。

一个特大型城市——如果算上外来务工和商务人口，上海已经2400 多万人口！新中国成立后的前几十年，上海的经济总量一直占全国经济总量的六分之一，如今依然不差。然而上海对中国的奉献何止简单的经济数字，它是中国现代化的主要基地和基础。还有一个别的城市无法替代的伟大之处，那便是这里是曾经领导中国人民推翻三座大山、建立新中国，并带领十几亿人用短短的 30 多年时间成为了世界第二经济强国的中国共产党的诞生地。没有哪个地方可以与此相比，因为没有共产党，就没有新中国。没有共产党，就没有今天中国的强盛，更不可能带给世界如此实惠的发展机遇……

10 上海不能"沦陷"!

"上海不能'沦陷'！绝对不能！"这是每一个上海人心中的豪言壮语，也是全中国人民的心里话。

经过中外专家推演：北京、上海、广州最有可能成为此次新型冠状病毒肺炎在中国的第二个暴发地，因为广东和北京已经经历了"非典"的侵袭，相对比较有经验些，市民防范意识和疫情之中的"实战经验"比上海丰富，而且上海与武汉皆在中国的中部地区，1932年的霍乱从上海起疫之后，武汉就是第二个暴发地，这两个城市是"中国腰部的两个有着特殊联系的腰子"，这意思是，只要一个腰子出事，另一个腰子会很快被牵连上。

真是这样吗？

没人回答。此刻公众的目光都在聚焦武汉，那些疫情太惊心动魄，发展得太不可思议！每天、每小时人们把眼睛都盯在了自己的手机上——估计包括我在内的所有中国人，自武汉疫情出现之后，每天花在看手机上的时间不会低于5个小时。我注意到身边的酒店的几位小伙子和姑娘，除了有人询问点事抬一下头以外，几乎抱着手机"工作"十五六个小时以上。确实，手机上的信息太丰富而"精彩"了：骂人的，各个村庄"硬核"的防控广播段子，今天批这谣言、明天否定那防治方案……总之自有网络和手机以来，全中国"机民"们、网民们投入最多和最专注的时间就是这个庚子春节前后的寒冬与冷峭的春天。

怎么能不专注啊,都是妈养的,都是肉身子,而且改革开放之后大家口袋里、银行里都有"存货",好日子也才刚刚几天、几年,阎王爷就要来收我们走?谁甘心呀!

没有人心甘情愿。没有人坐着等待末日。所以全都疯狂起来了——在网络世界里,一大批"知识分子"更疯狂,他们因为有"知识"、会说话,说的话让人信,说完明天或者3分钟后又变了个口吻再"隆重推出",即使推错了,最多笑眯眯地告诉你——这是"假的"。你哭笑不得时,他在数"点击量"时已经笑得前俯后仰了。

这就是疫情下的一些现实百态。热闹透顶,滑稽透顶,又严肃透顶,又真真假假透顶。总而言之:历史无二,未来不知能否赶上此疫之社会精彩之大。

但是话得说回来,如今是一个人人都可以纵论天下大事的时代,假如突然断了网络联系、没了手机上的信息与资讯,真是想象不出这个疫情春节期间14亿中国人会疯狂成什么样!老老实实闷在家不出来?不可能。一天两天或者一个星期不出家门,估计有近一半人会疯掉!如果再有十天八天不让出家门,你就是用石头堵住他家门和院子围墙,他也会想法用炸药炸出个洞逃出"牢笼"!

然而,此疫无法想象。可以上天和使用及创造5G的人们,却无法与一个小小的肺炎病毒抗衡,甚至对它传染的基本"门道"都摸不清:

"它太狡猾了!"

"诡计多端!"

"虽说现在公认为它来自蝙蝠，这是因为根据'新冠病毒'基因结构与 SARS 冠状病毒 80% 的相似得出的一个推论。但真正的天然宿主到底是谁至今仍无定论。"武汉大学医学病毒研究所教授杨占秋这样说。

"潜伏期长。一般 14 天内暴露出来，可最长的现在发现还有 24 天的。"杨占秋说。

"我们在对一位临床患者插管时，一下有 9 个现场的医生传染上了！它的毒性足够厉害！"武汉同仁医院的一位医生说。

今天（2 月 27 日），也就是我正在创作此书时的日历。从 1 月算起，到今天快两个月过去了，但对此次狡猾的新型冠状病毒我们仍然有些束手无策，因为它的传染和传播出奇地诡异。比如昨天宁夏宣布一例"外输入"患者，其染上此病毒的过程就让人有些不可思议。

2 月 26 日，宁夏中卫市应对新型冠状病毒感染肺炎疫情工作指挥部发布公告，当日该市发现 1 例境外输入型"新冠肺炎"病例，紧急追踪寻找密切接触者。患者主要活动轨迹：

2 月 19 日 13:30（伊朗时间），患者从伊朗机场乘坐 SU513 航班（座位号 16B）于 17:00 左右（莫斯科时间）到达莫斯科机场，其间患者佩戴 N95 口罩。在莫斯科机场附近的胶囊旅馆停留 16 小时。

2 月 20 日 9 时左右（莫斯科时间），患者从莫斯科机场乘坐 SU206 次航班（座位号 35A），于 23:05（北京时间）到达上海浦东国际机场。出机场后乘坐出租车到达和颐至格酒店入住（房间号 3078）。

2 月 21 日 16 时左右，患者乘电梯下楼将所寄物件交与快递员后返回房间，其间患者与快递员均佩戴一次性口罩。

　　2月22日9时，患者乘坐网约滴滴车（沪GY0322）到达上海火车站，候车期间曾在火车站广场手机卡代办点办卡。18:36，患者从上海火车站乘坐Z216次列车（13车08下铺）于23日17:20，到达兰州火车站，在火车上除用餐外一直佩戴一次性口罩。其间曾在1号候车厅内按摩椅上候车。

　　2月23日20:00，患者从兰州乘坐K9664次列车（座位号1车4座，实际坐在靠车厢门第3排一处6人座位处）于2月24日凌晨1:19到达中卫，其间全程佩戴一次性口罩。

　　本来处在连续数天没有病例增加和严防死守的上海，突然紧张起来，因为此患者在上海停留过，而且走的地方相当不少：先在浦东机场，乘出租车到市内的酒店。在那里待了一天一夜多，又从酒店乘车到上海虹桥火车站。上午9点到车站候车时间长达近一天，一直到下午4点多才乘坐往兰州的火车。这一个"不速之客"，在大上海从东到西，横穿市区，并且都是在人群聚集特别多的机场与车站及酒店……上海无辜"躺枪"。要多少人去侦察、搜寻可能的"亲密接触"者？而这些"亲密接触者"又跟多少人"亲密接触"了？

　　大上海啊，疫情之中的大上海每天都遇上这般"火急火燎"之事！

　　"这可能是最小的'火急火燎'的事呵！你知道我们在最紧张的时候，一天要遇到多少这样的事吗？"市机关的朋友告诉我，"至少几十起！甚至上百起！"

　　天，原来此疫的城市保卫战、阻击战，真的像斯大林格勒保卫战，只不过我们遭遇的不是希特勒的军队，而是看不见、摸不着的病毒！

　　"可恨！其实它绝不比法西斯的侵略军队逊色！"一位专家说得不无道理。

11 北京"非典"时，我曾经绝望

1 月 23 日晚饭前，待在酒店里的我，觉得应该出去走走。因为连续几天在外紧张地采访，虽说接待单位的食堂伙食也算不错，但对我这个血糖高的人就非常痛苦了，好吃的不能吃，能吃的人家并没有专门为你准备——糖尿病病人的痛苦外人并不太清楚，有的地方还以为我嫌弃他们的伙食或接待不好。误会的事不少。

这天晚上想改善一下伙食，去附近商场那边热闹的一个西餐厅吃烤牛排。天下着小雨，那个西餐厅以前吃过几次，印象不错。但那一天基本没有什么人。庞大的厅内只有 3 个顾客，我算其中一位。我坐下后，隔着两个位置的桌子又来了位时尚的姑娘，很文静。我们彼此瞟了一眼，突然这个时候我咳嗽了几下。平时我也容易因稍稍的一吹冷风，就会咳嗽几下和有点鼻涕流淌，医生说是有点鼻炎。但这个时候咳嗽会给别人带来"危险"……

我看到那姑娘立即起身坐到了离我远远的地方，而且连连看了我两眼，好在她的眼神比较温和，不然我真会说一声：至于吗？

嗯，我突然意识到事情的"严重性"和"可笑性"：哈，上海已经对新型冠状病毒肺炎很敏感了！这也让我立即想到了当年"非典"时期的北京，谁要在公共场所咳嗽几声，如果是在车上，所有的人都会躲得远远的。也有人会用愤怒的或者是怀疑的目光瞪着那个咳嗽的人：你是不是患"非典"了？你怎么到处乱跑呀？

公开骂的也比比皆是。但通常避而远之——咳嗽者犹如瘟神一般。我想想当年遇到的事，不由得笑了起来。走出西餐厅时，我善意地向那女孩看了一眼，发现她双眼也盯着我，绝对不是多情地盯着，是高度警惕的目光。于是我向她笑了笑，算是一声"道歉"。

阿拉甭向侬道歉，侬自家要当心点嘛！回酒店的路上我在想着这上海姑娘一定是这样对我说的。

我一路笑着回酒店。其实因为那姑娘"瞪"我的态度和优雅的"离别"，让我对上海再度充满好感。如果在其他地方，可能是一场火药味非常浓的"战争"。这不是没见过。记得在"非典"时期，我每天要带着中国采访组到北京市政府那边去等待安排采访对象，不知咋的，每次一到测量体温时，轮到我总是亮红灯：37度还多一点儿。

那个时候大家对"非典"发热概念似乎没有此次疫情厉害，如果是这次碰到这种情况估计我早被"抓"进去了。有意思的是17年以后我在上海再量体温时，那把手枪式的测量器总出毛病，不是不显示，就是体温34、35度偏低状态。

"非典"那回，有一次我乘公共汽车从采访地回到自己设立的"封闭区"——自家的一间小房子内。路上看到，因为一个五十来岁的男子咳嗽了几声，有一位30多岁的女士在一旁嘀咕，惹怒了这位咳嗽的男子，开始是俩人对怒，后来发展到两家人对怒，最后竟然真的大打出手——因为咳嗽的男子身边有一位是他的夫人，而那个30多岁的女子身边也站着一位是她丈夫的男人……结果是我们所有乘车人倒霉，只能中途下车。下车时，多数人站在不咳嗽的那个女子一边，认为那个咳嗽的男人"不是东西"："他在这个时候说不准带着'非典'跑来跑去，把我们害了怎么办？不是太坏了嘛！""就是！咳嗽还出来干啥？"

明明可能与"非典"毫无关系，但那个特殊时期人们宁愿信其是而非麻痹大意。谁都不会轻易站在那个并非"非典"的男人一边……当时我自己也在笑，心想那老兄肯定跟我一样，平时抽烟什么的容易干咳嗽。但我也不敢轻易公开出面为他说"不"。可见疫情时的人们，防备心理都很高。

任何一个大疫情到来之际，真相是最重要的，它可以让所有人面对疫情时有心理和具体行动上的准备，怕就怕糊里糊涂中染上病毒并悄然死亡了。这才是最可怕的。

"非典"时我的经历可能比一般人更多些。《北京保卫战》中的这些片段曾经都是我亲身经历过的事——

"妈妈，你怎么走得这么快啊？"2003年4月初的一个早上，当秦某接到武警总队医院通知她的母亲患SARS已死亡时，当场哭昏在地。她怎么想得到患糖尿病的母亲会在转眼间变成了SARS患者并死得这么快！

那时SARS患者的家属还不是特别清楚自己的亲人为啥突然死亡，而且死得那么快。因此，秦某的心境非常不好，加上前期在医院陪床，已经被拖得很累。母亲没了，秦某的心空荡荡的，也吃不下饭。到第三天，又是咳嗽又是发烧，当时她还以为自己是累的，想吃点药可能就过去了。哪知4月5日到人民医院门诊就医，医院觉得她有点像"非典"症状——"当时虽然听说东直门医院等已经有'非典'病人了，可到底'非典'是什么样，说实话我们也不清楚，更不知道应该怎么收治。所以秦某上医院门诊后，我们就把她放在观察室留观。而那时医院的观察室没有什么特别的隔离措施，这让我们人民医院埋下了恶性传染SARS的祸根。"该院的一位工作人员事后这么说。

那是真正的恶性！

人民医院是北京著名的三级甲等医院，拥有85年历史，每年到此就医和住院的患者高达百万人次！为了能够让更多的市民到此方便就医，医院在设计时以尽量节省空间和方便快捷为原则，所有化验、门诊和收费窗口都尽可能地在一起。SARS就像一个杀手端着冲锋枪走进了人群聚集的地方。

秦某在留观期间，旁边是十几个其他病患者，他们后来大多没有脱离SARS的传染，其中有一位心肌梗塞患者转到心脏内科，一人传染了11名内科医生。那些内科医生哪知这位患者与SARS重症者秦某有过"亲密接触"，完全在不设防的情况下又不断传染给其他的同事和家人……4月17日，在向外转出29名患者后，人民医院于当晚关闭了急诊大厅间的天井，意为安排批的留观患者所用。哪知原本就通风不良的急诊环境更加恶劣，致使急诊药房、急诊检验、急诊收费和近邻的其他几个科室均处在由于空气不畅而形成的SARS强大的交叉感染区。

人民医院终于哭泣了，哭得那么悲恸。人们目睹着一个又一个的倒下，一批又一批的倒下，却无能为力……于是，医院上下，医院内外，一片恐慌。那些来看病和正住在医院的患者听说SARS蔓延后能逃的就逃，不能逃的也纷纷想法远离医院。原先在医院干得好好的清洁工和护工扔下一个月几百元的"瓷饭碗",不辞而去,SARS病房内的清洁工作和后勤工作不得不由医生护士来完成,这使得又有一批批医生护士感染上SARS而再度倒下……

人民医院再也无法承受这打击,于4月19日、20日、21日,连续三次向上面打紧急报告,请求停止急诊和门诊。中国CDC派出首席专家曾光前去调查核实。"情况属实,建议立即关闭所有门诊急诊。"曾光的结论,给灾难深重的人民医院带来转机。

4月24日,整个医院被市政府宣布隔离。5月初,人民医院向市、区两级CDC报告的"非典"患者高达200余人,其中本院的医务人员89人,年龄最小的20岁,最大的63岁,他们中有相当一部分是医院的骨干和专家。

与此同时,我们知道从人民医院那儿传染上的SARS患者仍然在北京其他医院不停地就诊看病,先是中央财经大学出现SARS暴发,继而是北方交通大学又暴发疫情,北京大学、清华大学、北医三院等地方的疫情也频频而起。

北京城彻底恐慌了——

学生开始成群结队地离校;民工开始成批地乘火车汽车逃跑;有钱人驾着车、搭上飞机匆匆离开北京;普通百姓扑向商场食品店卷起米面油盐醋往家奔跑……

一个个机关大门开始关闭;一座座小区实行封锁;一条条街巷没了行人和车子;市民们躲在居室不敢出门,惊恐地睁着双眼看着外面那个黑云压阵的慌乱世界……

一天,一辆公交车上一个抱孩子的妇女咳了几声,全车人吆喝司机赶快停车，随即争先恐后跳下车，路近的人干脆步行，路远的纷纷招手"打的"。

"的哥"问：那公共汽车上出什么事了？乘客说：上面有人咳嗽咳得厉害，可能是"非典"。"的哥"一听，脸色煞白，忙推说"车子没油了，我要去加油"。说着，"哧溜"走了。

"喂喂，我又不是'非典'！停车停车！"乘客一边喊着，一边追赶。

"的哥"早已溜回自家的巷口，想把车开进大院。

"不能进！你们出租车整天在外面拉人，谁知道有多少'非典'患者上了你的车。为了你的家人和全院人的安全，我们不能让你进去。"几位老太太严防死守着铁门，任凭"的哥"怎么说，就是不让进人进车。

"的哥"直蹬脚："我、我……这到底是怎么啦？你们不能不让我回家呀！要是我家有人得了'非典'谁救他们呀？"

"啊？你家有'非典'病人哪？"老太太们一听，吓得四处逃避，一溜烟人走巷空。

"的哥"抹干泪，走进自己家的楼门，敲了几下，没见动静，又敲："我回来啦，怎么不开门呀？"

"知道你回来了！可你不能回家，孩子要被你传染了怎么办？"里面的女人说话。

"的哥"一愣，说："你们怎么知道我会传染'非典'？"

里面毫不留情地："我们怎么知道你不传染嘛？你整天在外面拉人……"

"的哥"有口难辩，只好问："我总不能睡在门外面吧？"

这时门突然开出一条缝，缝里甩出一条被子，门又猛地关上。"你就今晚先在外面睡。不为大人想，也该为孩子想想。"

是啊，孩子比什么都重要。"的哥"想想也是，于是便无奈地卷起被子，萎缩在墙旯旮。真的累了，不管怎么说，先睡一觉再说。

"你别睡这儿呀！离我们门口这么近不行！"突然，对门的邻居在里面高声嚷嚷道。

这是"的哥"想不到的事，他火了："你们以为我真是得'非典'了呀？"

"你不是'非典'为什么你家里人不让你进屋？"

"我……""的哥"有口难辩，抱起被子就往楼下走。

他重新回到车里，一狠心：妈的，上路拉活去吧！

车子发动起来，轮子向前飞奔。"的哥"突然发现今晚的大街上，这么少的行人，这么少的车子，一条平安大道，竟然从西到东，没遇见几辆车子……

"这么大的城市，见不到人，见不到车，那种情景，不是亲身感受你是无法想象出来的。一句话，它比进地狱还吓人。"一个多月后，这位"的哥"依然心有余悸地这样说。

我就是在那时看到了这位"的哥"，而他也看到我——准确地说是看到了我们全家。

我、女儿和家人，全副武装的几个人：都戴着双层口罩，都戴着厚厚的眼镜，都穿着臃肿的衣服。

"的哥"下车给我们开车门，他的超常规动作，叫我感动。而他的话却更让我意外："谢谢你们，谢谢你们今晚给我开了彩……"

"北京这是怎么啦？大哥，你说这'非典'到底是怎么回事？咋弄得大街上一个人也没有啊？"他竟然哭了起来，哭得那么伤心。

兄弟啊，你哪里知道，我们还有比你更痛苦的心理历程呀！我心里这样说，嘴上却不敢对他说，因为他不知道我们一家三口刚刚经历的一场"劫难"比他经历的更加恐怖。

"的哥"将我们送到目的地后，一连向我说了三个"谢谢"。

红色的"的士"消失了，长长的街头恢复了死一般的寂静。

回到家，疲惫的女儿入睡了，家人则在窗台上一遍又一遍地用高强度的消毒药水在我们刚刚脱下的所有内外衣上喷洒着。而我怎么也无法抑制波澜激涌的心潮，独自久久地站在窗台边，俯视和举目远眺着眼前这个正在被SARS奴役和摧残的城市……

那一刻，我发觉自己真的泪流满面。

那一刻，我突然联想到了二十多年前自己在部队参加一场流血的战争时的情景。

我怎么发现眼前的SARS竟然会让我感到比当年参战时的那种心境更加恐惧？呵，我明白了：与敌人拼杀的战场上，我去了，死的可能就是我一个人，死了也会很光荣。可这SARS不一样，它让我看不到，它让我感到自己的生命不属于自己，而是属于我的家庭，属于我的同事和单位，属于周围的环境，属于这个城市，属于看不见摸不着的空气！

就在十个小时之前，当我居住的整个北京城人人都从单位和大街上躲进自己的家居时，人人都在关紧自家的门窗，以家为战，消毒反击，堵疾防魔时，刚因停课回家准备高考的女儿在下午三四点时，开始不停地咳嗽，不停地说她胸口难受。我和家人手忙脚乱地让她从书堆中躺到床上。然后开始测量体温……

"37.5℃"。第一次测量，就吓了我们一跳。

家人忙着找药，而我则忙着打开电脑，上网寻找"非典"的特征。网上的"非典"咨询都这么说：体温在38℃以上，伴有咳嗽，肺部有阴影……

吃药，继续测量体温。半小时一次。

下午4点半以后，女儿的体温一直上升至38℃，而且居高不下。"我难受，爸爸，我难受呀……"女儿的每一声叫喊和哭泣都揪着我的心。我成了热锅蚂蚁。

家人守在床头，负责测量女儿的体温，而我则不停地翻阅网上的"非典"知识，又不停地想操起电话咨询"非典"热线——可这一项又不敢轻易使用，因为知道一旦"暴露"家中有38℃高烧者，当时的情况下准会被视为"非典"患者。"120"急救车说不准马上开到家门口。

我不想这样简单地把女儿划进SARS去。

我们全家谁都不想这样简单地划进去。

是，还是不是？如果是，该怎么样？如果不是，谁能保证？是送医院，还是不送？如果送医院，要是不是"非典"，不是自找传染的死路吗？可如果是，送晚了耽误时间怎么办？

我和家人激烈地争执着，每一次给女儿测量体温后，都会在另一个房间里谁也不让谁地争执着。

我感到我要崩溃了。我甚至已经做好一切心理准备：假如女儿被 SARS 传染上，被急救车拉走，我一定毫不犹豫跳上车，与她一起走进病房，一起战斗每一分每一秒。那一刻，我觉得什么都可以不要了，我只要比我生命更重要的女儿！

女儿还在哭泣和叫喊。我无法在她床头待着，我的焦虑已经使我失去了作为一个父亲能够克制的情绪——我强装若无其事的表情走出电梯，又走出大楼，我看看周围没有一个人，于是躲到台阶的一侧，然后无比痛苦地仰起头，闭上眼，又合拢双掌，默默地祈祷了三声：老天，请你无论如何保佑我的女儿平安无事。

这是我平生第一次向苍天求助。

女儿的高烧不退，家人的药物治疗不见显效。我们全家需要作出选择——医院是唯一选择的地方。而医院在那时是最危险最容易传染 SARS 的地方。

我们不能不去了——在无法自我排除"非典"的情况下，只能选择去那个最危险的地方——去医院在那时等于是在死亡阵地上寻找一根救命稻草。

约深夜 11 时左右，我们一家三口全副武装地走出家门——其实也就是戴上两个口罩，多穿些衣服而已。出门后，好不容易打了一辆"的士"，还不敢对司机说上医院。

车至医院附近的 100 米处停下。我们一家人走进北大医院，发烧门诊大夫说还不能进去，"刚消毒，得等一小时"。

家人悄悄对我说："还是上普通急诊去看吧，进发烧门诊不等于接触一次'非典'嘛，不是'非典'也会感染上'非典'了！"

想想也是。于是我们带女儿上了医院一层的普通急诊室。当走进急诊室的那一刻，我的心猛然一紧：完了！

我眼前所看到的，是楼道里一个个"非典"，他们或是有人搀扶着，或是横七竖八地躺在走廊的椅子上哼哼着……

门诊的医生全是全副武装，我也在此刻看到了什么叫防护服。那医生穿的是罩式防护服，就像电焊工头上戴的那种。她每会诊一个病人就拿起消毒剂在空中喷洒一次，一个十来平方米的门诊室，拥进排着长长队伍的患者，我想不传染只能算是上帝开恩了吧……我已经把自己列入 SARS 候选人。

排队半个小时左右，医生让我女儿到另一个诊室拍胸片。

20 分钟后，X 光片出来。"没事，肺部清晰。"医生递过片子。

我们一家人都不约而同拍拍胸口：老天爷！

紧接下来是验血。我让女儿和家人在远远的医院外等着，而我则回到化验室等着，一分钟一分钟地等着——因为这是排除"非典"的主要依据之一。

25分钟后，化验单子出来。我赶紧出医院交给家人看。

"没事。"当过医生的家人这时恢复了自信。

又一个没事。那一刻，我的心——其实是我们全家的心才算定了下来。

上面的那位"的哥"就是在我们回家的路上遇见的……

第二天清晨，女儿的高烧已退。而我们的生活开始了新的内容：早晨起来，先是打开所有的门窗，再在所有的房间喷洒消毒剂。特别是门把手，要进行反复消毒。再在与邻居的接触地段，"狠狠"地喷洒大量消毒液；吃饭时，相互监督谁没洗手；出门时，检查口罩戴了没有——能不出门的尽量不出门。上班不能乘公共汽车，也不能"打的"——单位里已经这样明确规定了。有趣的是女儿一反常态，对还需上单位值班的我特别关心起来，只要一进门，就先让我站在门口，把鞋脱掉，再将外衣脱下搁到凉台。然后监督我到门口处的消毒液里洗手，洗完后再进里屋的一只同样盛有消毒剂的盆中再洗一次。然后跟在我后面，不停地朝我身上、头上喷洒由她妈配制的稀释消毒剂——我呢，每每女儿这样做时，都能自觉地配合。这样的生活方式在北京的这一年四五月间，几乎成了普遍。只是我们一家比别人多了几分紧张，因为我们全家都到过一次医院。那时得"非典"的人在别人眼里就是"瘟神"，而发高烧的人则几乎都被视为"非典"患者对待，如果有人到过医院则仿佛你已被死神抱住了——这也不能怪公众有这样的恐惧，因为几乎百分之八十以上的 SARS 患者都是在医院传染的。事后我才知道，当晚我们全家去就医的北大医院，那几天正处在"非典"患者就诊的最高峰。"24 号人民医院被隔离后，在西城的'非典'患者和发烧疑似患者全都拥到了北大医院，由于定点医院紧缺床位，那些已经确诊的'非典'患者和需要留观的疑似患者送不出去，只能躺着等在门诊室的走廊内外。那些日子里，天天都是这个样。"西城 CDC 的张震科长在我采访他时这样说。

数日后，我们全家安然无恙，逃过一劫。那种心境下使我有可能将精力和目光从自己的家庭转向外面的世界。

此时的北京城已经完全发生变化。

"国难当头"，成了许多官员和民众的口头语。

那时北京城里的空气是凝重的，人们的脸上没有一丝笑容，相互之间看不清对方的表情——口罩将一切痛苦的表情包在其中，压在心头。

一条"短信"，可以在不到一天之内，传遍全市。

"某某时间要封城了！"

"某某夜间要飞机喷药，请关好你家的门窗！"

谣言和消息就是如此迅速传播的。人们虽然不太相信有些太玄乎的"短信"，但采取的态度是"宁信其有，不信其无"。

那些日子里，市民们的生活这样度过：

有车子的，想跑到市郊，但他们常常被农民赶回来。

"告诉你们，不能在这儿通过，更不能进我们村。"农民们警惕地把守着自己的家园。甚至有的村民手持菜刀，列队排在村口的路中央，电视里播出一个村子不仅将全村四周全部用铁网和砖墙围得严严实实，而且把村口的那条通向外面的公路拦腰斩断——路中央挖的坑足可以填进两台坦克……

所有这些都是当年我的"现场"记录。可以看出当时北京人对"非典"疫情的恐惧。其实这在一定程度上是好事。真正可怕的是那些满不在乎的人。大家知道，在武汉疫情肆虐江城大地并连锁泛滥到全国各地、引起市场出现疯狂抢购口罩和食品时，某些西方国家就在嘲讽我们。后来发现，意大利出现疫情后，他们的超市货架抢空现象比我们曾经发生的疯抢潮还要严重，甚至有意大利人惊恐地说："二战时也没有见过这么疯狂！"其实从某种意义上讲，某些可以造成国难的大疫情，就是因为一些人"满不在乎"。他们平时"满不在乎"别人的劝说和忠言，也"满不在乎"疫情真的会来袭击。当然，更令人生气的是我们社会上有一些人一向"满不在乎"自己的日常生活行为，甚至把胡吃胡喝、追求新鲜刺激作为"时尚"，从而对社会造成巨大的伤害。当年有人狂吃果子狸就诱发了一场空前的"非典"疫情，此次武汉疫情至少目前来看，与那个海鲜野味市场有人买卖蝙蝠有关。

全国人大常委会终于开会，决定出台更加严厉的禁止食用野生动物的法规。这算是全民的一次对野生动物保护的觉醒吧。虽属亡羊补牢，但毕竟进步了。

12 申城战"疫"现场

好吧，我们再把时间拉回到 1 月 23 日晚我因为几声咳嗽被上海姑娘"温柔一刀"回酒店的时间段吧——

这个时间我看到了什么？一在看武汉的疫情发展和由此爆发的网络上的各种信息。二在注意我处的上海，上海好了，我也就好了，我们大家也都会好多了！

我注意到我所住的这家涉外的酒店里，那个高高个头的洋经理见我依然点点头，挺着直直的身板照常做他的事——每隔一段时间在酒店上上下下检查一遍。也注意到整个酒店里已经比平时少了大半人，清静了许多。好像不回家待在这里的人有些孤独，或者有些不太正常，因为是上海籍的，肯定回家过年去了，干吗住酒店；若是外地的，也到了放假时间，至少在回程的路上。我心头有一种孤独感油然而生，不过很快消失，因为这一生的职业习惯，总在外面跑。每每春节、国庆、五一等节假期间，是我写作的"兴奋期"。在作家协会干了几十年，没几个人知道我们都不是什么专职作家，平时都有自己的本职岗位，忙那些几百个职工吃喝拉撒的繁琐事儿。所以完成作品只能在节假日，我的重要作品几乎都是在这样的环境下完成的。

许多文化"饿汉"以为我们都是天生的"饱汉"，其实不然。

每个人生活和工作的环境不一样，能否有所成就，关键在于自己选择的方向和努力的程度。

2020年春节的这段时间，我意外地停留在上海，让我有机会"从头到尾""从里到外"对我祖先曾经洒下汗水与梦想的大地有了一次比较感性的体验，并随她一起滋润了我生命中一段难忘的岁月——

其实，我从本地新闻和朋友处了解到：1月23日的上海，各个医院已经开始严阵以待。比如在著名的瑞金医院急诊大厅内，患者人数并不算多。进门右手边，新设一个前置预检台，站在那里的导医犹如一名时刻警惕又很友善的"边防警察"拦下每一个进门的人："从哪里来？有武汉接触史、旅行史吗？发热吗？"

进门第一道关卡已经加装了移动空气灭菌站。"比起以往的空气净化器，它具有消毒功能，可进一步改善就医环境。"院方介绍说。

"我们原在急诊预检台工作。"导医小姐说，新型冠状病毒肺炎来势汹汹，为避免可能的潜在患者走到急诊大厅，引导他们去往发热门急诊，医院在一进门处就设置了第一道关卡。

再往里走，可以一眼看到这样的装备：口罩、隔离服、护目镜……在急诊的一间诊室内，院方负责人介绍，自新型冠状病毒肺炎传播以来，在像瑞金这样的大型三甲医疗机构中，医院感染管理升级显得尤为重要。

发热门急诊装备完备地安装了进门诊大楼的监测体温。这里是关键地段，它将影响到能否切断传染源与非患者之间的流通。从急诊到发热门急诊，约有2分钟步行路程。在新门诊大楼隔壁的平房外墙上，"发热门急诊"的招牌赫然高挂在那。

因疫情 "被留" 在上海酒店的作者

患者可以往里走，但一般人立即会被制止："门之内就是污染区了，请你与它保持距离，以免传染。"把守在此的医务人员"铁板一块"，就是本院工作人员也不能随便通行。正在工作的医务人员一律穿戴一体式隔离服。

这是真真实实的临战状态！上海医院"硬核"！要知道，此时连疫情暴发地武汉的许多医院还没有做到这一点：差异性，决定疫情的危害程度。

隔着玻璃门，可以看得见"发热患者治疗间"如同一个完备的"小型医院"：预检台、候诊区、收费处、诊间、检验科、放射科……在瑞金医院，就在此刻已经能够做到：为避免传染病毒，每一个发热患者的一切就诊和治疗均安排在这样的空间内完成。

"23 日起，我们上海重点接收新型冠状病毒肺炎患者的医院，都要求这样做。这是阻击疫情、坚守高地的主战场，绝不能有半点马虎。"上海卫健委负责人后来这样告诉我。

"当时你们心里害怕吗？面对来袭的患者……"我问一位重症病房的年轻女医生。

她笑了一下，又绷着脸，认真道："不怕。上了战场，怕也没有用。再说，看到患者的恐惧样子，我们就更不能流露出一点慌乱情绪……"

是的。她让我想起了当年在部队和"非典"一线采访的情形。上了战场，你越怕越可能"牺牲"得更快，除非当逃兵。其实，战场上逃兵不仅最没出息，也并非那么容易逃得了。

自 1 月 22 日回到上海、决定这个春节在黄浦江边度过时，我就想给上海市委主要领导报告一下。因为他是我的党校老同学，一方面需要向老友报到，出于友情；另一方面确实也想问问他有没有需要做些事，在这个危难时刻或许在某个方面能帮些忙，再者自然也有一丝丝私心，倘若我在这期间不小心出了"事"，你老同学应该知道啊！

但最后我还是放弃了报告，心想人家忙得不可开交时，我何必去打扰。况且我还在期待他和他的上海市委、市政府领导团队能领导这个 2400 多万人口的中国第一大城市平平安安度过"新冠病毒"肺炎一劫！

果不其然，我马上知道了市政府"内情"：

还在我在浙江采访时，上海市委、市政府连续为武汉疫情问题按照中央部署和本市情况召开了几次会议，并在第一时间首先成立了以市长应勇为组长的上海市新型冠状病毒感染的肺炎疫情防控工作领导小组，统一指挥、统一行动。成立疫情防控领导小组之后，以市政府名义召开了记者招待会。市长应勇亲自出面回应了社会关切。他指出：要坚决贯彻落实习近平总书记对新型冠状病毒感染的肺炎疫情的重要指示精神和李克强总理批示要求，按照市委、市政府部署，切实增强责任感和紧迫感，以对人民高度负责的态度，沉着应对，迅速行动，周密制订方案，集中各方力量，落实联防联控机制，采取更有力的防控措施，全力以赴、科学有效抓好疫情防控，切实维护人民群众正常生活秩序，确保全市人民过一个安定祥和的春节。应勇特别强调指出了正值春运的当前，上海作为长三角最重要的交通枢纽，同时又是超大城市，也是全国百姓和国外朋友假期的主要旅游目的地，存在巨大疫情风险。因此全市各个部门、各个单位，甚至是每个社区、每个市民，都要增强风险意识，坚持底线思维，确保防控和救治工作落实到位。要进一步做实做强全市各级医疗机构发热门诊的力量配备和人员培训，做好监测排查和诊断、切实做到早发现、早诊断、早报告、早隔离、早治疗。要按照集中患者、集中专家、集中资源、集中救治的原则，对本市确诊病人进行集中隔离救治，加强救治力量，确保医疗质量和效果，对疑似病人确保救治及时和救治效果，同时注意防止发生医务人员感染。

大局和大面上的布局之后，应勇神情十分严肃地强调：此次疫情发展难料，能不能打好上海这一仗，关键在于我们上海自己。因此全市上下，都要落实属地责任，各地各单位要明确职责、压实责任，尽最大努力、用最严措施、以最快速度全面落实辖区防控举措。要加强对重点场所的监测筛查，尽量减少人群聚集性活动，加大对人群密集公共场所的预防性消毒和通风力度，发挥群防群治力量，积极开展环境卫生整治。要形成合力，全面落实联防联控各项措施，确保医疗耗材和防护物资供应充足。要做好信息发布工作，坚持公开透明、实事求是、主动及时、规范准确地发布权威信息，回应社会关切，及时澄清不实传言。

现在我们再来听应勇的这些话，似乎没多大的特别之处，然而要知道这是在对武汉疫情并不真正摸底，也不了解疫情将如何走向，甚至连武汉也没有意识到如何全局防控的1月20日，远在1600里之外的上海却早早地把防控的"重拳"挥了出去！

这一拳太精彩，太给力！

而令我更心潮澎湃的是应勇市长对全市部署好防控任务的第二天，上海市委书记李强再次召开市委常委会，除了更深入、准确地全面学习理解关于习近平总书记对新型冠状病毒感染的肺炎疫情作出的重要指示精神之外，又对上海防控形势进行分析，李强书记再三提出"绝不能有丝毫麻痹大意"。

我们面对的是病毒，病毒的特点是专门侵袭我们人类和人类生命的丝丝缝隙，所以，任何哪怕一点点的麻痹大意，都可能造成无法挽回的全局性危害。什么叫对人民负责？这个时候是考验和检验我们对人民负责的最关键时刻。列席参加常委会的同志告诉我，他对市委同志再三强调的话语，印象深刻。"很少听到领导这么严肃的口气。"他感慨道。

难道不是吗？春节春运，是中国人口流动性最大的时间点，上海客运的人次又居全国前列。每天几百万、总数达亿人次级别量的人口流动，这个无边无际的战场，如何防控，或许稍稍闭着眼睛想一下，都可能让我头痛得不知如何是好。

但此刻又怎能慌了手脚呢？

要落实全市联防联控机制。

要全力救治每一个患者。

要密切监控好每一位患者接触者。

要做好早发现、早诊断、早报告、早隔离、早治疗。

要确保防护物资储备和全市人民的生活市场供应。

要确保全社会不能乱象，有序生活。

要确保全市人民能过上一个安定祥和的春节。

要……

要……

那天，市委书记口中一下说出了一长串"要"，而每一个"要"中，都体现党和政府对人民群众、对上海这个城市的拳拳之心、赤子情怀呵！

呵，上海就是上海，不一样的城市，不一样的大都市！

那一天晚上，我独自来到离酒店百米之外的黄浦江边，默默地注视着大江两岸如诗如画的城市夜景，看着那些不会说话却永远挺立在那里的万千高楼大厦，以及静静流淌着的黄浦江……我想到了 100 年前在浦西的一条叫"渔阳路"的小巷内的阁楼上，一位四五十岁的长者和一位 20 多岁的青年促膝倾谈着：

"中国需要马克思主义拯救中华民族！"

"拯救中华民族首先要拯救劳苦大众！"

陈独秀教授和湖南来的青年学生毛泽东的双手紧紧地握在了一起。就是这两个巨人之手的紧握，凝聚了一座"主义"的钢铁长城……

是啊，上海的昨天告诉我们：有中国共产党在，中国什么艰难困苦不能克服呢？

那一夜我睡得比较安静和踏实。一颗悬在半空的心，落定在地上……

13 最无味的"过年"里，他们全线出击

2020 年 1 月 24 日，是农历大年三十。在中国人的实际生活中，这一天其实最开心最欢庆也最充满喜悦的节日气氛。因为这一天通常把手头的事做得差不多了，年货也已备齐，餐桌上的狂欢也是这一天晚上。

亲人聚在一起吃团圆饭、朋友之间拜早年，然后还有一个几十年养成的习惯——看春晚节目。可是庚子年的除夕之夜，因为武汉疫情完全改变了中国人有史以来的"大年三十"。不知道西方国家能不能理解那种不能过"圣诞节"的感受？中国人在 2020 年 1 月 24 日这一天经受了空前也可能是绝后的一天。

老实说，这一年的春晚"最没劲"。自然因为大家心境全无，武汉疫情的妖火几乎把全国人民的心都要烧焦了，谁还有心思看"蹦蹦跳跳"的？

庚子春晚，无人喝彩，事出有因。

最让人压抑的是这一天亿万万中国家庭的亲人们"原先说好的团聚"被突然"刹车"，完全不在预料之中的事发生了：有的人被"流放"在半途，成为落荒的孤魂，最惨的那位要算湖北籍跑长途的司机肖师傅了，这位家住荆州的湖北司机 1 月 7 日承接了一趟到浙江义乌的拉货生意，后来又到了深圳，往福州又拉了一趟活儿，

最后到达四川达州，一路奔波想多赚些钱。哪知这个时候湖北疫情大暴发，行驶在高速路的"鄂牌"车子从此到处被截——不让他安顿和下行到相关地区的停车场，当然肖师傅也就无处居宿了。后来湖北境内和全国许多高速路都封路，他便只能在汉中一个中途站落定，可是因为他是"湖北人"，谁也不肯轻易接近他，身为"湖北人"的他也不敢乱跑，真要给当地人抓住说不准后果更加严重。就这样，肖师傅被困得像只铁笼里的孤魂，在无人搭理的公路与荒野之地流浪了整整20天，最后快成了"野人"一个。

听起来肖师傅的命运有些惨，其实还有很多人并不比他幸运。有一对在海南岛疗养的情侣，原来正准备大年三十从三亚回到武汉，但因为武汉"封城"，他们只能换乘到长沙，想看看那边能不能改乘长途汽车回家。但等飞到长沙下了飞机，住下一夜后，第二天正准备乘大巴车时，又被赶下了车子，说："武汉那边不去了！停运。"

这对情侣开始各说各的，一个说干脆到云南西双版纳玩个痛快，反正武汉回不去嘛！一个说大春节的不回去漂流在外没意思，说什么也得回武汉呢，再说爹妈都在家里等着团聚呢！

"回去就死。"男的生气了。

"在外面也是死！"女的回敬道。

"在外死得有尊严，死在武汉连别人收尸都嫌弃你。"男人咬牙说。

"我是武汉人，要死也死在武汉！死了没人收尸我也要把骨头烂在武汉，绝不落荒在异地！"女的跺着脚说。

男的按住胸口不再说话。女的捂着脸嚎啕大哭。

最后他们决定在当地住下，等着疫情发展再论出路。可是就在大年初一的时候又被当地街道的"小脚老太太"们侦察到，立即有警车出面将这对男女青年"抓"到一辆车上。

"我们又不是坏人你们怎么能这样对待我们呀？"女的哭，男的嚎，可根本就没有人理会他们。

他们是被强制隔离。这对情侣愤怒至极，多次"抗议"当地不给他们"人身自由"，他们哪里知道，其实这是当地政府有关部门出于对他们的安全考虑才不得不如此。因为一旦将他们放出去，若被人知道是"武汉人"，其结果可能比上面的肖师傅要惨得多。

其实比起上面这几个武汉人的命运来说，那"武林高手"吴一琴子落魄尼泊尔的"传奇"就算得上是一部真正的中国式传奇：披着长长头发的吴一琴子，无论起的名字还是着装，在外国人看来就是"中国功夫"的形象代表。他是1月14日因一位匈牙利朋友邀请到的尼泊尔，但没有想到去了几天后家乡武汉的疫情消息传遍全世界，尼泊尔是中国邻国，他原本去当教练的武术班被迫停办。小伙子无奈想赶紧买回程机票，然而晚矣：到武汉和中国境内的所有飞机航班停运。钱没赚到，带的钱也有限，怎么办？吃人家的咖喱饭一两顿尚可，天天吃受不了。自己买只锅自己煮些粥喝，也不是事。小伙子用身上的几百块钱租了一间房子安下身，但还是要吃饭和活命，于是吴一琴子唯一能想到的是：摆摊吧。耍上几下"少林功夫"，反正尼泊尔人不怎么懂中国武功。再来几段古琴——他庆幸自己随身带了一把平时喜欢弹唱的古琴，管用，虽然偶尔也受到嘲讽，但毕竟还能赚上几个糊口的零钱度日。一个多月下来，"中国功夫"的吴一琴子，真成了深山老林出来的"少林和尚"……

后来有当地做生意的华人看到他后，才把这位湖北小伙子搭救回了国。

难道只有武汉人、湖北人惨吗？非也。庚子春节，笑话和滑稽的事足可以装满几筐，因为大多数人在武汉疫情大暴发之际，基本都在回家的路上和出行的途中。即使在某一城市、某一地没上车、没搭飞机，但心也已经是在"路"上行了呵！比如你正准备回家、探亲访友、出国旅游等，突然飞机不敢乘了、高铁停运了，长途汽车你也不愿坐了，公路又封了，城里的公交、地铁也都停运了，你还能去哪？你有自行车骑着走？

"下来！你到哪儿？"社区保安或者临时警察把你拦住，盘问道。

"我、我到亲戚家去……"

"这个院子已经发现发热患者了，不能再进去！"

你还敢进吗？

你说我不骑车，步行总行了吧！

是，没有捆住、绑住你的双腿，但你真的能走到你那宿舍、你那小院子？

"有社区印发的通行证吗？没有？没有就不能出去。"

"你是出去回来的？有通行证吗？没有。没有就不能进这院子。你说你是住在这里的？那也不行。谁能证明你到底到了哪些地方……你说这是你的家其他地方没处可去？深表同情。但我们无法确定你从哪个地方回来，你必须接受 14 天的隔离。否则就只能'请'回……没处回？那你自己选择吧：要回家，就先隔离 14 天。不想隔离，此处无人收留你。你自己看着办吧！"

最后投降的是"你"。而这样的"你"在疫情之中，太多太多。有趣，也无趣，但是疫中的一个奇异"风景"。

其实，与生命相比，少看一场春晚，流浪一二十天，被人"保护"三五十天……又能算得了什么呢？

人命关天，才是我们最关心的根本。

武汉之后，湖北各地的疫情又如点起的星火，迅速在鄂地各个角落熊熊燃烧……这可不是什么温暖和光明之火，而是魔鬼和妖孽之火。它在无情地张着血盆大嘴，以每天十个、百个甚至上千的速度在吞食我同胞的生命。那般惨，那般恐，让所有中国人在今年春节前后的日子里尝足了苦味与血腥味……

武汉的疫情让一座曾经的钢铁伟城，如雪崩一般垮下、倒下，每天处在死亡的威胁与病毒袭击的焦虑之中。你一个个亲人来不及告别就永远地离开了，那些拼命挣扎之后仍然不能逃脱噩运的人连自己遗体的那一点最后的尊严都不得不放弃，更有像那个 6 岁的孩子在他爷爷死后独守其屋数日的悲与惨。正乃是：病毒猖獗虐，愁泪断三江。

上海不能！上海不能是武汉。上海不能有雪崩。上海若雪崩，浦江尽染血……

"我们必须立即采取最果断和严厉的防控措施，立即启动重大公共卫生事件一级响应机制！"

1 月 24 日，上海市政府召开工作会议，正式决定启动"一级响应"机制，严格落实国家关于"新冠病毒"肺炎"乙类传染病、采取甲类管理"的要求，实行最严格的科学防控措施。

所谓"一级响应"，是按照《中华人民共和国突发事件应对法》中的有关条例作出的最高级别的国家或省（区、市）相关地区的动员与措施。"非典"期间广东和北京等一些城市最后就采取了这一最高级别的响应机制，它也是国家法律条文规定的一种国家强制性最高行动措施，比如战争动员、疾病传染时的全民动员，在这个时候，所有的公民、所有单位、所有的部门，必须服从统一的行动和规范，违者法律严惩。

24 日，上海市政府向全市公民和所管地区的单位发出公告和新闻通知。它也意味着全上海对"疫"的战争正式拉响……

作为一次疫情大战，"一级响应"对普通人来说，他所能感觉的是：远行难了，先是重点疫情区来的列车停了；飞机航班同时没了；轮船自然也不会有了。省市区际间交通后来也一律停运。

所有人出门得戴口罩。若不戴口罩想进入居民小区或单位，以及商场等公共场合，另一方有权拒绝其进入并按要求强制劝回，不听劝阻者，执法人员可以拘留他。

当然，凡从疫情严重地区来的人采取隔离 14 天。这里指的自然是从武汉来的人。后来证明这完全是正确的决策，即使如此，仍有"漏网之鱼"，他们害了多少人不说，耗去国家多少财力物力和精力。一个湖北籍女刑满释放者被女儿接到北京，引起所在小区一片恐慌。最后司法部亲自派调查组去调查，可谓"兴师动众"。

自然，上海自 1 月 24 日"一级响应"后，所有娱乐场所停止活动，包括迪士尼（25 日关门）。同样，全市所有公共图书馆、美术馆、博物馆、公共文化馆等设施实行闭馆。简单一句话：除了生活必需品商店和药店外，其他的街道门面统统关闭。

上海还有两个"狠招"：公安、交通、卫健等部门从这一天开始，对全市所有进入市区的来沪航班、车次、轮船及过往社会车辆所载人员，全部实行体温测量及相关信息登记。现场发现发热人员立即采取临时隔离或转送定点医院等措施。也就是说，一张全覆盖的防疫大网把全上海所有陆地、水上和空中给严严实实地罩上了。

有人厉害呀，你举"盾"，我出"矛"。有数名外籍女子听说上海要"防疫检查"后，企图通过藏匿在车后备厢内蒙混过关。哪知仍被崇明的一个社区居民和执勤人员发现，直至劝回。几天后又一名外籍女子藏匿于后备厢，同样被执勤人员发现。

听到这样的故事，我也会笑出声：百姓、百姓嘛！啥事都可能做得出来。有时我在想：倘若武汉人想出城，他也不走公路、铁路和飞机，他就靠一双腿，专门走郊区的菜地、小树林，或者游长江，难道还有千军万马守在那里看住他？对此我高度怀疑，因为"封城"其实只能对那些开车、坐车、乘飞机的人管用，对"游击队员"你管得住吗？

"阿拉管得住！"当我把这样的问题向上海朋友提出来后，他竟然毫不含糊地这样回答我，并详细介绍说："当然我们的'一级响应'没有把市区四周的水上、陆地上像用篱笆和围墙似的整个砌起来、围得严严实实，但我们确实要求郊区四周的村庄、社区干部群众自觉组织起来，昼夜值班，巡逻检查所有进出人员、车辆，自然也包括在田头、村庄的角落。这是外围。好吧，你肯定怀疑即使这样也有漏网之鱼吧！是的，问题是，假如有这样的人进到上海市，他靠一双腿能跑多远？永远跑在田间地头？不可能呀！他只要一出田间地头，就会被我们的执勤人员发现，一发现他就没辙了，除非他往地洞里钻。他真要钻到地洞里好啊，你让他待上14天后，他再出来不就等于自我隔离嘛！"

哈哈……这招厉害！什么叫人民战争？就是人民充分地全体地被调动了起来。这就是中国，中国本来就是靠人民战争打败了对手，打败了帝国主义列强，打败了日本侵略者，还打不败小小病毒疫情？

笑话。阿拉上海是诞生领导人民战争的中国共产党的地方哟，侬别搞错了呀！

疫情好些的时候，我跟上海有关同志谈起战"疫"的群防联防事情时，这位上海人给我讲了一大串有趣的故事。一方面让我大开眼界，另一方面令我内心为大上海人的细心、严谨感到敬佩。我也在想：或许这样的人民战争只有在中国才可能推行和成功得了！这不，就在写书时（2 月底）的这些天，韩国、日本、意大利，还有伊朗等国，疫情蔓延得已经非常严重，而且后果或许不堪设想。包括美国这些日子都开始紧张了，他们除了对"新冠病毒"肺炎的传染感到束手无策外，他们更清楚地知道没办法像中国进行全民性的动员和全民的自觉行动。

社会主义制度又一次让世界感到"OK"。当然中国共产党也再一次被证明"OK"。

14 比较后，才知谁的城是真正的城

因为无心看春晚，因为手机上的信息一直比春晚的"节目"要快捷和惊心动魄得多，尤其是武汉方面的消息几乎每分钟都有让你喘不过气来的一幕幕恐怖至极的"现场"——网络与视频，让这个世界变得没有了时间与距离的概念了！

武汉：一对老人感到发热，想打的到医院，但找不到，只好相互搀扶着前行几里路，跑到医院，去挂号，要排队，一排就是两小时。然后再轮到医生检查时，发现体温超正常值。"留观吧！"医生说。"留哪儿？"老两口问，已经满头大汗的医生左右摇晃了一下脑袋，说："没有，现在没有。等等看吧。"两个老人就等，在医院的走廊里等。又是几个小时，天黑了，怎么办？回家？！回家不等于等死吗？可不回家在这里难道不是等死吗？发热的丈夫已经感到说话的力气都没有了。老婆子想哭又不敢哭，最后他们回家了……

武汉：某医院的门诊楼里，长长的等待住院床位的患者已经从几十个快到上百个了……似乎没有希望还会有哪个人腾出空床来安排新的患者，但对重患来说，回家就意味着死亡。等吧，必须等。"医生，我妈不行了！快来救救她吧！"一名患者的女儿见自己的妈坐在地上已经不省人事了，便不顾一切地拉住医生去救她妈。"哎呀，赶紧送重症室！"女儿拉住的是一位医院负责人，女儿跟着对她已经不太清醒的妈说着："妈，挺住！你要挺住！"妈是挺住了，在重症监护室里数位医生全力抢救，总算挺住了。然而这是暂时的挺住。第二天早上，女儿的妈被告知"不行了""走了"。女儿大哭，撕心裂肺地嚎叫着，她身边的看病的人很多很多，然而似乎并没有太多人在乎她悲恸的哭声，只是在一旁长吁短叹着。女儿无论如何想要送妈妈"走"，可拉尸的车子前有人远远地将她挡住："不能靠近！绝对不能！为了你好！"女儿瘫在地上再度大哭："我不要好！我不要好——"

那些日子，这样的情景，这样的悲剧，这样的混乱场面，在武汉和武汉的医院比比皆是，全国人民看了一样地痛心和落泪。

是不是下一个城市、下一个亡者和下一个传染病毒的家庭就是我们呢？武汉之外的所有中国城市和乡村的人，在大年三十晚上和夜间、大年初一、初二和整个春节假期中都在想这样的问题，这样的可能！

没有比这更令人恐怖和惊恐了。恐怖的时间和恐怖的未来也许就是三五天、十来天之后呵！人们的内心里都在猜测，于是发现在大疫面前个人和个体的力量，几乎可以忽略不计。怎么办？祈求上帝？上帝存在吗？另外，还有台湾、香港的一批企图搞国家分裂的小丑们的行径也在此次疫情面前暴露无遗。

国与国、地区与地区的冲突、矛盾、斗争，跟人与人、家庭与家庭之间的矛盾形式差不离。小人之心、恶人之举，千万不能忘记呵！中国人要永远立于不败之地，就得有记性。这话我说过无数次，许多有识之士比我说得更透彻。

疫情与战争很像。人性会在此得到充分的露骨的表现。软弱的、勇敢的、伟大的、卑鄙的、丑陋的、崇高的都会同时呈现。它如镜子一般，你只要稍稍注意，万千景象尽显原形。

然而，这并非根本，根本的是我们自己，我们自己身上的问题。在此次疫情中公民自己的问题，在乱象中我们在武汉疫情中看到过那些丑陋的现象：一个处级干部，竟然对累得连力气都没有的医务人员"命令"道，为什么不打扫我的厕所？这是你的职责！他哪里知道此刻武汉的医生和护士的职责范围已经到了极点，他们已经无力再去为一个普通的留观者打扫和收拾厕所了。

这或许仍然是表象，是个别人的行为，吃相难看些，然而无妨大局。妨碍大局的恰恰是百姓最不能容忍的官僚主义，不敢担当的干部，不能为百姓着想而果断出手的领导，尤其是大疫面前扭扭捏捏，一直等待上面指示的无能之官，以及那些做事、办事拖拖拉拉，相互推诿的职能部门。他们的行动和心态的雪崩，才是真正的罪过！

那样的雪崩是让人心寒与心焚的。

明明医疗资源的缺乏和医院医治环境的混乱，给医务人员造成了极大的风险，但又没有具体的解决办法，医生们只能靠着"责任心""职业操守"去赴汤蹈火，一个倒下一个马上接上……

然而这似乎还并不是最可怕的，可怕的是国家的专家来到武汉，想了解真实的疫情，却并不能获得第一手资料。"实地考察"成了一个走过场。

2019 年年底，武汉市因出现类似病情前往各医院的发热求诊者已不在少数。

"完了！这下子武汉真的是完了！我们的国家也要遭殃了！雪崩了呀！"武汉卫健委的一名工作人员面对如此局面，满面泪水地仰天长叹。

党中央果断英明的决定，也说明了发生在武汉的疫情中存在着严重的地方领导责任问题。

现在我在上海。我怎能不想上海会是个什么样的局面呢？尽管与上海市的领导们也相当地熟悉与了解，然而那只是"你好我好大家都好"的时候，真到了特殊时期和危难时刻，就不会是简单而浮于表面的"你好我好大家好"了，而是"你稍不好，我也不好，大家全体彻底不好"的结局了啊！

我要冒险试试"我的上海"会是什么样。比如"一级响应"发布后是不是真正响应了？

我先考察了一下陆家嘴的几个大商场：确实全关了，除了超市。1月24日下午三四点左右，我冒着险走进了最近一家超市，想看看里面的情况：有些吓人——里面人很多，大概与我一样，想作春节前的最后一次"备战"，多买些存货。会不会感染呢？其实那个时候大家意识还不是很强，感觉武汉离上海还是挺远。

进吧。我进去了，顺着人流。

我是戴着口罩的。多数人也戴着口罩，让我放心了许多。但确实也有没戴口罩的。怎么办？"请你到这边来排队。对对，保持一定距离，两米吧！"我突然听到有服务人员过来对几个没戴口罩的顾客这么说。

"好好。我过去我过去。"那几个没戴口罩的人自觉地离开我们戴口罩的人，在另一个地方排队结账。

这事情虽小，但我感到一种温暖的感叹：上海人就是仔细。

结账了。可惜我没有支付宝，也不会，拿的是现钱。现钱必须是有来有往地付钱和找还钱。

"这里有消毒水，拿了钱后擦擦手，就不会有问题了。"在我接过钞票时，听到服务员这么说，然后她指指一边的一瓶消毒液。于是我赶紧按了一下那瓶子，用手搓了搓。

"这是什么消毒液呀？"我好奇地凑近那瓶子，一看，噢，是一种植物性的消毒洗手液，抑菌率99%！

太好了！商店想得这么周到！拎着大口袋食品出了超市后，我站在已经比较清静了的马路边的小广场上，深深地吸了一口气：完成一次"历险"！体会是：超市这样的公共场所，还能做得这么好、这么周到，肯定不会有问题。至少我心里很舒服。心理好对抑制病毒袭击也很关键——在"非典"时就听大专家这么说过。

这是1月24日下午上海第一天"一级响应"后我在浦东街上亲历的"疫战"情形。感觉"硝烟"离我和我的上海还比较远，或者说，上海的保护网蛮"结实"。

我心中一笑。

还没有笑完，突然有人喝住我："哪儿来的？"

一看，是酒店保安，他戴着口罩，很严肃地拦住我。

"住在里面的。"我掏出房间卡，给他看。

"谢谢。"保安说，然后友善地用手示意我，"请这边测量体温。"

测量完毕。

"正常。36.4度。"他告诉我。又说："我记一下你房间。"

他在一张表上填写后，又客气地朝我示意："谢谢。可以上楼了。"

"辛苦你了！"我对他说。

"应该的。"他点头。

这样的一个细节在之后的几十天里就不是为奇了。然而在疫情前期的上海，在1月24日的时间段里，我感受这般情景，还是感觉

"大大地好"。

它们消减了我对武汉暴发的疫情在上海会不会复制性地大暴发的疑虑。

但我知道，这仅仅是粗浅经历和认识。大疫风暴仍未正式到来。酒店毕竟相对可控些，人员来去本来就有登记，各自的身份也无隐瞒。数量庞大的上海各小区呢？尤其是武汉那么混乱的医院发热门诊现场如何呢？那可是病毒源最活跃的地方，上海的医院和医疗资源准备好了吗？

我被武汉医院的一幕幕情景吓着了，于是自然而然地联想到上海的各大医院此时此刻……不可能现场去采访和体验了，既不现实，又犯傻，更是给上海朋友添乱。

可我又很想知道。

许多纷乱的事情，一般情况下不在其中的人是很难知道个中的奥妙，武汉之所以在疫情开始时如此混乱和毫无章法，百姓看到的是现象，官员和职能部门的人感受的是心态，因为官员们更多关注种种"因素"，这包括了对疫情最初的判断准确与否，没有经历过疫情或者对传染病不甚了解的官员，他认为小小病毒怎么可能"会出大问题"呢？因此当有关医院报告可能的病毒传染时，相关官员就立即作出这样的反应：尽量和争取缩小影响，最好把"有事"变成"无事"。

这是最初的官方形成的"心火"，它只是火苗苗，似乎也无关大局。然而病毒也很狡猾，并且有意让你"大事化小""小事化了"，它伺隙乘虚，更加疯狂地发起对人类的进攻。

火球越来越大了！因为疫情的"妖火"在整个武汉已经到了无法遮遮掩掩的地步了：医院内外人满为患，感染者、死亡者、正在被感染的和即将死亡者的出现，同时又引发了全国各地的感染者的蔓延和扩大……疫情从小火苗苗，到了妖火熊熊，再到鬼火四野燃烧时，武汉方面完全乱了阵脚，一切陷入无序和混乱、挣扎与被挣扎的失控局面！

这就是由那么几个最初的"小心态"，引发了一场全国的大疫情的部分重要因素！

没有人去分析这种缘由，因为它"并不好说"的原因是：谁都有可能在其中有责任，然而仔细想想谁都可能没责任，这就是中国许多重大灾难和人为事件中最后得出的某些特别诡异的答案。在天津大爆炸后我在一线采访，写了一本《爆炸现场》，在书中已经指出这样的问题实质。

问题的实质是什么？是我们一些似乎很完备的体制机制，其实它被许多无为、无能和不担当者钻了空子，于是责任成了一句空话。最后调查事故的责任时，只能各打一鞭，再严重判几个"相关责任人"三年五年的刑，或者给个"行政处分"，可那些无辜死的几百人、几千人，损失的几百亿、几千亿的财产谁去负责任呀？

我之所以要专门提出这样一个"心态"问题，是因为目前中国官场和社会上确实存在如此严重的不正常的心态：有人说现在管得严了、啥事不好干了！确实如此，对不干事、不想干事的人来说，其实这种环境是"好事"，因为他们就不用再为自己不会干事的劣根病增加什么压力。你不是有本事吗？那行，所有的责任——可能出现的和已经出现的问题，你这样能干事的人去担着吧！如此时间一长，真想干事和能干成事的人，伤心失望了，也变得不想干和不干了。

这也是一种心态。

　　不同心态下可以成就不同的事业和社会的结局。在太平日子里，你好我好大家都好；一旦不妙的事情冒出来，本来完全可以化解的小事则酿成了大事、酿成了不可收拾的大事……武汉疫情从开始，到被发现之后的处理态度，再到失控后的处置方法，都与武汉官场的心态有关，后来是乱了方寸，所以完全"沦陷"！

　　武汉人民在哭泣。全国人民跟着流泪、心痛……

15 "第一时间"最重要

其实，仔细研判一下所有传染病传播的过程，我们不难发现一个规律：只要最初的判断准确，采取相应的措施迅速而果断，其实并不一定会发展为全民性的灾难。疫情的导火线点燃之初，立即把它掐灭，第一时间掐灭，这瘟疫它就不是瘟疫了，它可能只是一次发病而已，最多危害的是几个人、几十个人而已。反之则不然。

上海之所以在此次疫情中很"牛"，我体会和观察到最重要的一点，就是他们在第一时间果断而又毫不含糊地按照自己的目标，牢牢地将疫情的"小火苗"控制与扼制在最小的可控范围内，并且始终如此，直到战"疫"全胜……

我仔细观察过：从1月23日开始，到24日，再到大年初一的25日，上海街头的人已经少之又少了，公共汽车还照常开着，但许多车都是空车。黄浦江边滨江大道，原来就像运动场上的跑道，每天每时都能看到来来去去的跑步者和游人，现在已经很少了。从浦东的高楼往浦西的外滩方向看去，原本每天人山人海的沿江平台上，似乎也只有三三两两的不知从哪儿来的行人，而且一半是警察、保安之类的人员——大上海其实已经变成"冰山"一座！

它冷冷的，你能直接感觉它通体肃然、冒着寒冷之气——这本来就是冬天嘛！北京的家人告诉我，今年北京的大雪不仅下的次数少有，"把十年的雪都落在今年一个冬天里，而且真的是鹅毛大雪呀！"

这是怎么回事？手机上不时跳出许多庚子年的"玄学"来，而且还有不少视频，比如黑乌鸦在湖北上空满天飞……你说它是迷信，可似乎有根有据。反正这个冬天啥邪事怪事都冒出来了！

我关心的还是上海。街面的景况，我很放心。但医院呢？可能出现的疫情大暴发之后的床位够不够呢？管理秩序乱不乱呢？会不会像武汉那样有许多"真实"的情况也人为地隐瞒呢？尽管上海是我祖宗待过的地方、尽管上海的不少大官员是我朋友，但现在我在上海，不为我自己的命，也该为全市2400多万市民，以及那么美丽的大上海考虑。尤其我去年才写出来的《浦东史诗》——2019年4月22日，上海十大青年广播朗诵艺术家在632米高的上海中心为我此书举办了"上海巅峰"朗诵会，现场的那种如痴如醉的场景让我记忆犹新，这些怎能连同我们的城市和生命被一场疫情刮走与毁灭呢？

因为有太多不情愿的上海割舍，所以无法不在这个春节里从深处为她而着想……

这场没有心思去感受的春晚之后，仍然睡不着。站在窗口也看不到往年那种激动人心的"中国狂欢"——鞭炮烟火"盛宴"。黄浦江两岸，除了灯火辉煌依旧之外，几乎没有任何声音。往大街上看去，四五分钟看不到一辆公交车在行驶，其他车辆根本就没有，这种情形其实很凄凉。

各种"新年祝福"在朋友圈里频频出现，也全都是戴着口罩的"新年快乐"拜年卡通片，看了既好笑，又添几分心酸。

唉，怎么成了这个样。

"上海巅峰" 朗诵会上

这个大年初一醒来之后是我一生中心情很差的一次：房间里没有任何"新年之喜"，桌子上不是口罩，就是消毒药水，还有一堆"备战备荒"的食品……往窗外望去，街是沉寂的，天下着蒙蒙雨，寒风拍打着玻璃窗。给在老家的老迈母亲打去电话问个好后，就想着"上海的事"——我现在关注的是昨天（1月24日）以来的疫情，也就是说到底有多少人传染上了，这可以对上海的前景作一个我个人的判断。

找谁呢？找市领导不就暴露了我在上海的行踪吗？不找他们还能找谁了解这方面的情况呢？

突然，我想到他和他们几位——在写《浦东史诗》和上海地下党斗争史的《革命者》时，无意间遇上的上海几个大医院和卫生系统的几位著名医生及公务员。呀，他们一定知道，而且他们不会跟我说假话。

兴奋的情绪上来了！

"喂——某某大夫，你好啊！给你拜年啦！"我轻手轻脚，无比温馨地开始给这些朋友们"拜年"……

"哎呀，你是何主席呀！谢谢侬！谢谢侬！也给侬拜年！你在上海啊！哎哟，真是那个……等过些日子咱们碰碰面、碰碰面。"

"何主席好！好！谢谢了！谢谢！侬在上海过春节，哎呀好啊好啊！我们？我们都在班上呢！是的是的，蛮忙。这几天一直在医院里……"

"可以可以。侬稍稍等一等，我中午就可以休息一下，再时我跟侬讲讲……"

"好的好的。情况还是比较严峻，但我们蛮笃定的，蛮笃定。侬放心。有啥事体可以直接打电话给我……噢，侬是想了解一下我这边防疫的情况，还有收治传染病患者的情况？可以的呀！我讲讲……"

这啥事嘛！人家还忙着呢，你捣啥乱嘛！这哪是人拜年，分明是黄鼠狼给鸡拜年——没安好心。放下手机后我直骂自己。

但我还是原谅了自己，因为我有特殊"任务"：想了解真实的上海疫情和疫情的现场。这，对我来说非常重要。

"好了何作家，现在我可以跟你聊聊啦！"在一线的上海医疗专家对我说。

"上海现在的情况怎么样？"当然我指的是疫情，或者具体地讲上海传染的形势。

"市卫健委一早就正式对外公布了：从昨天（24 日）0—24 时，全市新增新型冠状病毒感染的肺炎确诊病例 13 例，加前面积累的现在全市累计发现确诊了 33 例病例……"

"啊呀，不少啊！蛮快呢！"我一听内心有些紧张。

"是。形势还是不可预测……"对方的声音有些沉重，"不过，我们这边还是很有经验，这几天是关键，因为现在我们已经全市防控把守非常严了。输入病例可以掌握，同时已经开展各小区的排查，这个是关键，看到底在武汉疫情初发阶段和我们还没有实施一级响应前有多少'潜伏'在我们市区内的隐性感染者，他们现在都在全市的每个隐蔽的角落……"

"这么大城市，这么多房子，怎么能把这些'潜伏'者找出来呀！"我的目光往陆家嘴的一片又一片高楼大厦群，再顺着黄浦江往浦西的老上海望去，那边更是马路、弄堂交叉重叠，楼宇密布。不由得长叹一声，那份担忧也传递到了朋友那边。

"确实这是现在上海最困难的一场关键仗……但我们有信心！

上海有经验呀！"对方说，"虽然昨天一天新增病例多了起来，但总体上都在我们把握之中。其中 30 例目前病情平稳，2 例病情危重，1 例出院。另有 72 例疑似病例正在排查中……"

"这就好！不要死人就好。"他的话让我顿时眼前又亮了许多。我也不是专业人员，只能这么说。但我注意到他的话中讲了一个关键点。"你说你们有经验，怎么个经验？"

"阻止传染病的关键，防控是关键，而且越早下手越好……"他给我"透露"了一个上海人此次疫情大战比其他城市都要胜利得快的"秘密"——

"你何主席肯定知道，阿拉上海从开埠到现在 200 年的建城史，吃过多少疫情的苦头呀！不说远的，从 1988 年甲肝那回开始，2003 年的 SARS、2013 年的 H7N9（禽流感）等，每一回都把我们吓得心惊肉跳……怕呀！怕像以前传到上海！你想想看，中国哪个城市像上海那么多人？哪个城市像我们上海有那些多小弄堂？人家与人家叠起来住的，一有传染病暴发，不等于一锅粥嘛！你想逃都无处逃呀！怕不是坏事，有人讲我们上海人怕死。这啥话？但在传染病上，谁最怕死，谁就可能对传染病的危险意识最强，那他就可能方方面面、点点滴滴有防备啦！你想想看现在的武汉是不是有点乱？最乱的可能还在后面哪……不说他们的医院没经验，单说市民的防范意识更比我们上海差呀！一发热，就往医院跑，这没错。可要知道，有的发热未必是感染上了病毒的发热呀！好，这医院里一去，就变成了真'新冠病毒'肺炎了！那些还没有传染上的人觉得无所谓呀，他们没有经历过疫情，所以胆子蛮大的，没有一点防范意识，该干啥还是干啥。哪知道这个时候就不能随便跑来跑去。我们上海人一听说有传染病了，那个警惕性高呀……"

"这个昨天下午我上超市看到了，都能自觉排队，而且戴口罩的人比较多了，人与人之间保持一两米距离。"我插话。

"对啊。这些事看起来很小，但对个人防止传染非常重要的呀！"上海朋友说，"对新发传染病，我们上海一直都是比较警觉的，包括 SARS 那年，当时我们也很警觉，市里领导马上要求我们市疾控中心派人去了解真实情况，回来马上研究应对措施，所以那一回广州、北京大暴发疫情，唯独我们上海没有你也知道哦！"

是。那回疫情我清楚，因为"非典"疫情的整个事件我算是比较了解的一位现场作家，或者说还有哪个作家比我更深入和花了那么多时间在当时的"抗非"一线？而且当年写的"战疫"长篇报告文学《北京保卫战》就是在上海《文汇报》刊登，至今这也是唯一的关于北京"非典"的现场记录。新中国第一次经历大疫情且在首都北京，大家又很难了解京城里的真实情况，所以上海的同志让我通过"一线"的现场采访与观察，每周给他们写一个报纸整版的内容，由他们《文汇报》负责刊发。据说当时每篇都由上海市委宣传部负责审查。

《北京保卫战》是关于"非典"疫情的重要现场纪实作品，有上海媒体的功劳。此次疫情开始和中间，此作仍然再次成为广大读者喜欢的作品而广泛流传。只可惜当年我作品的责任编辑周玉明女士前两年英年早逝了，令人痛心。她是位优秀的文学编辑和报告文学作家——每一场灾难总在我们身边默默地走一些人，这是异常痛苦的事。

"传染病一个很特别的技术点是你得清楚地掌握'第一个病人'，并且彻底调查清楚其来龙去脉，医学上叫'流调'，它是我们有可能切断传染源的根本所在。我们疾控中心蛮厉害的，张永振等一批专家老早就警惕了……"朋友说。

"张永振……慢点慢点，让我记下这人名字。"

原来此人大名鼎鼎呵！不用费劲，网上一搜便知此君为何许人也：

　　张永振，中国疾病预防控制中心传染病预防控制所研究员；复旦大学生物医学研究院与复旦大学附属上海公共卫生临床中心教授；塞尔维亚贝尔格莱德大学医学院客座教授等。卫计委疾病预防控制专家委员会委员；中华医学会热带病与寄生虫学分会副主任委员等。近年来，张教授的研究团队在国际上率先发现了近 2000 种全新病毒，其中一些病毒与现有已知病毒差异很大，按现有的分类规则足以把它们定义为新的病毒科或目（如楚病毒、秦病毒、魏病毒、燕病毒、越病毒、赵病毒、荆门病毒等），极大丰富了病毒的多样性。揭示了病毒基因组在进化过程中的多样性、灵活性，以及连续性。发现了 RNA 病毒和宿主间的复杂进化关系，既有频繁的跨物种传播，又有共同进化的特征，以及频繁的病毒基因重组、基因获得或丢失。研究结果先后发表在 Nature、Cell、eLife、PNAS、PLoS Pathogens、CID、EID、J Virology 等学术期刊。Nature、Nature Review Microbiology、Trends Microbiol、eLife、PLoS Pathogens、医学 1000 等学术期刊高度评价了研究结果的重要科学意义。美国普林斯顿大学等编著的 2015 年版第四版经典病毒学教材 Principles of Virology 图文讲述荆门病毒的研究结果，并高度评价了其科学意义。

一个"硬核"式人物，上海的钟南山式专家。"我们为什么要特别重视传染病和突变性传染病呢？因为它是人类在新的历史条件下可能遇到的比任何战争都要可怕和厉害的对手——未知的病毒的侵袭！

"它们是看不见的敌人，而且是强大的敌人，与传统的对手不一样，就是在医学上的其他数千种病毒的进攻方式也不一样，它来得神秘、诡异，去得也神秘、诡异，总之你防不胜防。

"所以，我们要改变思维认知方式，不要局限于某些特定范围，要提升格局和视野，从大环境大角度出发，立足国家5—10年的前瞻性需求提出科学问题，再加上正确的方法和勤奋付出，才有可能做出更大的成果。

"当代病毒学仅确定已知病毒5000种，仍然存在许多空白，我们医学科研人员，特别是年轻的中国医学科研人——应当敢于在病毒学研究上留下中国的印记。要想留下这样的印记，就必须在平时保持清醒的头脑，一旦病毒来袭时，就要迅速抓住其基因真相，追寻它的遗传、进化和传播规律，从而在抗击和消灭它的实战中保持冷静、科学和有效斗争方式。

"要战胜任何一种新来的未知型的病毒，必须从弄清它的基因入手，只有掌握了它的'底'，才可能摧毁它的老巢。而病毒基因组是多样的、复杂且灵活多变的。病毒基因组的长度，ORF 的数量、组织形式、结构与非结构蛋白基因的位置、分节段和不分节段以及节段数量均有很大不同，最简单的病毒基因组仅由 RdRp 基因组成。病毒的基因组之间可以发生随意的重组——正链 RNA 病毒内、负链 RNA 病毒内、正负链 RNA 病毒间，甚至 RNA 病毒和 DNA 病毒也可以发生基因重组。而跨种间传播以及共进化，也揭示了病毒传播和进化的复杂性。因此，早发现、早识别、早解析、早预警，是我们对病毒由被动防御到主动防御的关键转变……它将影响和决定我们能不能在某一个与病毒较量过程中的成与败！"

啊哟哟，这是后来我看到的张永振教授在 2020 年 1 月 9 日下午，在武汉南湖狮子山下的华中农业大学基因楼 129 会议室为 150 多名师生所作的一场有关病毒基因的学术报告会上所讲的话。这些内容对当时的武汉多么重要啊！可为什么仅仅是在这个农业大学的学生和老师中作为一堂学术课"讲讲而已"呢？

如果张教授的这番话能够在疫情已经开始暴发的武汉和武汉市民中广泛传播，如果让武汉的官员们也能够听一听，如果……唉，太多的"如果"设想，可它就是没有来，所以武汉的悲剧如此迅速地蔓延了！

从时间上看，张永振教授那天应该是作为第一批由国家卫健委组织的专家组成员，对武汉疫情进行现场考察与调查。到华中农业大学讲课应该是利用空隙的时间进行的——如上面提到，这一回专家"实地考察"时，武汉有关部门就没有真正让这些专家到医院去看去了解真实的疫情。大专家张永振教授他们也只能"讲讲课而已"。呜呼，悲剧的产生并不是事情本身就悲的呀，它是发展过程中一环环的"悲情"所推动成的。武汉疫情从最初的"火苗苗"到不可控的"熊熊妖火"，就是这般的"悲情"推动所致。

张永振教授的作用在武汉被忽略了。可他在上海却已经发挥了不可磨灭的作用——

在上海的张永振身兼数职，但有一个重要的职务，是他的强项——上海市公共卫生临床中心生物安全实验室领军人物。这里有全国 53 家 P3 实验室之一的中国最强病毒实验设备。上海之所以在此次大疫情来袭时虽外表冷若冰山，但内则铜墙铁壁，巍然屹立，就是因为以张永振教授团队为代表的医学研究人员在武汉疫情处在最初时，就已经掌握和弄清了谁是"敌人"以及"敌人"是怎样的一个妖魔！这太关键了！对打赢防控传染病战役来说，等于有了一张熟知敌情内部的"秘密图纸"。

——1 月 6 日、7 日，上海全市相关医院关于阻击新病毒的医务人员培训开始。

——1 月 10 日、11 日，那个被上海人称作"上海小汤山医院"的市公共卫生临床中心正式启动备用，一切设施恢复战时作战所用的所有功能——而我们知道，武汉市的"火神山""雷神山"医院 1 月 24 日才启动建设，可尚没有疫情的上海已经在此时启动了最保险的一个战"疫"堡垒。

有资料可循。上海的这所"小汤山医院"全称叫"上海市公共卫生临床中心"，位于上海郊区的金山，是 2003 年"非典"之后建立的。广东和北京的"非典"疫情给了上海一个非常重要的启示：必须也该有一处"小汤山医院"，以为建立上海防疫堡垒所用，这是为了保护上海这座伟大的城市、保护数千万上海人民的"生命之舟"！"必须建！要快建！不惜代价！按最一流的标准建！"据说当时的市委领导这样下达的指令。我们也能从公开的资料中获悉：该中心曾是上海市"一号重大工程"，除常设 500 张病床外，公卫中心也在大片草坪下预留有各种管线，可于短时间内搭建 600 张临时病床，以满足突发事件的需要。也就是说，如果有一场突如其来的疫情袭击上海，在患者几十、几百甚至上千人数时，这座与死神决战的"堡垒"完全够用！呵，这一"秘密武器"如果武汉也有的话，何至今天啊！

如果今天的日本、韩国、意大利，还有伊朗等国有这样的一个"秘密武器""秘密基地"的话，还怕什么呢？这两天全球的股市还会"雪崩"吗？

绝对不会。超大强的美国也会更牛气哄哄。然而他们都没有。我所知道的北京以前有"小汤山医院"，后来有些废弃，至少保护得不够好。上海虽然从来没有用过他们的这座"小汤山医院"，但他们一直让这个地方保持战斗状态，里外金光闪闪——装备上的、技术上的、危机意识上的金光闪闪。

"晓得哦，我们这个地方叫金山！最牢靠的金子垒成的保护大上海和大上海人民生命的金方舟！"上海人这样骄傲地对我说。

是的。"金方舟"在此次"一号病人"——我们前面已经说到的那位在 1 月 15 日晚上到同仁医院就诊被发现的从武汉来的新型冠状病毒肺炎感染患者，很快在专家确诊后就被隔离治疗。而作为"金方舟"的上海公共卫生中心的运营机器立即全速开动……

"干什么呢？"外行的我问。

"流调！流调呀！"上海朋友说。

噢，明白了！这两个在我脑海里留存了 17 年的医学专业名词此刻突然"蹦"了出来：

流调，流行病学调查的简称，是传染病防控当中非常重要的一项前沿性的工作。流行病学调查人员，好比是疫情防控中的"侦察兵""尖刀班"，及时、科学、高效、有序的流调，能迅速锁定传染源及密切接触者，可以很大程度地减少传染概率，让可能的感染者尽快得到排查和及时的救治，是切断疾病传播途径、防止更多人被传染的关键措施。医疗是处理存量，疾控是控制增量。在 2003 年北京"非典"时期，我有一段时间同流调人员一直在一起，他们的传奇故事和战斗情形，令我记忆犹新。我记得此次疫情中后来调整的国家卫健委专家组组长梁万年司长，当年就是领导北京"非典"流调队伍的。这支队伍后来对控制"非典"疫情做出了卓越贡献，我印象很深刻地记得跟随流调人员福尔摩斯一样地深入一个个小区、患者家庭、有关单位和患者活动过的场所，进行很神秘、很艰巨也很危险的调查，并通过每一个蛛丝马迹，对每一个传染病体进行精准的调查，然后层层抽丝剥茧、拨开迷雾，最终让所有真相浮出水面……这工作太重要了！如果一个患者出现后，不能排除所有的亲密接触者，那么有可能因一条"漏网之鱼"而造成一窝蜂感染的严重后果。

几乎让整个日本"沦陷"的"钻石公主号"邮轮之所以出现噩梦般的传奇恶果，就是对那位 80 岁香港老人患者的流调没做好，或者老人后来上岸香港后的流调决定了日本疫情与香港疫情的发展趋势……看看日本之后的被动局面，我们就会明白流调的意义。

前天在我写此书时，宁夏突然报出一名从国外回来的人感染上了"新冠病毒"肺炎，第二天马上找出她行动的轨迹，包括了上海等地的空中、陆地行程，发现有 70 多位"亲密接触者"，这一调查过程和准确的调查报告，就是流调。有了它作依据，我们就抓住了这一"病毒源"的走向，所以可以采取有效手段"灭"了它……由此可以看出流调在战"疫"中的作用！

它实在太重要。从文学的情节和精彩角度看，它也太有故事了！如要把疫情中的一次次流调汇聚起来，足可以写十部、百部经典小说和拍十部、百部影视好作品。

而流调又是最难、最辛苦，最需要细致、科学的精神与态度。

看看上海人怎么干的吧：

1月16日晚，当"一号病人"出现后，上海市疾控中心的流调团队便像消防队接到"火警"一样，立即火速行动———

"喂喂，是市疾控中心吗？我是长宁区疾控中心。我们所辖的同仁医院刚刚收入一名武汉籍高度疑似新型冠状病毒肺炎女患者，你们马上过来人吧！"

1月16日傍晚5点，上海市疾病预防控制中心的电话突然响起。电话来自长宁区疾控中心。

"好的，我们派人过去！"待命的上海市疾病预防控制中心传染病防治所急传科的宫霄欢和肖文佳二位医师立即前往同仁医院发热门诊。

他们一边等待核酸检测结果，一边就组织专业流调人员在医院开始了紧张的工作。宫霄欢医生说："当时大家对'新冠病毒'的认识并不多，但是我们都比较警觉，而且投入战斗的准备是从12月31日了解到武汉方面有新病毒出现便开始了，所以真正战斗来临时，我们都能迅速出击。而且这位'一号病人'及家属也比较配合。在初步了解她的病发过程后，我们流调人员就开始调查病人发病前14天的全部情况，重点问她和她女儿、女婿在发病后所去过的地方、所接触到的人员等，尤其细化到这位病人从武汉怎么到上海来的，就医时坐了什么车，了解到她可能接触的每一个可能会出现的未来病例……"

另一位流调医生潘浩记说：流调"一号病人"的当晚印象非常深刻，患者的核酸检测结果是凌晨两点零五分出来的。检测结果显示：弱阳性，而根据新病毒传播的以往经验看，弱阳性很快会转变为较强阳性和强阳性，所以专家们反复斟酌，最终敲定了她是上海首例确诊的"新冠病毒"肺炎的病例。在向国家卫健委报告同时，流调就像一场激烈的战斗开始了——

先隔离患者的女儿及女婿，再对患者居住的小区有关人员进行上门调查，对接收她的同仁医院内部采取措施等等，总共流调出100位"可疑"对象，而第二步的防控战斗又开始了……

"'一号病人'的流调从开始到完成用了多少时间？"我问。

"几个小时吧！"他们回答。

"这么快呀！"我惊诧不已。

"不快不行呀！这个流调过程不仅要准确，时间也很关键。如果一拖再拖，他原来一个人就又成为几个人、几十个人……这样的教训太多太惨烈了！"

上帝呵！

"如果……如果那个'一号病人'的流调晚一天，或者说对她的诊治晚一天的话，会有什么结果？"我不由得想到更可怕的结果。

"这个……其实对我们来说，没有'如果'，只有必须去分秒必争地排除'地雷'，排除清楚'地雷'……而且不留一点死角。留一个，就有可能功亏一篑，甚至导致整个疫情的翻盘。"

难道不是这样吗？武汉出了大问题，就是最初的"地雷"没排除，而且根本没注意，等出现一大批潜伏在公众中的患病"地雷"后，仍然糊里糊涂，结果就"全面开花"，一发而不可收……

16 那个北京"非典""一号病人"留下的毒根

上海朋友的话让我心情特别沉重，因为我想起了此刻的武汉——他们根本顾不上这类的流调了！他们甚至连对已经躺在医院走廊里的确诊者的基本医治都保证不了，整个武汉有 500 多万人还在奔向全国各地的路途中……

天啊！我不敢想了。因为我是经历过北京"非典"整个疫情、比较了解"内情"的人，所以我有些害怕起来。17 年前那一次疫情最初，我们北京人并没有把它放在心上，只是听说广州、香港那边有人感染了一种病，大家也就是"听听"而已。再说，3 月初的北京，忙着呢！喜着呢！因为一年一度的全国"两会"都是这个时间段召开的。"两会"一开，全北京围绕着它转。但就在此刻，我们北京人谁也不会想到一种狡猾的病毒，正悄悄潜入京城，开始与我们进行一场生死拉锯战，差一点儿把近 600 年的皇城翻了个个儿——

下面的这些情况，都是我当年在疫情一线采访时了解到的：

2003 年 3 月 1 日，301 医院。北京的当代史上一定要记着这个时间点。

这一天的天幕刚刚拉开——凌晨 1 点，著名的中国人民解放军总医院（301 医院），迎来了第一例 SARS 患者。

"我们有急病号，想住院，无论如何请帮忙给安排一下。"一位年轻的山西女患者在丈夫陪伴下，急切地请求医生。

医生指指日历："今儿个是星期六，住院可不好办，怎么着也得周一才行。"医生对患者作了简单的诊断，说："要不先到急诊病房。""行行，只要能住下就行。"患者家属非常感激。

年轻的女病人高烧不退，于是又从急诊病房转到了呼吸科病房。

"闺女，你咋样了？啊，吃点东西啊！不吃怎么能顶得住呢！"患者的母亲瞅着胸脯剧烈起伏的女儿，心急如焚。那是个56岁的母亲，此时她自己的体温已达39℃！

丈夫在一边焦虑地看着妻子和岳母大人的这一幕，找来医生，说："想法子让我岳母也住院吧！"

医生一量体温："可不，烧着呢！住院吧！"

大夫佘丹阳心细，说你们家几个患者得的病跟广东、香港的"非典"差不多症状，分隔住好些。其后，已经同样被SARS传染上的母亲被安排在另一间病房。

与此同时，年轻女患者的父亲从山西打电话说他也在发高烧，而且上医院输液几日后不见好转。父亲跟高烧在病榻上的女儿说，他也想上北京来治病。"那就赶快来吧！"女儿用微弱的力气对父亲说。

3月5日，父亲乘飞机抵达北京，然后直接进了302医院。

这一家人在北京会合，其数量之多，令人震惊：除女患者本人外，有她的丈夫、1岁多的儿子、父亲、母亲、奶奶、弟弟、弟媳、大伯、小叔子、二婶，加上女患者公司的两个伙计，以及她一个在北京工作的舅舅，共计14人！

此时，这一大家人除女患者和其父母发高烧外，她的弟弟、弟媳等也相继出现发烧症状。年轻女患者的丈夫急得团团转，跟医院商量怎么办。

"我们 301 不是呼吸病专科医院，最好转到专科医院。302 医院在这方面比我们要强。"医生说。

也好，父亲已经进了 302 医院，一家人在一起可以相互更好照应。女患者的丈夫立即向北京 120 急救中心求助派救护车。

就这样，这一家的患者在自己的亲属和朋友的帮助下，或被抬着、或被搀扶着上了救护车，于 3 月 6 日住进解放军 302 医院。后来知道，302 医院在没多长时间里就有十几个医务人员被感染，成为北京最早的一批染上 SARS 的医务人员。同时由于院方及时组织对 SARS 的反击，也涌现出了一群像姜素椿等英勇无畏的白衣战士。

3 月 7 日，女患者的父亲猝然去世。他是北京被 SARS 疫魔袭击中第一个死去的不幸者。

302 医院紧张了，他们从有限的经验中判断，这一家人患的病与正在广东、香港流行的"非典"十分相似，于是向当地的丰台区疾病预防控制中心（简称 CDC）报告了，据说同时也报告了卫生部。丰台区 CDC 工作人员去了 302 医院，但无功而返。

此时正值"两会"召开之时，引起军方重视的病情，自然也使专司疾病预防的北京市 CDC 高度关注。在接到丰台区 CDC 的报告后，他们立即派出专人，开始了有关北京 SARS 的第一例正式接触。

受命此任的是年轻的北京市 CDC 应急中心主任沈壮。

"我记得特别清楚那天打的冷颤。"

这位具有良好素质的公共卫生应急专家，后来参与了北京与SARS 战斗的所有前线战役，特别是三四月份，沈壮和他的战友投入了极其紧张和高度危险的战斗，参与了拯救每一位 SARS 患者的现场工作。他因此成了整个北京 SARS 战役最知情的几个证人之一。后来也成了我的好朋友。

沈壮其实一点也不壮。在 SARS 还在不断袭击北京的日子里我见到他，见面第一句我就这样对他说："大概这段时间被 SARS 吞掉太多营养了。"这位人称 "SARS 毒王克星" 的年轻疾病防控专家以玩笑回应我。

我们第一次见面就一见如故，而且我们的会面是那种令北京人惊恐的 "零距离接触" ——说实话当时我心里不是没有顾虑，但我是作家和疫情核心地带的采访者，职业和良心驱使我不能在这样一位拯救过无数北京人生命的英雄面前有一点点伤害他感情的行为。虽然我要向读者坦白，我心里还是有点虚的。

沈壮和他同事的出现，使北京的 SARS 从此有了明晰的脉络，也使我比别人更准确地掌握了有关北京 "非典" 最真实的第一手资料。

"我这里有北京每一位 SARS 患者的全部原始病情记录，加起来有这么长。"沈壮伸开双臂，给我做了两个一人长距离的姿势。

在我看来，沈壮是整个北京抗击 SARS 保卫战中最伟大的战士之一，尽管在我写他之前没几个人知道他的名字，但我知道在北京 "抗非" 伟大战役的纪念丰碑上早晚会有他的名字。正是他和他领导的应急中心的战友们及其后来建立的 2500 多人组成的 "流行病调查大队" 队员们，为北京人民和全国人民战胜 SARS 建立了不朽功勋。许多材料是沈壮与他的战友们一次次冒着生命危险，在 SARS 患者的病榻前、救护车上，甚至是太平间里获得的。

山西女患者的父亲之死，拉开了北京 SARS 疫情的大幕！

"沈壮，快到中心来，有紧急情况需要你去处理！"3 月 8 日清晨四五点钟，刚刚因处理另一件应急事才回家眯瞪了不足两个小时的沈壮，突然被一阵急促的电话铃声惊醒。

"我马上到。"沈壮给妻儿盖好被子，轻手轻脚出了门。初春的北京，寒气逼人。沈壮打了个冷颤。"不知什么缘故，我记得特别清楚那一天打的冷颤。"沈壮在接受我采访时这样说。

当日上午，沈壮带着属下到了 302 医院。上午的会议是应 302 医院建议召开的，参加人员有北京市卫生局、国家 CDC 人员、解放军总后卫生部、302 医院和沈壮代表的北京 CDC 五方人马。会议议题是分析和处理北京第一例 SARS 死者及首例 SARS 对北京造成的疫情后果。此次会议就 302 医院当下的 SARS 患者与死者的处理问题进行了分工：302 医院负责救治患者，总后防疫部门负责对医院的易感人群进行追踪，国家 CDC 负责流行病调查，沈壮他们负责军队之外接触过这家患者的排查工作。上午的会议开到 11 点，死者被拉到医院太平间。

其实，北京市卫生系统在市政府的统一安排下在 4 月份疫情暴发之前做过一些工作。在 2 月 11 日广东省通过新闻发布会的形式正式对外介绍"非典"后，北京市卫生局领导当即明确了 5 家有呼吸传染病医治能力的医院承担监测"非典"任务，它们是安贞医院、朝阳医院、海淀医院、友谊医院和儿童医院。市 120 急救中心也承担相应的任务。"那时'非典'还没有 SARS 这个洋名，我们称其为'广东非典病'。当时大家思想上根本想不到这个'非典'会有那么大的传染力。有人认为这种病毒传播跟其他病毒也差不多，每传一代就弱化一代，传上三五代就没啥感染能力了。我们也认为不至于闹到北京来，隔那么远。这种认识在当时不能怪谁，因为大家都不认识'非典'到底是怎么回事！"沈壮的话代表了当时北京专业人员中的普遍认知。

"但作为北京市卫生局和所属的疾病预防控制应急专业部门，可以这么说，在广东、香港'非典'疫情正式报道后，我们从来就没有放松过警惕。"沈壮拿出北京市卫生部门的材料给我看。

第一份是他们在发现北京第一例正式确诊为 SARS 的患者一家的病情后，向上级写的一个报告，那报告中最后一段话是这样写的："鉴于此次事件发生于'两会'召开期间，而且病人有过赴广东省的可疑接触史，并高度怀疑其具有传染性，因此若不能及时有效地进行病例排除或诊治，将会造成一定的影响。"

第二份是《北京市卫生局应对非典型肺炎方案》。这个方案共有数页纸，其中特别对小范围的疫情、中范围的疫情和全市性大范围疫情出现时所要采取的"一级警报""二级警报"和"三级警报"机制提出了建议。

这第二份的《应急方案》写就于 3 月 8 日，是沈壮在卫生局当天下午召开的应急会议期间，与市卫生局几位领导一起研究碰头下应急写成的。

也就是在那时，一位局领导急匆匆地过来将他和同一单位的贺雄叫到一边，说："你们两个，不管采取什么办法，必须在今晚 12 点钟前，把 302 医院的那几个山西患者的情况弄清楚，完后马上向局里报告。"

沈壮明白领导是在着急山西那几个患者的疾病传播。晚 10 点，他和市 CDC 副主任贺雄到达 302 医院。当他们走进一层的楼道，有医生听说他们是来调查山西女患者一家的病情时，便随手给了他们每人一个口罩，说："你们来了，我们就不陪了。"说完就去了另一个病区。留下沈壮和贺雄俩，面面相觑。

"你们当时进去除了口罩还有什么防护？"我问。沈壮："什么都没有。那时还没有啥防护服呢！"走入病房走廊的沈壮留意了一下楼道，见里面空空如也，只有山西女患者一家占着3个房间。现在看来，其实在"非典"之初和武汉今年的疫情最初之际，医生们毫无防备的形态差不多。再说"非典"时期的医疗和国家实力与现在相比也要差许多。

但北京"非典"我获得的"内情"应该说也是少有地多。我在沈壮那里了解和记录了北京第一位输入性SARS患者及她一家人的基本发病情况——用专业术语说，沈壮是对这一家人进行了流行病调查，简称就叫"流调"：

据患者家属介绍，患者于某今年27岁，山西太原人。做珠宝生意的她，在2003年2月因生意上的事到广东出差。临离家时，母亲特意给广州工作的同行打了个电话，询问那边的"非典"情况到底怎样。人家回答得非常明确："都是谣言，没那么严重。""还是注意些好。"父亲特意为女儿准备了几包板蓝根。

于某就这样去了广东。记着父母叮咛的她，一到那边就很认真地打听"非典"病情，出租车司机带着嘲讽的笑对她说："我每天拉这么多人，要得也该轮到我了吧！可你看我不是好好的吗？"

一次次地证实"没事"后，于某原先的心理防御全然抛之脑后。该干什么，她就照干什么。2003年2月22日晚，于某乘车从深圳到广州时，便感身体不适，浑身发冷。23日，带着这种不适的她，从广州飞回太原。一量体温：38.8℃！

当天，于某走进太原一家医院。紧张地问医生自己是不是得了"非典"。"别那么大惊小怪。有那么巧就得'非典'？"医生笑她。不一会儿又拿来X光片和血液检测结果。"没事。"

但"感冒"引发的高烧不断。于某内心有种强烈的不祥感。她拉着丈夫的手，痛苦地乞求着："我到底怎么啦？快救救我吧！"丈夫一咬牙："别再耽误了。我们到中国最好的医院去！"

这一决定使患者后来终于脱离了死神的纠缠，却也给北京人带来了无法弥合的痛楚！

上级交给沈壮的任务有两个：一是弄清患者的病历史，以便尽快切断传播源；二是让患者身边的那些还没有传染的人赶紧离开患者，离开北京，回到山西去。

"CDC人员按通常的做法也该弄清病例全过程，以便获得最可能的控制。而当时让患者身边那些尚没发病的人回山西，绝对没有其他意思。当时我们还不清楚SARS患者到底有没有潜伏期，潜伏期里传染不传染，这些都不清楚。只是知道'非典'是传染的，不能让患者传染更多的人。"沈壮一肚子无奈的苦水。

山西方面在第二天就开来救护车。而沈壮在病房与患者家属做思想工作一直做了近10个小时。在于某的几位尚未发烧的亲属同意回山西时，北京下起了少有的春雪。

这一天下午，一辆救护车将于某的奶奶、舅舅、大伯和两个伙计拉回了太原。太原方面将这些人隔离观察，还算好，只有于某的一个伙计后确诊为"非典"患者。

留在北京的于某和其余的亲属可就惨了。继其父亲7日去世后，56岁的母亲也在15日去世。于某的丈夫、弟弟、弟媳妇、小叔子陆续传染上"非典"而倒在病榻上，于家陷入了极度悲惨和痛苦的深渊。但于某本人，一个多月后在302医院医务工作者的全力抢救下，与其他几位亲属一起从SARS的死神手中解脱出来，健康地回到了山西。但这位饱受疫魔折磨和为亲人带来痛苦的年轻女患者，再也不愿别人去打扰她。从于某一家的发病到连续死亡几例的情况看，此次武汉"新冠病毒"肺炎其实跟"非典"十分相近：年轻人和同样年龄的女性死亡率，要远低于老年人和男性患者。呼吸道病毒传染病大概都是这种情况？我不得而知。

当时让沈壮感到宽慰的是于某一家的良好文化修养救了不少人的命。"我们问楼道的服务员小姐有没有接触过于某家人，姑娘说，于某的舅舅一住进来就主动对我们说他们家人得了传染性肝炎，让我们不要接近他们。所以后来也真没有发现楼道姑娘们传染'非典'。"

可忧心事还在后面。在沈壮他们一再追问于某家人还与其他什么人亲密接触时，于某家人说她还有个舅舅就在北京，而且于某父亲死时就是这位舅舅在场，据说于某的父亲是死在这个舅舅怀里的。

"这不要命嘛！"沈壮一听就跳了起来，"你们为什么不早点告诉我们？啊？为什么？"

不为什么，为的是怕别人知道了，舅舅不好过日子。"他现在在哪儿？"沈壮一个个追问。

没人告诉他。就是不告诉。"你们，你们要为他的生命负责啊！"沈壮想发脾气，可看看倒在病榻上的于某和亲属，心就软了，"你们无论如何要告诉他，一是让他不要再接触人，二是一旦有哪儿不舒服，马上给我们打电话。"沈壮没有其他办法。因为"非典"尚未从法律上定为传染病，就不能按照传染病法规强行让患者履行义务。

这一天应该是 2003 年 3 月 10 日。之后的每一个小时里，沈壮的心一直悬在半空。12 日，沈壮不想看到的事出现了——于某在北京的那个舅舅来电话，说发烧了。

坏哉！沈壮的心头"咯噔"一下。"你在家准备一下，我们和救护车马上就到。""我们不敢把救护车开到于某舅舅住的门口，远远停在一个不起眼的地方。然后我和一名同事手里拿着一件白大褂和两个口罩，但在到患者住处之前不敢穿也不敢戴，怕患者本人心里不好接受，而更怕的是居民发现我们在运送一个'非典'病患者，我和同事只能做'地下工作者'。"沈壮说。

到目的地后，沈壮一忧一喜：忧的是于某的舅舅当时的症状已经基本可以确诊是"非典"，喜的是患者在同于某一家接触之后自己隔离了自己，没有与其他人一起生活。

于某的舅舅在沈壮等护送下直接进了佑安医院。

沈壮从佑安医院回到单位，正式在自己的工作日记上记下了这个普通而重要的日子：2003 年 3 月 12 日。

说它是个普通日子，是因为 99.999％的北京市民这时还根本不知道要命的 SARS 已经稳稳当当地落在京城宝地。这一天，还有一个特别重要的意义是，世界卫生组织正式将这种严重急性呼吸综合征（SEVERE ACUTE RESPIRATORY SYNDROME）明确病名，简称 SARS，并向全世界发出了警报。

了解一下当年"非典"时期的"一号病人"如何传播到北京的全过程，及她所携带病毒后的传播与病情结局，对病毒传染规律包括如何防控此次武汉疫情极有意义。遗憾的是我们作家写的东西其实并没有多少人看，看的人也仅仅是图个热闹而已，不会把一些关系我们整个社会和亿万人生命的重要公共卫生事件的教训和经验放在眼里。这是中国当代"社会病"中的一个很可怕的事。

武汉疫情后，多少人哭天喊地，是不是用不了 3 年时间大家也就差不多将它忘得一干二净了？"还要用 3 年？我看 3 个月就忘个精光了！"有朋友这样跟我说。

但不管如何，我们文化人还是需要尽自己的一份"呐喊"的责任。

当然，现在我只想上海的事，因为武汉疫情的发展势头显然比当年北京"非典"要猖獗多了。何况，上海并不像北京城那么"大大方方"，尽是些旮旮旯旯、小巷弄堂……

然而我还是错看了大上海。上海对疫情的控制从一开始就远远地走在了全国其他省（区、市）的前面，甚至可以说是具有"不在一个水准上的防控"措施与水平。

17 大街小巷内的"游击队"

我看过"东方网"记者写的一篇反映流调现场的报道，很感人：

深夜22时许，上海夜阑人静，但徐汇区疾控中心的疫情24小时值班室仍然灯火通明，徐汇疾控中心防疫计免科科员周祺作为"流调"小组值班人员，正在梳理手头资料。

"丁零零……"，一阵急促的电话铃声突然响起，周祺和组员们立即警觉起来，迅速拿起电话，另一头传来了焦急的声音："喂，徐汇区疾控中心吗？我院发热门诊发现疑似病例，请速来！""别急，我们马上派人处理。"在核实好详细信息之后，值班人员马上忙碌起来。向值班领导进行快速汇报后，周祺和组员们立即拿上了后勤部同事准备好的"流调"应急包，包含防护服、护目镜、手套、鞋套、口罩、调查表格、工作用的手机、密封袋等，立即驱车赶往指定地点。

通过与疑似病例1个多小时的交谈，徐汇区疾控中心流调小组成员基本掌握该位患者的行动轨迹。凌晨1时许，回到单位后，他们迅速梳理相关情况；当天早晨7时，周祺准时递交了报告。

从打响抗"疫"阻击战起，像这样的不眠之夜，对于周祺而言已然是"家常便饭"。据了解，从患者确诊后，流调小组必须在 6 小时内完成相关病例的流调报告，报告约 8 页纸，涉及 100 多个问题，"有时候多吃一个红绿灯，心里都像火烧一样。"周祺说。

100 多个问题，涉及哪些内容呢？周祺举例称，比如患者什么时候开始发病？其间乘坐了哪些交通工具？和哪些人有过密切接触？有没有做防护？……"吃过的每一顿饭、坐过的每一个交通工具都要明确。"周祺说，"一份确保详尽的流调报告，必须形成一条完整的证据链，疑似患者在过去 14 天内每一个时间段的去向、行为都必须严丝合缝地卡在一起。这中间，哪怕仅有一个地点是模糊的，都很可能导致无辜的人暴露在未知的病毒风险中。"

"所以报告中每一项信息的精准，是我们必须也是唯一的坚守。"流调人员说。可百姓，每个人情况、性格不同，你怎么肯定他所说的话全是真实的呢？或者他就确实根本记不得了又能怎么办呢？在当年"非典"疫情时，有一次我跟随梁万年的团队到北京西城区某一个小区搞流调，不说我们一行的打扮像"地下工作者"，单单驱车进入小区的过程就得想尽办法，因为如果开着 120 救护车，这整个小区可能就影响了，居民会"奋起"抗议"疑似者"和他们的家属，甚至有人要把这样的"可疑分子"赶出小区。所以流调人员不能公开身份大张旗鼓进入目的地。好，就算你找到了流调对象，人家可能也不一定让你随随便便进入居住房间内，你可能只能在楼梯的拐角处跟他远距离地"聊",人家说了,我本来没传染,你们一来如果传染了我谁负责?说得不是一点道理都没有。但你流调人员不把准确的信息调查清楚,一万中只要有"万一"的情况没摸清,可能就堵不住又一个"疫"战的大漏洞。

东方网记者这回在上海采访流调人员的情况呈现了和我当时基本差不多的情形——

"你还记得……吗?""我真的记不清了。"类似这样的对话,周祺已经进行了许多遍。对话无法进行下去,患者的行动轨迹摸不清,怎么办?"绝对不能照本宣科,要把病人当朋友,要给他营造就好像平时聊天一样的感觉。"

周祺坦言,面对有些病人的抗拒,他很是理解:"身体上承受着疾病带来的不适,心理上又承受着疾病带来的未知的恐惧,此时此刻,还要让他去回忆14天甚至更久以前的行动轨迹,抗拒是在所难免的。即使不那么抗拒,大脑也可能一片混沌。"

为了尽快得到准确信息,周祺想尽办法营造放松的聊天气氛,引导患者像拉家常一样说出自己的经历。"可以先从比较明确的时间节点开始,比如年夜饭在哪里吃的?和谁一起吃的?过年有没有走亲访友?诸如此类的问题,尽可能好答一些,好让患者尽快开口。"

虽然在隔离病房里每多待一分钟,就多增加一分风险,但"流调"小组却必须找到精准的活动轨迹信息。"面对危重病人,他的精神状况、反应较差,沟通进展肯定会比较慢一些,这时候就要想办法找到一些客观证据,比如他记不清具体哪天看病，那就从他的病历本入手，找到他的就诊单号；又比如，他说前两天坐高铁，那就可以问问是否留下火车票，或者问清楚上下车时间和站点，我们再去找相关的列车车次。虽然效率低一些，但必须确保信息的准确。"

在疫情期间，上海每天都要通过官方微信公众号发布当日上海"新冠病毒"肺炎情况，有一天提及"确诊病例中有2例无湖北接触史"，之后通报中有关这一信息却没有了。市民就非常关注，急切希望了解"真相"。

"当时，市民对这个信息关注度非常高，其中一例就在徐汇。我们也为此展开了大量的复查工作。"周祺回忆称，经过反复排查轨迹，最终"流调"小组将目光聚焦在了上海南站，"该名患者在上海南站转车时，同时有湖北抵沪的列车到达南站，站台相距非常近，而当时那辆列车上有确诊病例。因此，不能称其没有湖北接触史。"

简单几个字的删减，背后却凝聚了"流调"小组的坚守与付出。周祺的一句话也许道出了所有"流调"人的心声："希望每一个信息都精准无误，这是我们在这场没有硝烟的战争中唯一的坚持，也是我们能够给予市民最大的帮助！"

这篇报道中，我们可以看出上海流调战线的"惊心动魄"。它的成与败，决定着整个疫情将朝向何方发展。自然这才是我和市民们最关心的。

"现在上海有几例确诊患者了？我要重新评估一下'上海疫情'的现状和未来——也就是我们 2400 多万在上海的人的现状和未来。"

"总共确诊是 33 例呀！刚才跟你说的数。其中 30 例目前病情还比较平稳，有 2 例危重……"

"那对已确诊的 33 例你们的流调做完了吗？"

"有的做完了。有的正在做……"

"来得及做吗？"

"来不及也必须做。"

"人员够吗？"

"目前还只有几十个确诊者，绝对不存在问题。关键是不能像武汉那样一下出现几百、几千个……那样就比较麻烦了！"

"上海会有这种可能吗？"

"谁也说不准……"

"我的心悬了……又悬在半空里。"

"所以说，早发现、早排除、早治疗、早隔离……总之，所有的事情在这个时候不能有半点犹豫，而且动作要快、要果断，要不惜代价，才可能让疫情造成的威胁最小。何作家，你放心，我对我们上海的疫情有信心，因为我们上面的领导有方，下面干活的人有经验，市民自觉配合得也好。"

"这就好！你先忙。别太累了，切切注意自身安全。"

"谢谢，再联系。"

一次重要的通话，让我了解了上海出现疫情以来重要的"情报"和现状。

其实，就在我与朋友"聊天"的时间里，上海整个战"疫"都在各个角落、各条战线拉开。那阵势在上海历史上是前所未有的。

先不说那些一乘十，很快又十乘百、百乘千的叠加倍数上千的流调队伍像一张张布下的天罗地网般在撒向每一个疑似患者的四周，调查他们所走过的每一个轨迹，光是 2400 多万市民中出现的"发热"患者来到医院门诊，得有多少医生和护士要去接诊、排查和确诊？寒冬季节，感冒发烧本来就很多，你能保证没个头疼发热？

18 我突然发"热"了，去不去医院？

　　每个人的身体都不一样。有人强壮如牛，有人瘦弱如柴。但到了冬季，谁不会有个头疼发热的毛病？但如今年冬天，就要小心了呵！可不，我就是这样一个人：稍稍有点冷风，鼻子就马上不对劲。坐在房间里不是整天开着空调，马上会鼻子堵了，浑身发冷。可一喝热茶，就又出汗——血糖高是一大原因，但绝对不能发烧，尤其是在上海的这个春节。平时感冒一下没什么了不起，就是不吃药也能扛过去。这回可不行。若真感冒发烧了你说报告不报告？报告了，马上会有 120 救护车前来接你到医院去诊断，如果去了会不会被疯狂的传染病真的传染上了呢？如果不去或晚去了一两天，正巧真是"新冠病毒"肺炎你还不后悔死了——要知道，早发现、早治疗，每一个小时就是在与生命赛跑呵！

　　这种纠结能把你没病的也会逼出发热来。这是真的。我在 2003 年时，就看到好几位发热者被 120 救护车从家里拉走，这一拉走他家和整个小区就倒霉了——不是被群情激愤的人们骂个狗血喷头，其他人也起码要像避瘟神似的躲着这一家、这个小区。那个时候北京"非典"期间碰到这样的事挺多：因为医院对"非典"病例也有吃不准的时候，所以凡是拉去发热门诊的人，宁可多"抓"几个"疑似非典患者"，也不能轻易放过一个真正的患者，因此有些发热感冒者十分冤枉地被"抓"了进去。一直到后来他跟真正的"非典"在一起住了一二十天他都没感染过，"病情"一直很稳定，最后告诉他："可以回家了！"那人问医生："搞了半天我到底是不是'非典'呀？"医生将他直往外面推，并说："你就赶紧回家去吧！留在医院对你有好处吗？这里还有'非典'患者没治好呢！"

"有经验"的我，绝对不犯这等"错误"。但这回你真的感冒发热了，你真的就不报告？就真的自己判断不是"新冠病毒"肺炎？

实在不敢呵！

24 日、25 日……有好几天，我经常感觉浑身突然发冷，发冷是很可怕的，后果就是可能马上要发烧了！一发烧了你还敢不吱声？我的妈呀！这挺吓人和无奈的。大上海那么好，我还没有欣赏够，就这么着"躺"在一块土地上？大上海还有很精彩的题材没有写呢，怎么就……这越想越可怕。

咋办？越想身上越发变冷——再摸摸额头：嗯，似乎真有点烫哟！

快！赶紧烧开水！

水开了——"咕嘟咕嘟"两大杯下肚。然后再脱下衣服，光着身子，往洗澡间一冲……开大最热的水，冲！冲它十分钟、再冲十分钟……哟，满头大汗了！行。管用。

擦干身子。再往被窝里一钻，盖上厚厚的被子，上面再压一条备用被子，躺下。闭上眼，睡觉！强迫睡下！

真睡着了。醒来时，不知外面的世界是啥样了——一看，快天亮了。手机里满是戴口罩的"拜年"与祝福的信息。

看朋友圈的信息，似乎没有一点新年的喜庆和喜悦。但有一条信息特别让我激动：

何老师：报告一个好消息，我们的"一号病人"今天下午正式出院了！她已经连续三天阴性，属于康复的患者……祝你平安健康，新年快乐。

天哪！上海太牛了！竟然在 1 月 24 日这一天就把第一位"新冠病毒"肺炎患者给治愈了！这是什么奇迹嘛！简直就是在武汉疫情大暴发下、全国上下一片悲情中给所有中国人射出一缕希望和温暖之光啊！

难道不是吗？此刻的武汉，不仅患者确诊数量直线上升，一个又一个的死亡病例出现，而且紧跟其后的还有十个、百个患者正在迈向染病、死亡之旅……相比之下，上海竟然在大年三十宣布了"一号病人"治愈出院了！

特大喜讯！

这是在这个庚子年第一天的早晨我所获得的一个天大的喜讯，它比一顿年夜饭更令我兴奋。

我要对上海膜拜——因为相比于武汉，我们在上海的外乡人和上海人多么庆幸！

于是大年初一的清晨，我早上起床，从酒店的楼上，跑到后面的草坪上，想向 632 米高的"上海第一楼"——上海中心大厦作揖和三鞠躬。

回来后，我发现自己的身体恢复正常，不再感到发热……

中国第一楼——上海中心大厦

19 7年前的"预言"让我成"网红"

但细雨蒙蒙下根本看不见平日气势磅礴的中国第一摩天大楼，只有漫天笼罩着的阴云与雨雾……

我不得不回到房间，然后打开手机。有一条触目惊心的"上海疫情"消息跃入我的眼帘：

> 上海一例患者死亡，年龄为88岁的男性老者，此人患有合并严重心肺肾等多脏器功能不全病情。

天，真是不测风云。这是不祥之兆啊！尽管无法猜测一个有基础病的88岁老者是不是就一定因感染上"新冠病毒"肺炎才死亡的，然而我的心头仍然一紧：坏了，恶魔真的已达上海！

现在大家只要稍闭上眼睛想一下今年这个春节你是怎么过的、过了什么内容……我想许多人的答案肯定与我差不多：看疫情、看热闹。

确实没有哪个春节能像庚子年春节那么叫人揪心——为武汉，也为全中国。

死人是让人揪心的，但更揪心的是那些死人有可能就是自己的亲人，就是你自己。战争死的人数够多了吧！几千、几万算是少的。然而我们当下记忆最深、受伤最深的，不会是死去几百万、几千万人的国内革命战争与抗日战争，因为那些战争离我们非常遥远，痛感并不在我们当代人身上，那是国家和民族之痛。

今天使我们感到痛的是一场有着切肤之感的传染病：孩子突然没有了母亲，全家几口瞬间死绝……这种悲惨情景就是在战争中也不是太多，可今天的武汉就曾发生过。

苍天有时很不公平，和和美美、喜气洋洋的春节来临之际，如此一场瘟疫，偏偏是中华民族第一次迈入年创造财富"100万亿人民币"的门槛时，"哐当"一下，将破碎多少人的美梦和理想哟！

一场疫情可以让我们在许多方面反省和反思。但还有一点倒是值得从另一角度去认识，那就是由于疫情、由于互联网、由于所有的管理体系出现的暂时性混乱和局部的本质性混乱，这一次春节前后的手机"阵地"——我这样称呼它，实在有些过分地热闹甚至"好玩"，因为任何一个人、任何一件平时不起眼的事，在这当口飙升为亿万人注目和议论的焦点。这种现象是"好"还是"坏"，要看社会效果。2020年3月1日，对此间混乱了一段时间的"网络"现象，国家网络信息管理部门终于出台了"网络生态治理"新规定，算是对疫情前发生的"信息"进行一次"清场"。显然这很有必要。

但我也不曾想到自己在前期信息大爆炸中无意间一度被推到了"网红"级程度。开始我并不知道，后来在初二、初三之后的连续几天中不断有朋友来电、推微信说：我7年前的"预言"被证实。

什么"预言"？我又不是预言大师，我有啥"预言"？莫名其妙的我还被蒙在鼓里呢！

"是你。我推视频给你看……"很快，有朋友把清清楚楚、明明白白是我的"光辉形象"的视频发给了我，而且也几乎同一天（差不多在初二、初三什么时间），有关微信上就能看到不少朋友圈内有人狂推类似这样的微信"新闻"：作家何建明7年前的"预言"被证实云云。

那几天这条信息不仅在朋友圈铺天盖地转发，而且也在"今日头条"中频繁出现。

天，什么"预言"呀？我被互联网上广为传播的那个"何建明"和他的"预言"吓了一大跳！于是便赶紧打开一看：哟，原来是2013年在"非典十年"时凤凰卫视采访我和其他几位专家的一个专题片不知被谁"扒"了出来，因为我当年在"非典"时一直在第一线跟随时任副总理吴仪、北京市领导刘淇和王岐山等采访调查了两个月，并创作了《北京保卫战》一书，后来"非典十年"前，我根据原作重新出版了《非典十年祭——〈北京保卫战〉》，所以凤凰卫视也许看到我的书名不错，他们也就做了4集《非典十年祭》的专题片。自然，我是他们的重点采访对象。在这部反思式的专题片中，记者问了我和毕淑敏等专家及"非典"亲历者许多问题，其中问我："这种灾难、这种病毒，会不会用另外一种面目出现在我们的中间呢？"我记得那记者在采访现场有些担惊受怕似的假笑着吱了一声："可能不好说。"（他的面庞没在镜头中出现，声音尽管比我的小，但很清楚）于是我马上严肃地对他说："不是不好说，而是必然，总有一天必须会来影响我们……"

哇，这就是7年前一个作家对"非典"疫情会重新来到中国和我们身边的"预言"！

7年前就有人"预言"大灾难重降中国人的头上，这既玄乎，又不可思议，而且更重要的是为何全中国没有人重视这样的警世之

言而让悲剧重演？看看当下的武汉！看看一条条鲜活的生命就这样
与我们断肠般地离别啊！

"何建明你太厉害了！"

"何作家你太神了！"

"何大师你了不得啊！"

一时间，我成了"神"，被无数网民朋友推到了天上，就差没
有掉下来摔个半死。

在刊发我"预言"的视频和微信后面有几百条评论式的"留
言"，有的说"认识"我，有的说"读过他的作品"，有的说"这是
个专门写大题材的红色作家，咋也学会了'玄学'"，更有的说"当
下我们最需要的是钟南山，也需要反思社会劣根的何建明"……坏
了！我想我非被推到"高炉"上烧死不可！还好，后来发现过了几
天又有比我更伟大的"预言"，比如有位院士在去年夏天就"预言"
今年春季会有流感型的传染病暴发。这么一来，我"7年前"的
"预言"便不那么值钱了。

但对我而言，"预言"风暴仍然让我惊魂不小。那些日子正好
是春节假期初期的几天，而且也是疫情让人发闷的"烦恼期"，即
使是上海，许多消息也变得基本闭塞起来，除了每日一报的"确诊
病例""疑似病例"和"死亡人数"3个主要指标外，没有什么好消
息，而这3个数字没有哪个城市是好消息，相比之下像上海每天新
增十几个、几十个甚至"无死亡"信息特别"没劲"，而武汉的这3
个指标又像火箭一样往上飞升，看过消息后那种令人担忧、悲恸的
情绪，混杂在一起，叫人时时有窒息的难受与苦情。

外面的世界很压抑。内心的世界也很躁动。我开始了寻找我的
"原话"和为什么当时出了这样的"预言"——

其实并不复杂，也没有那么深奥，只是作为一个经历过"非典"疫情的亲历者在一些耳闻目睹之后的观察和思考及比别人可能更深刻一些的认识罢了。

在"非典"疫情结束时，有两个现象一直让我耿耿于怀，许多外界的普通人是不太可能知晓的。

一是"非典"病毒后来在5月20日左右突然在北京"消失"得"无影无踪"，社会上一直有人说是"小汤山医院"建好后把病毒"赶尽杀绝"了，这至少有些胡说八道，因为"非典"疫情最困难与作出最大贡献和牺牲的并非是小汤山医院，就像今天武汉疫情前中期作出特殊贡献和牺牲的应该是武汉金银潭医院、武汉中医院和武汉协和医院、同济医院等。而像"非典"时期的小汤山医院和现在武汉的"火神山""雷神山"医院，则是为阻止后期疫情更大暴发及迅速抢救危重患者起了重要作用。在"非典"时期，可恨的病毒后来很快被我们人类"战胜"，在我看来一半是人的伟大，一半是"老天"帮忙。为什么这么说，因为北京到5月下旬后，天气完全开始暖和起来，我们出门开始只穿衬衣——我查看了一下当年我去前线采访的照片，多数时间是穿了单件衬衣，证明气温确实至少有25度以上了。这个时候，病毒也"吃不消"了，它不赶紧逃跑也是死路一条——北京的春夏之交的气温，一定程度上救了我们的首都。

钟南山院士现在说"4月底"有信心取得"疫"战胜利。知道4月底武汉的气温在多少度吗？

"肯定有25度了！肯定穿衬衣了！"武汉朋友这样告诉我。这不跟我们当年北京"非典"后来出现的"剧情"大反转一模一样嘛！

这可恨的病毒！怕热，不怕冷呵！不，它也怕冷，零下10度它肯定也不容易"跑"出来袭击我们。瞧两次病毒传染大疫，并没有一起是在寒冷的东北，恰恰都是不冷不热的广东的二三月和北京的四五月。什么道理？要问病毒医学专家。后来听专家说，这回的新型冠状病毒连"热天"也不怕。完了，人类怕真的惹上大麻烦了！

第二个奇异的事情是："非典"大疫情那年北京有关呼吸道患者和"非典"病毒患者两者加起来的总人数，与前一年2002年全北京市呼吸道患者入院人数竟然相差无几。这又是怎么回事？

我清楚地记得当年在北京市委那个圆形的首都抗击"非典"指挥部会议室召开总结会时，有专家用图表把2002年和2003年两年北京地区呼吸道患者入院情况作了一个比较，其结果令在场的领导和专家有些默然，并莫名其妙地彼此看看对方的眼神，不知如何是好！其中的奥妙至今令我不解。

只能说，病毒是"狡猾狡猾的"。这回，我已经听到不少专家和院士又在说病毒是"狡猾狡猾的"。病毒确实每回都是"狡猾狡猾的"。可我又在想：为何人类（至少有那么多病毒专家、医学院士），总对一次次"冒"出来的新病毒，"一无所知"、束手无策？

而这并非我能解决与反思的事。作为一名作家，我与其他文化人、社会学家一样，更多的是关注疫情下暴露出的种种社会问题，它包括了人性、道德和伦理以及公共素质和社会管理等方面。

在文坛40余年，写几十本书，而且有些影响，于是就有人质疑我是不是有"枪手"，因为在与我一起上班的同事那里，他们无法想明白一件事：我何建明的工作并不比他们轻松，可为何一部又一部作品"冒"了出来呢？在外面的作家同行中更觉得有些不可思议，因为他们多数并不像在中国作协工作的我上班时每天是具体的工作在身，他们是真正可以每天在家写作的"专业作家"，而似乎我的作品并不比他们少，好像影响也不差，于是就有人对我产生怀疑与猜测。其实以前我就坦言过，在此也想再坦言一次：过去我的写作大半是利用一年中的长假如"春节""五一""十一"等，以及平时的周六周日，当然每天晚上也是静心创作的好时光。

2020 年这个特殊的春节里，尽管疫情扰人乱心，但我每天仍然没有停止过写作。

初一那天，我记得为了摆脱一下疫情的"乱心"情绪，特别拉开架势，写上海高级法院向我介绍的那起"杀妻藏尸案"——"80后"罪犯朱某某因为与结婚才半年的新婚妻子拌嘴而用极其残忍的手段杀死妻子后，将其藏在事先准备好的超大冰柜之中长达 105天！此案震惊上海。令人不可思议的是：罪犯在发案之后，在庭审期间，以与其年龄和罪行极不相称的冷静和对法律的漠视，同法官展开了一次次心理和专业上的较量。

现在公众对我们作家有许多不满，其实这里面涉及当代文学和作家们是不是、能不能真正说"真话"和会不会说"真话"的能力与态度。

新华社在战"疫"时期发了篇很好的社评，题目就叫《让人讲真话，天塌不下来》。文章说："敢言"是一种宝贵的品质。说真话，很多时候需要一种"虽千万人吾往矣"的信念，需要不迷信权威、只相信事实的品格，需要敢于大声疾呼、为民请命的情怀。事实上，每一次疫情大暴发，也同时对长期以来社会积存的陋习是一种暴露，比如"非典"时，人们开始知道原来吃"果子狸"，坏了我们的肠道，还坏了我们的生命。一次又一次因乱吃、滥吃把我们害得不轻，但谁会对这些陋习、恶习和不良生活行为铭记在心呢？

不仅是传染病疫情所造成的灾难，在其他社会领域也是同样道理。比如天津大爆炸，我在几个月调查采访之后得出一个结论：这样的灾难主要原因就是人为因素，管理层层松懈，他说是应该你管，你说应该是他的职责范围，最后发现似乎谁都有责任。但恰恰"谁都有责任"的结果是，谁都可以不负责任。如此重复、循环，灾难事故还不照常一起比一起更严重地发生吗？

5 年前的天津大爆炸，现在有多少人还记得？如果你到过现场或者经历了这场劫难你会忘却吗？我相信不会。但我绝对相信现在已经有很多人早已把这样一件震惊世界的大爆炸忘得一干二净了。原因有二：一是"有关部门"特别是涉事地区的人不愿多提此事，似乎一提就会触到了他们哪根特别敏感的神经。可恨可气的是像我这样的作家竟然在当初写这部具有特别重要意义的现场实录作品——《爆炸现场》前后，一直受到莫名其妙的非难。最初是当时任天津"一把手"的市长、市委代理书记黄兴国的百般阻挠与刁难。当时我的作品在出书前先在《人民文学》上发表了部分内容。记得 2016 年元旦刚过，《人民文学》在公众号上刊登发表《爆炸现场》作品的消息和当月刊号的目录后，有一天施战军主编非常紧张地打电话给我，说天津作协和文联来人到杂志社，打听和询问我的作品"什么来头"，希望撤下。"凭什么？他们有这资格吗？"我告诉施战军，不要理会他们。因为那个时间我正好换了手机号码，天津方面的朋友联系不上我，所以施战军主编后来又更紧张地告诉我，说何主席是不是稿子有问题啊？天津政法委的人都来拿走杂志了，看样子他们气势汹汹的。严重了！我当时不能说没有一点不安，因为那时也并不知道是黄兴国个人搞的鬼，担心是不是他"上面"的人怪罪下来后他黄兴国迁怒于我？

总之天津方面先后来到北京五拨人，欲与我"抗争"一番。但后来又不知什么原因，没了下文——我还正等待与他们较量一下。再后来我发现关于我的作品的出版、宣传等与《爆炸现场》有关的事情总有"一只无形的手"在捣乱，比如原先在天津武警总队召开的赠送图书的现场会，也被突然取消；在天津有关单位开作品讨论会也被劝停止；大爆炸一周年时我们已经筹备好的一场纪念性质的诗歌朗诵会也被"叫停"。这事闹得很让人窝火！

黄兴国并不知道我采访和创作《爆炸现场》是受命于国务院天津爆炸事故调查小组、在公安部消防局的直接帮助下开展工作的。即使如此"派头"，依然屡屡受到"一只无形之手"的不断阻挠，更不用说如果我是独立采访与写作会是什么情况了。几个月后，我看到了黄兴国被中纪委"双规"。后来虽然再没有人为难我，可有关《爆炸现场》一书在多种情形下仍然有"一只无形之手"在背后捣鬼，一直得不到公正的待遇。

这事我至今弄不明白。人民文学出版社出的书，国务院事故调查组领导和专家审查过的书稿，竟然还要受到如此不公待遇，可想而知真正说真话并非那么容易，虽然天塌不下来，可有人和有些部门就是生怕天塌下来，甚至连房顶上掉些石灰都怕！

天津大爆炸造成了巨大经济损失和近千条生命伤亡，这样的人为因素所造成的灾难不反思什么、不让刻骨铭心，还有什么事值得我们牢记呢？也因为几十年来见得、看得太多了，所以有时常常激愤着说些希望社会铭记我们日常生活中那些不该犯的错误和教训时，感觉很难很难。

看一看写《爆炸现场》后我想跟我们的社会说些什么话吧——

《爆炸现场》：赞美生命的壮丽，
实为鞭挞摧毁生命的罪孽

　　战争和屠杀的现场是血淋淋的，而像天津大爆炸现场又何止是血淋淋的，它远比血淋淋的现场要撼人和惊悚得多！如果说你看到一具血淋淋的尸体的话，毕竟那还具备了生命的特征。但如果当你看到的是一具白骨时，你就不再认为那是一个生命，而是一个已经剥离了生命的鬼魂与幽灵，它会让人不寒而栗。

　　天津大爆炸现场真正所能看到的就是这些。当然，还有那些彻底变了形的钢铁废物，比如像集装箱和车子一类的东西，但它们是没有生命的。现场唯一有生命的基本上是人，基本上是消防队员。火与消防队员们的肉体搏杀的结果，留下的是一堆堆白骨与烟烬，很可怕。没有几个人能够看到这样的情形，我是从搜救人员所拍摄的录像中看到这些情形的唯一一位作家，也是到目前为止唯一一位采访过一个个幸存的消防队员们的作家，我因此获得了极其珍贵的大爆炸的另一个现场——"情感现场"的诸多宝贵"镜头"。

　　我是了解天津大爆炸现场的一名幸运的作家，但又是一位特别痛苦的"亲历者"。许多时候我在反省自己：是不是就该让这个悲惨的爆炸现场的事实带着浓烈的感情去向世界呈现呢？思想斗争的结果是：应该。

　　应该的结果，就出现了这部《爆炸现场》作品。这是我从事非虚构创作几十年来最刺痛我自己内心的一部作品，其内容的震撼力和痛苦度，远远超过了以往任何一部作品，包括像写"5·12"大地震、北京"非典"等事件……而正在采写这部作品时，又恰逢2015年诺贝尔文学奖给予了白俄罗斯女作家阿列克谢耶维奇，她也是一位非虚构写作者，其获奖的作品主要是反映苏联时期的切尔诺贝利核电站泄漏事故所造成的灾难。老实说，当我拿过翻译成中文的阿列克谢耶维奇的作品时，我有些失望和欣慰，失望的是，她的诺奖作品不过如此；欣慰的是，我们可以比她写得更好。

我并没有想把《爆炸现场》刻意拿来跟阿列克谢耶维奇的作品比，但我相信自己的作品具有无法替代的"现场震撼力"，而且一定有其他虚构或假装非虚构的作品所不能抵达的艺术境界。

报告文学（或说非虚构作品）如果没有"现场"的亲历与准确叙述，那必定不会有独特而超然的艺术魅力，那些蜻蜓点水式的假现场也必不能产生强烈的艺术震撼力。然而"现场"对所有麻木的、缺乏敏感的、不知如何撷取生活和情感精华者来说，它仍然会掉入"一般性"之中。客观的"现场"通常是死板的、乏味的，甚至还可能是枯萎的、单一的，那些丰富的、精彩的、立体的、鲜艳的"现场"，则需要作者的嗅觉、视觉和情感的透彻性的寻觅与搜索，甚至有时还需要像消防队员一样冒生命之险去实践与战斗。

《爆炸现场》就是这样一部通过"冒生命之险去实践

与战斗"之作。因为我尽可能地去爆炸现场，尽管我去的时候已经没有了硝烟与爆炸声，然而当我站在那个大坑前伫立片刻时，我仍然强烈地感受到爆炸的火焰与气浪是如此地摄人心魄；尽管我没有像许多消防队员感受自己的亲密战友在瞬间牺牲的场景，然而当我来到重症监护室抚摸着尚在治疗中的伤员那一条条炽焦的伤疤时，我仍然感觉心的彻痛与胆之寒颤……"中秋节""国庆节""圣诞节"，还有许多个星期天与周六，我与天津消防队员们在爆炸现场一起谈论和回忆"8·12"夜晚的瞬间所发生的一切。

热的眼泪和冷的眼泪时常挂在我的眼眶内外，牺牲的战友和伤残的战友身影总在我的睡梦中复现，并无时无刻不在与我谈论着、欢笑着，然而多数时候他们是在向我诉说、哭泣、呐喊与追问着……"我们如此年轻，为什么就离开了这个世界？就离开了自己的亲人与爱人？为什么？谁之罪？啊，谁之罪？"

这是最悲切与沉重的呐喊和追问，它一直在那个爆炸现场的上空徘徊着、回响着……唉，这就是"现场"！无法抹去的生命现场，以及一个作家所能意识与追索得到的关于生命的另一种存在与拷问。也许有人会向我提出质疑：大爆炸是一场悲剧，你为何把消防队员的牺牲写得如此壮丽。其实，消防队员们的生命本来就是极其壮丽的，而我之所以把"爆炸现场"的壮丽生命写出来，就是为了无情地鞭挞那些摧毁这些生命的罪孽！他们是谁？他们会是谁？天知之，人知之，良心知之，法律知之。

要感谢公安部消防局各位领导与战友（他们许多人曾

经与我在一所警校工作过），要感谢天津消防队员和天津
港公安局的同志们的积极配合，才使我有了抵达"爆炸现
场"的可能，而我最想感谢的是那些亲历爆炸一线的消防
队员，不管是活着的还是牺牲的，他们都给了我第一手材
料，这是最宝贵的部分。它常常令我不能入眠——如果你
经历了，你就无法不去想那些惨烈的场景和死亡的恐怖
镜头……

当下中国的灾难太多，多数是人为的，而且灾难的样
式与危害程度常常超出我们的想象。比如刚收笔《爆炸现
场》，又出现了深圳大塌方事故。即使这些天没有大事故
新闻，房前屋后的空气里也会弥漫着永远散不去的雾霾，
叫你生不如死的窒息……许多人在感叹：为什么现在的生
活越来越感觉有些难呢？

为什么？我也想发问！

我想认认真真地发问：天津大爆炸这样的事还会不会
再发生？可以肯定的是：它不太可能再来。但还有一点也
是可以肯定的：类似的、不同形态的"大爆炸"随时可能
发生。

这又是为什么？我们都应该认认真真地思考与清醒！

——写于 2015 年岁末

我相信所有拥有正义之心的人们在读过《爆炸现场》一书和看
了我上面这些"反思"式的文字，绝对不会说这种对社会的提醒有
什么错。

但现实中有些东西真的很难，你说了真话就有人说你好了？就

有人记住了？不见得。

然而，良心和良知必须继续存在，尤其是我们作为一个正在崛起的伟大民族，一个正在走向世界舞台中心的国家，良心和良知，尤其是关系到国家发展、民族素质提高等关切到我们未来命运的大事上，警示和提醒，说真话，干实事，它是必须和必不可少的。

"非典"疫情时因为我对疫情过程中出现的一些奇怪现象了解较深，所以有了想对国家和广大同胞说话的念头，于是在"非典"十周年时，我特意写了如下这篇《非典十年祭》的序文：

2003 年春的中国北京，如同一座恐怖之城、瘟疫之城和面临死亡之城，相信所有当时在北京的人们都有与我一样的感受。那个时候，我们仿佛感觉世界快要消亡、人类将彻底灭绝……因为我们每天生活在窒息的空气里，生活在无处躲藏的这座古城，生活在自己给自己设下的恐惧的天地之间。

十年过得真快，十年又像是昨天的事——我们似乎是翻阅了一页书纸一般。

十年过得真快，十年又像是几个世纪之前的事——我们已经把它忘得一干二净。

悲惨的事像一座不可磨灭的大山，永恒地屹立在星球上。悲惨的事又像一丝云烟，在填满欲望的人的心里很快消失。

但我依然这样认为：人类所经历的任何苦难都是最宝贵的，把它记忆住，本身就是财富，而忘却了它才是真正的悲剧。

十年前的 2003 年，我们有太多的记忆如今想起来仍觉可笑：

——比如说，一位不知从哪个地方走到北京来的患者，她带着一声咳嗽，逃进了北京的医院，然后就死亡了。她的死亡查不出任何有记录的病史和病源，于是在人们尚不清楚怎么回事时，又有几位、几十位与之有过一面之交的人患上了同样的不知病源的病而躺下了，或同样死亡了……可怕的事也同时出现了：整个医院、整个单位、整个街道、整个北京市开始了恐慌，开始了无数好端端的人患上了同样的不知名的病——后来我们叫它"SARS"，中文名叫"非典"。听起来很奇怪的名字，文学家们理解为"非常典型的病"。老百姓说它是"瘟疫"，其实它就是瘟疫——一传染就让人活不成！

于是出现了许许多多奇怪而可笑的事：年轻的北京市市长刚刚上台没几天，因为扛不住突如其来的灾情——其实他不知如何面对这场巨大灾难，也不知道这场灾难带给这座古老城市的是什么，所以他采取了某些"隐瞒"的做法。本来这样的事在整个社会里通体常见，但灾情来得太突然、太巨大、太影响人类的生命和城市的命运了！年轻的市长不得不草草下台，从海南调来的新市长走马上任……之后的十年里，那位年轻的下台了的市长其命运一直不佳，直到不久前才有所翻身，而当时代市长的新市长则一路好运，政绩辉煌。让我们记住他俩的名字：孟学农和王岐山。

奇怪而好玩的事还多着呢：比如当时北京城内的人相

互"残杀"的事都出现了——如果发现你这一家有个咳嗽感冒的人，就会有人到你家门口泼消毒药水，甚至用汽油烧、木棍打、铁门封，目的只有一个：把瘟神赶走！

比如那段时间北京人受到了"史上最屈辱的事"：你出了城、到不了外地。如果你偷出了城，你就可能被追"杀"。如果你逃到了某外地而被人发现，你轻则就会被赶走，重则会被关起来……有一位北京人告诉我，他无奈因为单位有一桩业务到了外地，结果被当地发现是"北京来的"而整整追了十余天。没有人敢收留他，没有人敢留宿他，更没有人敢塞给他一点儿吃的东西和让他搭车乘车。结果是他自己靠双腿跑回了北京。"整整跑了十三天。"回来时单位人找不到，家里人不认识他——他像一个野人，根本没人认识他当时的模样。

上面的这些事其实还算不了什么。

在与北京接壤的地方——河北廊坊某地段的公路上，有人竟然用挖土机挖了一个深二十多米、宽三十多米的巨型大坑，说是"为了防止北京城里开过来的汽车"——所有北京方向来的汽车在这个地方只能往回走。

还有一个村庄，过去一直靠开农家乐而赚足北京城里人的钱的农民们，这会儿他们害怕死了，害怕染上瘟疫的北京城里人跑到他们那儿躲避灾情，所以发动全村力量，三天之内在村庄四周筑起一道高三米、长几公里的围墙，将整个村庄全部包在里面，进出只有两个门口，门口设有岗哨，而且佩带着菜刀和铁棒，见陌生人闯进来就立即抓了关进小屋隔绝。如果一听说是北京城里来的人，那就不管三七二十一就往外赶。

好玩的事还多着呢！然而那都不是什么好玩的事。其实都是恐怖下的非好玩的事，甚至是悲惨的事，永远留在北京人心头的最痛事！有人曾经说过这样的话：假如当时北京有人传出吃人肉能防"非典"的话，那么整个北京城将出现史无前例的大杀戮！是的，凭我所掌握和观察到的当时的灾情及灾情之中人们的变态精神世界，这样的事绝对可能发生。好在我们的当局及时采取了有效措施，使得北京市民保持了最基本的清醒和理智。

我的采访是唯一的机会和条件，因为在当时只有我和另一位同事有条件进入灾情患区和核心指挥层采访，特别是有条件直接接触到北京市"非典"防预指挥部的高层领导及相关会议。我曾经在当时采访近两个月时间，录下了几十盘磁带，准备写部长篇作品，但后来放弃了。放弃的原因是我越往深里采访，越觉得无法写，不能写，写了就会有"苦头吃"。为什么？因为许多关于"非典"的事至今我们仍然没有弄明白，比如"非典"到底是什么？为什么有的人一接触就死，有的人与患者住在一个病房里几十天根本没事儿。比如指挥部后来在总结时得到的一个数据令人不可思议：2002年（即"非典"灾情暴发的前一年），全北京在春季各医院收治的呼吸道病患者总人数，竟然与2003年"非典"大暴发时呼吸道患者（包括我们认定的"非典"患者）总人数没有什么大的变化！这些都说明了什么？说明了一个我们不愿意承认的结论："非典"到底是怎么回事，我们根本不知道！或者知之甚少，少得可怜！

十年是短暂的，短暂得连我们还没有顾得上想一想它就过去了。

十年是漫长的，漫长得让我们想都不敢去多想一下，似乎 2003 年的"非典"像是在另一个世纪的事——几乎所有北京人把这件让我们疯了一样失去理智的灾难全给忘却了，至少是很多人都已淡忘了。

"非典"带给北京和中国的是什么，我们不曾作深刻的反省。中国人似乎一直在为了自己的强盛而发奋努力向前，在这条发奋向前的道路上我们甚至连一丝停顿和小歇的时间都顾不上。其实这很恐怖，有时我想想这样的恐怖比"非典"灾情本身更恐怖，因为一个不能将苦难和灾难作为教训的民族是非常危险的，它是很容易被另一场苦难和灾难摧毁的。

之后的北京虽然再没有发生过像"非典"一样的大灾难，但十年中我们的北京城一方面变得看上去越来越美丽，越来越庞大，越来越现代化，事实上另一方面你也会发现，北京城在这样的美丽、庞大和现代化的外衣下，又变得越来越脆弱，越来越渺小，越来越落后……它似乎因一场毫不特殊的冰雪就抵挡不住，它似乎因一次小小的交通事故就会瘫痪整个城市，它甚至经不起一场暴雨的袭击，经不起一次污雾的弥漫。生活在这个拥有两千多万人口的大都市，一方面我们每时每刻在感受其伟大和光荣，另一方面又无时无刻不在承受着不知啥时候降临灾难的风险。

科学发展观的提出，也正是那场空前的"非典"灾难之后，这是我们党的英明和及时的见解与决策。"非典"十年时，我们难道不应该认真地努力地及时地提出和思考一些问题？这些问题包括：像北京这样的大城市，这样飞速发展着的大城市，我们的管理体系、我们的灾难防预能力、我们的公民自卫意识、我们对灾难的资金投入、我们对未来城市可能出现的灾难的防备等措施和思考……我们的市长和管理者，不知你们有多少精力放在此？我们的市民和居住者，不知你们想过没有如何一起为这个我们共同的家园可能出现的灭顶之灾作一份伟大的战略方案或微小的建议？如果大家都这样做了，那十年前的"非典"发生算是对我们的一次提醒和警示，如果谁都没有做这样的事，那十年前发生的"非典"只能是我们自取灭亡的前奏曲——苦难和死亡早晚还会向我们袭来，等着吧——没有记性的人们！

——补记于 2013 年春

这是 7 年前写的文字。很多读者和朋友在此次战"疫"中拿出来放在网络上，一说我的"预言"那么准，二说为什么如此好的警世之言平日没有听呢？如果哪怕有一部分"领导们"听了这样的话，那像"新冠病毒"肺炎疫情肯定不会造成武汉那么大的灾难呀！

许多网友在追问。也在"留言"上指出：

"七年前的追问，为何今天仍在重演？"

"历史是让人反思的，不是供人遗忘的。惟愿这场灾疫早日消散，而我们能背负教训，重拾勇气，继续前行。"

　　"不把反思变成现实，去给未来灾难一个预案，一个务实的快速反应和物质保障，一个反败为胜的现实形成，那么灾难是灾难的理由，灾难是灾难的结果，灾难更深再重，现实和历史都不会因灾难而长记性……"

　　在武汉疫情处于混乱的时间里，我自己也感觉再读一读 7 年前写的这些犀利的文字，有种炎日中吃一支冰激凌的感觉：爽！

　　武汉疫情暴发初期包括后来湖北各周边地区疫情蔓延严重和泛滥，回头我们会发现一个重要因素，就是一个又一个飞速发展着的大中城市，其实他们的管理水平、灾难防预能力，包括资金投入、公民自卫意识等方面，有些地方几乎是"零"水平！这还了得！这还不出现我 7 年前警告中所说的一旦再度置于"那十年前发生的非典面前，我们只能自取灭亡"！

　　"等着吧——没有记性的人们！"这一声警世之言是带着血丝在呐喊。

　　真的等来了——2020 年的武汉和中国的许多城市疫情泛滥，一个个无辜的生命被病魔夺去，给国人和这个原本就不平静的世界留下一片恐慌与绝望。

　　我非"先知"，更不是"预言"大师，仅仅是内心存在一份良知而已。7 年前之所以有这样的呼吁和"呐喊"，是因为身在北京、常在各地采访，看到了我们快速发展着的国家同时存在着诸多的"土豪病"：似乎看上去很强大，然而其实很大程度上有些"虚胖"；口袋里很有钱，但并不知道花在刀刃上；有足够的取财之道和理念，但却缺乏防避灾难的危机意识；国民素质低下而又十分自我膨胀……我们奋斗很努力，创造财富很不易，恰有可能瞬间损失殆尽，不堪一击。这些忧虑让我无法再沉默，所以有了燃烧般的激烈追问和大胆的"预言"。

这样的"激烈"追问，平时容易被人误解为"极端"，而在武汉疫情暴发的一片谴责声中，它成为了人们奉为"至宝"的经典"预言"，这完全是意外。

"网红"的那几天，其实我内心有些紧张，因为在现实生活中，这样的角色并没有好的结局。多少教训和体会告诉我，必须"隐退"，越远越好！

可，今天能行吗？今天的大疫情比"非典"更加猛烈地冲击着我中华民族，几乎在撼动我整个神州大地，而且已经能感觉到周边的、远处的那些做梦都想把中国拖到衰退泥坑的某些国家和反华势力已经露出了得意的狰狞之笑……

20 真话必须说

能沉默吗？能在一个又一个无知与丑恶、无能与无为、威胁与危险面前熟视无睹吗？不，不可能！也绝不应该！

我感觉黄浦江汹涌的浪潮在冲击着我的胸膛——疫情中一个普通人的一点儿过失，会被人当众暴打甚至游街；老人拿出积存一辈子的钱捐给抗"疫"前方的病人和医生时反被嘲讽；一个干部因为紧张说错了半句话而被"人肉"，一位专家没能像钟南山院士说得那么肯定和准确就连祖宗都被拉出来骂得狗血喷头……太可怕了！在疫情大暴发的中心地、在舆论集中的网络上，一时间充斥着滚滚浊浪。人性和人心的丑陋一面，被赤裸裸地暴露无遗。

难道这是中国应有的吗？难道这是我亲爱的祖国应有的吗？难道这就是改革开放快速发展了40余年应达到的境界吗？不不，绝不是这样的！

那一天，我又一次独自走到黄浦江边——尽管美丽的滨江大道空无一人，然而我依然感到热浪扑面，豪情万丈！

我又要呐喊和呼吁了。面对那些无知与失去理性的"乱疫人"——他们的想法与做法其实在那一刻比病毒和瘟疫更伤人、更腐蚀与丑化我国家形象及民族肌体，必须以同样坚决而有据有理的方式抗击或引导。于是我发出了疫情第一个"意见"：

灾难中需要冷静看待人性的善与恶

作为经历过"非典"并在"抗非"现场采访两个月的"疫情"亲历者，回顾当初，再看看眼下，我感觉事态的发展都在"正常"范围之内——

其一：病毒感染的人数每天剧增。其实，对比当年来自广东的人把"非典"传到北京后，那些日子我们在北京各医院所看到的情景，跟现在武汉所出现的情形基本一样，最初的无序、混乱、谣言和市场抢购、全民性的恐慌，还有无边无际的埋怨等，一直到小汤山医院等建起来之后才算慢慢稳定。据我直接和间接所了解到的"内情"，当时有个重要的客观原因是："老天爷"也出手"帮了把"北京，因为到了五六月份气温开始不断升高，那些惧怕高温的病毒自然而然地开始"消亡"了——这一点我认为并不比"千军万马"的抢救队伍力量差多少，信不信由你。由此，我们可以作个假设：倘若这一次武汉新型冠状病毒肺炎晚两个月发作，那么它绝对不会像现在传染得那么快、遏制它的发作显得那么力不从心。当然我们不能"听天由命"，但人类与瘟疫的斗争，除了全民的共同努力，一定程度上也是需要时间上的耐心和运气的。因此，鉴于此次疫情还会持续一段时间，当下我们更应在中央的统一指挥和部署下，积极配合防治疫情，切勿添乱。要理性地认识到：承受苦难，向来是人类生存与发展的精神支撑之一。

其二：缺物资、缺医疗人员和群众如何防护的问题当时也是如此，只是上一次主要疫情在广东和北京两地，脉络清晰，范围可控，而此次疫情战斗的艰巨之处在于，除了要迅速控制武汉和湖北的严重疫情外，更要遏制在全国范围内的散点式蔓延。上一次我们可以动员全国的力量支援广东、支援北京，这一次举全国之力除了尽力支援武汉和湖北外，各地还要做好"自身保护"，所以出现今天全国性的医疗人员和物资的紧张，且又是春节放假期间，劳力和运输都成问题。因此医疗人员和物资不仅在中国，甚至世界也跟着紧张起来。这是因为中国人口本来就占全世界人口的四分之一嘛！当你的物资和医疗资源一紧张，全世界能不一起跟着紧张吗？

其三：人性之美与恶同时爆发。我在"非典"时期所看到的种种现象，各种善与恶，今天几乎都在重演。以前我曾跟友人多次说过这样的话：当时"非典"最恐慌和最紧张的时候，如果有人传言说吃人肉、吃泥巴能防"非典"、能不死人，难防有人会疯一般去找人肉吃、去啃泥巴了！至于当时打北京人、不让北京人回家、满世界憎恨和嫌弃北京人的事情，比比皆是，跟今天武汉人、湖北人所受到的"待遇"一模一样。这就是人性的本能反应，这也是一个进入文明社会的民族最需要提升素质的重要方面。

由此，面对今天的种种疫情现象，大家既要高度重视和防疫，同时也绝不要对一些现象反应过度敏感，更不要放大某些人性的优劣，包括对善的和恶的。对人性善良光鲜的一面，我们也需要实事求是地宣扬，切勿再犯过度夸张；对一时、一事的不当，甚至是恶行，也不宜穷追猛打，要理性处理。谁能在生死面前不怒、不惊、不慌、不贪、不怕、不出差错？对普通百姓，包括干部、领导、专家、医生等人都应如此。那样，才是我大中华民族的气度和国家永存的筋骨所在。

"说得好！"

"说得及时！"

"有据有理，有水平。"

网络平台上发出我的这篇短文后，迅速收到包括上海朋友在内的众多友人来讯，同时也被"今日头条"等媒体连连转载。我的微信"评论"下公众也留下了长长的"留言"，绝大多数赞成上述观点。

但绝对不要天真了！大疫之中的任何声音其实都很微弱，而且即时消失，也许只有钟南山这样的震天独响的洪钟一旦出声，方能回荡于天庭地角之间。其余的基本瞬间就会被海啸一般的后浪所覆盖……

但即使如此，发出一句善良与正确的话，或者提醒和震动亿万人，或能够拯救迷茫的一批人。当然，说错话、说害人之话和误导的话，那就是雪上加霜，罪该万死。所以我们会发现，平时的许多"大嘴""大咖"，在这个时候反倒没了音声，大概原因有二：一则发现真要大家都起来说话，他原本的那点"水"一分不值了；二则他是属于"狡猾狡猾的"一类，或者正在见风使舵。这类人，经过疫情的荡涤后再不会有人喜欢了。我敢肯定。

然而我们自己这些所谓说"真话"的正义之士，就一定能够挺立到最后？同样说不准。更不用说在疫情期间的特殊时刻，当一回"网红"就想名垂青史，实在可笑。疫情中的"网红"有两种人：

一种是随波逐流中奋然跳跃而去的"大嘴";另一种是被逼着出来当"大嘴"的,如钟南山、张文宏等。有的"网红"可能成为天际永远挂着的"北斗星",像钟南山、张文宏、李兰娟,有的则像流星一样,一闪而过。我等属于后者。

21 "屏牢"与屏不牢

1月26日，也就是大年初二。早上起来，见北京那边说又下大雪了，"雪片如鹅毛一样，从来没见过这么大的雪哟！"

真是怪透了，在京城待了40多年，以前就是不下雪，好不容易在天气预报中盼到一场雪，最后发现完全被"欺骗"了：除了郊区外，市内基本上见不着雪片儿。

2020年怪了吧：元旦前下过两次，春节前后到底下了多少场雪，北京人自己都记不住了……

因为是过了一个很苦涩、郁闷的初一，又闻初二京城大雪纷飞，再看黄浦江岸寒雨蒙蒙，26日早起后，心头就有种特别的压抑感。又难以抒情，就想给一些老朋友、老战友拜个年吧。然，今番疫情此景，"喜年"何存？

于是不由得拾起李商隐的诗句，轻声吟了起来："可怜夜半虚前席，不问苍生问鬼神……"但一想不对呀：越是国难民灾之际，吾等越不能消沉苦脸哪！

于是，坐在案头，敲起键盘，写下如此"豪言"——

你横行四方，我安心写稿。

你肆无忌惮，我键上豪迈。

你无情无意，我激情满怀。

你终究完蛋，我笑迎未来。

写完后，再一读，自己不由得发笑：这打油诗，有点阿 Q 精神。权作笑料，发给几位重量级朋友，回讯皆称"棒"，其实我知道，是在鼓励我，也在鼓励大家自己，因为是疫情期的中国，大家有种今天不知明天的事之感。你别笑，现在想想似乎这样的话有点夸张，但看到、听到当时武汉成千上万求医无门、欲回无路的患者与家属们绝望的哭声与哀号时，你就不会再有笑颜了。这就是 2020 年春节前后一场大疫带给我的记忆，它烙在每一个中国人的心坎上，是很疼很疼的。

我发现，到了初二之后，突然间身处的整个环境变得异常压抑起来，有种"进牢"的感觉，虽然没有任何人给你枷锁，我所住的酒店房间仍旧跟平时一样大小，服务员仍然还是那个时间点来打扫卫生，只是她进门时戴了口罩，然而我们之间像都相互害怕，不说话，也不交流。她打扫这边，我人赶紧躲到另一边……很别扭，可又是很本能的反应。

再下楼到饭堂里吃饭，突然发现已经没有人了。留下的几个服务员都戴着口罩站在那里，第一眼看去，以为自己走错了地方——不是医院嘛，但有点儿相仿。真是活见鬼了！这饭吃得心里有点堵。等第二天、第三天再去的时候，已经看不到以前那个身板挺得直直的洋经理和很漂亮的法国籍"服务妞"了。一打听，人家全都回国了。

剩下中国人你们自己去"宅"吧！

中国人确实蛮伟大，一声号令"宅"，14 亿人全部立即"宅"

在自己待的地方，无论是大都市，还是偏远的乡村。其他国家后来投降说他们绝对做不到，美国、法国、日本都说做不到。中国做到了，而且做得相当好。这很不容易。

我们都成为"宅男""宅女"。作家嘛，本来就是这种"宅"在家的状态。然而当全中国人民都一样"宅"了，我等又特别不习惯了，而且这会儿"宅"，是真正的而且是彻底的、长时间的"宅"。

庚子春节前后近一个月的时间，将近 14 亿人能够在同一时间里"齐步走"，这在世界文明史中极其罕见，也史无前例。然而我们都知道，这是一个无奈之举。否则此次"新冠病毒"肺炎会让多少中国人丧失生命、告别美好的未来呢？不敢深想。

但为了自己、为了亲人，也为了国家和民族的生存，甚至为了整个世界的明天，中国人选择了听从政府的使命，全体"宅"在家中（所有不想"宅"和破坏"宅"者一律重罚），这是何等的悲壮之举！

孩子不能去学校上课，老人不能出屋散步，年轻人不能去上班，更不能约会、聚会和走亲访友，除了食品、药物等极少生活必需品商店还在营业外，其他一律都停止，连天上飞的、地上转的、水上行的，一律停止。这是怎样的行动？

这是战争和战争动员。政府说了，总书记说了，要打赢这场人民战争、总体战、阻止战，也就是大家现在都在说的"疫"战。既然是战争，就是无情和残酷的。然而这场战争又同人与人之间的敌我胜负的战争、国与国之间的血腥战争不一样，它是和平时期人类与病毒之间的一场无形的残酷战争，同样是你死我活、血淋淋的。敌人在暗处，在我们看不到的地方，在我们相互的呼吸之间，甚至在我们甜甜蜜蜜的接吻与拥抱之间，或者在擦肩而过的你根本一无所知的人的身上⋯⋯

我们的对手在摸不着、见不到的地方，在我们虚弱的抗体之中，在我们稍不留神的行为之间，也可能早已潜入我们亲人之间的某一个人身上。敌人太狡猾，狡猾的它或许瞬间就可以置你于死地，或许根本不让你知道何时会突然向你猛扑过来，甚至有时隐藏于你身上10天、半个月、20多天以后再向你发起进攻，直到弄死你为止。

太可恶！可恶到你拿它束手无策。

也许正是这样的原因，在武汉疫情大暴发之后的春节假日期间，所有城市都处在一种随时被病毒吞噬的恐怖和恐慌之中⋯⋯没有一个人敢拍胸脯说"我这里不会有人传染"，也没有人敢说"我这里防控铜墙铁壁一块，任何漏洞都没可能出现"，更没有一个人说"我把所有与外界接触的可能全部封死"。所以，在无奈又不知所措时，党中央国务院提出了所有中国人尽可能地"宅"在家中不出来，尤其是城市，一定要"宅"在家中。后来发现，像武汉这样的疫情严重地区，连"宅"在家中的人都要再分区，把每一个区之间都要再"宅"开，直"宅"到独立的一个人⋯⋯

呵，全世界没有过这样的动员，没有第二个国家能做到如此步调一致的"国家行动"。老实说，仅此一点，就没有一个人敢说中国共产党不伟大，也没有一个国家不在心底里真心敬佩中国的。

然而14亿人的一个国家真要"纹丝不动"地"宅"起来，确实不是一般地不容易，而是极大地不容易。

因为不在家，也不在上海哪个家庭里生活，无法体会到那些只有几十平方米的家中却有祖孙三代人需要几天、十几天，甚至是一个多月地"宅"在蜗室内，是怎样的一种情形和什么样的一种心境。反正感觉很难。有人说，这回疫情让原本准备离婚的许多家庭重新和好了，这听起来像个笑话，但完全有可能。因为原本大家忙忙碌碌，许多人的感情被外面的世界"牵"走了，而这回夫妇重新"宅"在一起，朝夕相处，一锅里吃饭、一张沙发上看疫情报告、一张床上看手机的各种笑话和奇谈怪论……于是，慢慢地发现原本"身边有个你"也是蛮好的嘛！

"侬已经好些年不正眼看阿拉了……其实侬要多陪我几天，阿拉老开心的。"妻子柔情地说。

"是啊，过去老觉得侬老得皮都塌下来了，现在侬有时间在屋里化妆一下，看起来其实侬跟以前差不多年轻呀！"丈夫说。

"哎呀，讲得阿拉牙齿要酸掉了。"

"哟哟，看侬美得小酒窝也出来了……"

夫妻如此重新恩爱，"宅"里洋溢出的幸福气息在弄堂内飘扬。

孩子当然开心。弄电脑，不用天天被家长逼得五六点钟起床：睡，睡它个天昏地黑！爹妈在一旁乐着问：睡够了吗？明天还可以困到下午三四点钟……

哈哈哈……

家庭和谐之声，让空荡荡的街上时而传来一阵阵悦耳的"家庭交响曲"。

然而，这毕竟是"一部分"。现实中的"宅"后，还有更多"一部分"的日子并不好过，甚至非常难过。

2020年春节前后的漫长时间里，我们都经历了这样无奈的、沉闷的、压抑的，甚至是痛苦的、烦恼的、愤怒的"宅"生活……

"宅"得我们心焦。"宅"得我们心沉。"宅"得我们心闷。"宅"得我们心在燃烧和忧苦……

老实说，这种"宅"的日子，对作家来说，已经习以为常，不然我们就不叫"作家"。还可以老实说，这近两个月的"宅"对我这样的人来说，一点活儿没耽误，就是在大年初一我依然跟以前几十个"大年初一"一样，"宅"在家中码文字。可毕竟，除了码文字外，还是需要有些时间休息休息、调整一下情绪与活动一下身子，尤其是我这样浑身有不少毛病的人，长时间地"宅"在家里既不是事，也会很痛苦。而这个大疫之春的"宅"，其实全中国人民都非常痛苦，除非你丝毫没有一点感情和恐怖心，否则不可能不感到内心的痛与闷。

"宅"在上海，本来是件幸福的事，你可以尽情地享受这座美丽城市的每一刻阳光与月色，你可以欣赏街头那些时尚的姑娘和生机勃勃的男孩，你自然也可以对那些款款而来又款款而去的虽说上了年岁却依然风韵不减的真正的上海女人微笑……外滩上恋爱的少男少女和手挽着手的情人撒下的浪漫永远是全世界最有味道的一景；南京路上俄罗斯姑娘与新疆小伙子之间的频频"闪眼"，以及韩国姑娘与上海本地大学生们有说有笑的清脆悦耳的声音总像当年响彻在马路上的有轨电车铃一样让行人们特别注目；最自然、最壮丽、最豪情的是黄浦江上一艘艘来来往往的豪华渡轮上的风物，它载着的是这座中国最美、世界独秀的东方大都市无与伦比的幸福感、欢快感和她的多情！

在外滩的对岸，是现今全球最华丽的浦东陆家嘴金融区，平时的这里，你会被林立的摩天大楼所征服，会为它们迷失。尤其是我，一部《浦东史诗》的书写，让我了解了这块土地上曾经发生过一场怎样伟大的创业和奋斗，它集中体现了上海精神和上海人的风采，它甚至是上海人昨天和未来所有品质的一次完美呈现。它也让我重新认识了"上海"——"上海"二字其实是一个动词，它是我的祖先对一片海在畏惧和好奇之间产生的那些梦想和理想交织在一起之后的一种行动：我们到海的那个地方去看看，上海的地方看看有没有可能捕到更多的鱼、垦出更多的地，还有其他什么的……于是，我的祖先一批又一批地到了海边的地方，甚至向海的方向迁徙，先有一些渔民在那里栖息、居住，再后来有其他人到海边搭棚、建房，开垦沙丘，种上庄稼和植上树木。再之后，这里成了小渔村、成了小市镇，一直到成为东方大港、中国第一个大城……

这就是上海。"上——海的地方"，我母亲至今做饭和到街头办事，仍会说"上灶""上街"去。这是我对"上海"的讲解，也是我先祖对一个伟大的城市的名字的注解。

没有人跟我争辩这"无史记载"的事实。因为他们没有能够比我家族的祖先更早来到这块土地上耕耘与冒险探求。所以我本质上是上海人，血脉中的血比现今的上海人更要纯些。

我为此骄傲。

我因此对上海感情更深。

感情越深，一旦陷入痛苦的境地时也会陷得更深、更不能自拔。

疫情，让我对这座连着我生命与骨肉的大都市时常泪流满面——

那些高楼。它们平时不会被人以另一种方式注意到的，人们只是把它们当作一种工具：或为办公，或为居住，或为放置物品，甚至是显耀财富和能力的一种场所与标志。

它们似乎只是人类生活和幸福感的某种需求，或者是作为城市的必需物……总之，在奔忙和一直向往前行的现代人眼中，它们仅仅是"我的高楼大厦""我的富贵天堂"……

"疫"中的高楼大厦

而现在，上海的所有高楼大厦里，人都走了，留下的是空荡荡的它的躯体与筋骨。

风在吹。雨在下。高楼大厦依然如故地与平常的日子一样站在原来的地方。然而在我看来，疫情中的它们已经变成了另一种角色：它们是这座城市最孤独的孤独者，每天不再有形形色色、兴高采烈，面带各种表情、心存各种理想的男男女女走过它们的胸怀，去喧哗、去争吵、去谈情说爱、海阔天空、纵论天下风云……它们在独守一个城市的尊严，它们在维护一个国家继续存在的尊严，它们以它们昂首挺立的姿态在为这个伟大城市里的 2400 万市民抵御着病毒的毒浪与寒冬的风雪，它们没有被任何冰雹折服，它们也没有被远方的哀声和身边的悲吟动摇意志，它们继续从容着，继续展现着大上海应有的风采与风姿，不论是在最飘曳的风雨之夜，还是在万巷寂静的深更黎明之前，总是如同平常一样永远灯火通明，虹光四射，而且总有那些"中国加油""武汉加油""上海加油"的一句句钢铁誓言，时常在鼓励和提醒我们所有"宅"在家里的人并不孤独、要增强力量……

呵，它们——这些"疫"中的高楼大厦，已经不再是冰冷的水泥与钢铁，它们是一个个顶天立地的巨人，是与我们一样有血有肉的人，是 2400 万之外的同为一个城市的"阿拉上海人"！

每每想到这里，我总会在每一个"疫"中之夜，拉开窗帘，独自深情地凝视着它们。我会凝视很久很久，一直到满眼泪水。

那些马路。它们平时同样仅仅是被人们作为出行载体、作为双脚的落地处，它们总是默默地、欢欣地承受着万千人足的踩踏与来来去去的车轮重压，它们不会因此说一声苦与累，它们只在烈日下流汗流油，冬天里龇牙咧嘴地忍受无情的风寒……

上海的马路，从来都是为了解决繁华与拥挤之间的矛盾而修建，是为了城市更多的商场与居民弄堂的连接而延伸，是为了孩子的欢笑与快乐的未来而铺设与加固，是为了现代都市的堂皇而扩展又扩展。

上海的马路上因为沾染了"洋鬼子"鄙视和奴役中国人的吐沫而曾经灰色过，上海的马路也曾因托起过工人运动的浩荡队伍而雄壮与豪迈过，上海的马路更曾为中国共产党人在此筑巢起步而响彻过庄严的《国际歌》，自然还响起过《马路天使》里那清朗中的苦涩笑声……

上海的马路，是中国通向工业化、现代化和未来世界的康庄大道。它比中国其他城市都承载了更多的责任与使命，它因此具有必需的担当与奉献精神，它同样还需要更多的创新与抗压能力，所以它不仅仅应该在成功时笑迎天下客，它还必须在一次次风暴中坦然与坦荡。

这就是上海的马路。而今天——疫情中的它们，变得从未有过地冷清、孤寞、凋零与无助。像一个可怜的弃儿瞬间失去了往日簇拥的温暖，也像一幅涂在纸上的画，没有任何生机，没有任何动感，更没有作为马路履行职能后的反应，宛如失血的僵尸躺在地面，那表情叫人心酸与悲凉。

呵，上海的马路哟，从你诞生那天起，你似乎就没有被人如此遗弃过，因为现在的你并非是以往坑坑洼洼、劣迹斑斑的模样而让行者生厌，现今的你可谓光彩照人、美颜如画、平坦宽敞、四通八达，然而就是因为这场由病毒魔鬼导演的疫情之战，你被冷落了，你被无视了，你甚至被搁置到了人们心灵世界里遥远的地方，只有落叶和偶尔飞过的鸟陪伴着你。

这是多么地凄然，多么地不可思议！然而，现在，这些都在我眼前发生了。

那一天，为了抚摸一下特殊时期的上海马路，我轻轻地迈开双腿，怕触痛了马路的痛处，小心翼翼地一步一步地往前迈……那路本来是人走的，每天有无数的人走的路，有无数车轮滚轧于它身上的路，唯我一人独行在这宽阔而长长的上海马路上时，我感觉双脚变得那么无力，那么谨慎，那么脆弱，那么摇摇晃晃……呵，我竟然不敢跑出 100 米的距离，那 100 米的距离就如一段 1000 公里的陌生天险、荒野末途，走得我好苦、好难呵！

这是为什么？为什么——？我想大喊，可嗓子却像塞了棉絮般地干燥和哽咽……

"屏牢！"

"我们要屏牢——！"

"不能到马路上乱走了！"

在我回头走那 100 米的半途中，我被一个穿着警服的人拦住了，他要查我的证件。我说不在身边，我掏出酒店的房卡。"回去吧，别在外面走来走去，说不准哪个人是患者，一阵风吹过来吹到了你的鼻孔里就不晓得啥结果呢！还是到屋里'宅'着保险点！"戴口罩的警察很好心地朝我挥挥手，示意我早点离开马路。

我就这样离开了马路，像失去了亲人的流浪儿，不知前面的路在何方……

等我再回头看了一眼长长的、宽阔的、四通八达的马路上没有一个人影也没有车子时，我的眼泪竟然又一次夺眶而出。

那些商场与商店。上海的商场与商店其实就像上海的女人那样，最风情，最撩情，也是最能吸引外界的地方。上海如果没有那些融汇中西方时尚和文化的商场与商店，上海就是一堆生硬的水泥和钢铁结构，毫无意义。因为有了自己独特的商场，上海的建筑才随之变得各异，外滩的"万国风情建筑"，就是为了开辟各式各样、尽量不重复的商场与商店，才把全世界各个时代、不同风格的建筑搬到了上海，加上中国传统的建筑和江南文化，组成了"东方不败"的上海。

上海的商场和商店，曾经让上海有了"十里洋场"和"滚滚红尘"之说。

当然，因为有了商场和商店，人们才发现它的周边又开始多了居民与居民"白相"的公园、城隍庙……于是上海就开始从商业化、商品化，慢慢又多了些市井化、民俗化。

然而上海的商场和商店，自改革开放之后，格局又发生巨大变化，那些占一方天地而独尊的传统商场与商店，似乎被一座座摩天大楼"压"成了另一种景观——它们或在裙楼底，或在摩天大楼之巅，或在地铁站内，或与小区的公共娱乐地"比翼双飞"……也许它和它不再独立，然而它和它更成为了城市更多的人除了工作与家庭之外的最重要的去处：许多年轻人或许一日三餐在其中，许多老人把逛超市当作每日"必修课"，即使成家立业者谁能离得开商场与商店那丰富多彩的诱惑？

也就是说，商场和商店，如今已是人们陪伴生活和生命最多的场所之一，它和它的丰富多彩，就是人们生活和生命的丰富多彩。

然而现在，所有的琳琅满目、诱人无限的商场与商店，不再有人，全部关闭，悄然无声，万籁俱寂。如死一般的沉静，叫人走近它的时候，内心顿生恐怖感。

我几次独自路过那些曾经去过的大商场，甚至不敢去看一眼它们，那些曾经让人特别羡慕和受到诱惑的衣帽店，现在由于"封店"关门，你再往大玻璃柜内的它们看去，那些色彩依旧、吊挂在模特衣架上的世界品牌、中国品牌的服装，如今看上去十分"鬼气"，怎么一点儿不吸引人了？反而叫人感觉浑身有些毛骨悚然？

是什么力量改变了一个个如此庞大的天地？什么力量让原本生机勃勃的场所，变得坟地一样吓人？

不可思议！有几回我从这样的商场和商店走过时，竟然不敢往它们的里面斜一眼，直直地快步走开，一直到远远的地方才回头往那些商场和商店的方向看一眼，然后长叹一声，心里念道：阿弥陀佛！

人们对疫情的恐惧和生畏，其实并不仅是对病毒，与病毒同样令人惧怕的是生存的环境。

一个庞大的城市、繁华的城市和充满生机的城市，人们每天与它相伴、相存的城市，突然没了人、没了街头的车，商店和商场没了购物者和喧哗声，这种恐怖对于人的心理压力和视觉冲击，一点也不会比病毒本身攻击我们身体的威力小。

2400多万人口的城市，每天需要多少食品，又有多少生活垃圾？需要多少水和多少电？我不知道，但可以想象：假如每人一天喝一瓶矿泉水，2400多万瓶矿泉水放在一起会是座小山吧？更何况，像我这样的人至少一天喝四五瓶才能活下去。再小的饭量你一天吃各种食物也有1公斤吧！2400多万人乘1公斤是多少，我已经不会算了，如果把这些东西放在一起，要用多少车子拉得走呢？1公斤的进食，拉出来的东西差不多同样重量，那么这么多垃圾谁去拉走呢？

哎哟哟，想想这些问题，那个上海市长太难当了！实在太难当了！

现在，上海就是这个样！而且必须确保丝毫不影响市民们的正常生活，也就是说尽管你"宅"在家里，你不去商店，你不去上班，你不去医院，你不去银行……但你照样可以过你的日子，花你的钱，看你的病，甚至晨报、晚报一样不缺。上海大市长不好当，上海的每一个"当家人"不好当，尤其是在病毒猖獗之时，各地之间交通断行、限制交流、人人自危，别说2400多万人口的大城市的"当家人"难，就是小小三口之家的一个小家长，你也会愁出了白发……

上海没有出现任何供应断链，人们的生活依旧如常，这让人感到欣慰和敬佩。自然，我们也会碰到一些问题，有些属于自己的事。

我记得初三到了一次附近的超市，因为房间里的东西断货了。所住的酒店后来人越来越少了，相互之间都心存害怕，虽然上海报的传染上的患者并不多，疑似病人也仅二三百人，但人们相互之间的心理是：你可能就是个"病毒患者"，于是你就基本是我要防御和警惕的"敌人"，至少是潜在的"敌人"。所以即使都戴着口罩，还得远远地躲着你——这种疫情时的"相互为敌"再正常不过——从某种意义上讲，它对阻止病毒传染起到了积极作用。

酒店因为没有人了，也因为怕相互之间有传染，所以后来除了早餐可以去原来的餐厅外，中餐晚餐就只能自己解决，自己解决就得备粮。这样我就必须去超市。

第一次去，超市是10点开门。我想我必须赶上最早一批"冲"进去，因为那样可能感染的几率会小些。那一幕想起来好笑：像打仗时的冲锋一样，首先要想好了买什么，然后一双眼睛就要像瞄准器般迅捷地盯上目标，再以最快的速度冲过去，毫不犹豫地，也不作任何选择地，自然更不会去瞧一眼价格地，便将货架上的东西"拿"到手上，再以最快的步伐走到结账柜台——如果半途遇到同在超市买东西的人，就远远地绕过他，再向前半奔跑起来。

所有这一切，都要在短短的几分钟内完成，我进店时已经预设时间：10 分钟内完成。

结果，当我拎了两塑料袋沉甸甸的东西从商场底层的超市飞步冲到地面，站到空旷的街头时，再掏出手机一看：11 分钟 30 秒。

唉，还是慢了 1 分多钟！我认真检讨了一遍，心想：主要是服务员在结账时给耽误了两分钟。

此刻，我站在路边直喘大气，心里笑个不停：这日子过得……

"手中有粮心中不慌。"回到酒店，又开始我的"屏牢"生活了。但马上发现其实"屏牢"很不容易，因为不说 24 小时待在房间发闷难受——这对我们作家来说倒也不是问题，反正我天天有事干、有码不完的字。但一天三顿饭，可就不是件简单的事了。平时家人管着，伸手张口就来。现在要自己管自己，还真有点不知所措。比如发现，有些食物没两天就不能再吃了，而有的东西还不适合我血糖高的人吃。最后总结出所买的东西中塑料袋装的鲜毛豆比较适合我，此物又填饥，又有营养，还不太升高血糖。

于是我决定把毛豆作为主要"备战粮"。初四早晨，我又重返那个超市，而且此次我已事先预算好了要用更短的时间"完成任务"，因为"目标明确""任务清楚"——这都是当年在部队时学过的常识，还要"行动迅速""撤离及时"！

哈哈，果不其然。10 点整，超市的卷帘门缓缓升起后，我立即往里冲锋，然后捷步奔到新鲜蔬菜货架那里。这时，超市的服务员仍在摆放新上架的货物。而我关注的是毛豆是否已落架。一看，太好了，架上已经有了，整整齐齐地排列着"毛豆"阵营，相比其他蔬菜，新鲜袋装毛豆相当不少。我没顾上数架上有多少袋，只是张开宽阔的双臂，左右手指完全抵达了所有毛豆口袋的边缘，然后双手一合，所有毛豆，被我一卷而空……当我正要推着装满毛豆的购物车离开货架时，见摆货的服务员站在一旁看着我刚才的一幕，竟然愣在那里。他的眼神里所表达的东西我都看懂了，意思是：天哪，这个男的疯了吧！一下弄走了这么多毛豆！他准备吃豁边了啊！

他那眼神，差点让我在现场笑出声，估计这位模样有 50 岁的服务员，还是第一次在超市见我这样"勇猛""果断"和"毫不留情"的买客！

哈哈……哈哈哈……至今，每每想起超市的这一幕，我自己依然会笑出眼泪。

老实说，在"宅"内"屏牢"10 天、20 天，甚至 3 个月，我绝对不成问题，可这趟笑话，我实在是"屏"不住笑的。

请"阿拉上海人"原谅。

22 黄浦江让我泪流满面

人一生认不认命，每个人都有不同的说法。我相信命，似乎又不太相信。我总感觉，人的命，就生命的"命"来说，它很大程度上是父母先天的基因决定了后一代人，科学家说决定后一代人寿命的因素中，这种遗传基因占80%，后天因素才占20%，这么看我们每个人寿命的后天决定因素占比较小。但另外一种命，那就是命运的"命"，它则由自己来决定了，还有所处的社会环境。

我的观点是：你一生中有些事情"逃脱"不了上苍给出的"规定"，即上天安排好了的。这似乎有些唯心主义。但自古以来我们有种"冥冥之中"的说法。这个我有点相信它。比如我与上海。

我的祖先几代人与上海厮守在一起，但最后因为洋人的铁船和日本人的刀枪，他们被迫离开了。我也以为自己这辈子作为一名苏州人——用上海人常说的"乡下人"，不太可能与上海有什么瓜葛，尤其是后来到了京城工作，更觉得此生似乎不大可能再与上海有缘。

但眼前发生的一切突然又改变了上面的这些不可能，且让我与上海的缘分，越缠越牢，似乎有些剪不断了……

我在《浦东史诗》中写到了自己与上海和黄浦江的那段"恋爱史"，其实很能代表我们这一代走过的人生，我们经过的从农耕社会到现代城市化社会的变化过程。不到半个世纪，我们竟然都经历了！

这就是我们常说的要"庆幸"和"感谢"这个时代的缘故。

对上海，我现在的感情便是如此。近两年来，我比任何一个上海人都专注地紧贴着黄浦江，每天想深情地拥抱它，因为它已经如同我身体中流淌的血液一般，如果它流动，我的血也流动；如果它激情澎湃，我也激情澎湃。这并非没有原因，而是原因深刻，且唯我独有。

1997 年 5 月 17 日，时任法国总统的雅克·勒内·希拉克先生第一次来到上海，他下榻在刚刚建好的汤臣国际酒店。那个时候浦东正在大建设之中。从浦东往东看，一片繁忙景象，几乎每天都有一栋摩天大楼拔地而起。回身展望浦西的老上海，也在发生巨大的变化，重新焕发生机与异彩。浪漫的法国总统被中国的大上海深深地吸引和震撼，他十分动情地说了这样一句话：我愿意在这里面向中国人民和全世界人民作演讲，因为这里是太阳升起的地方。

是的，上海是一个值得赞美的城市，无论你从哪个角度看。尤其是改革开放之后的几十年来，它就是大放异彩的中国最具现代化色彩的城市。毫无疑问它也是最浪漫、最让人爱得死去活来的城市。许多人如此。我也如此。想起来也怪，其实我的一生就没有离开过"上海"二字，小学的班主任是一位叫王琴芬的年轻漂亮的上海女老师；初中的时候是一位叫夏佳珍的中年女老师（同学们背地里叫她"夏老太婆"，其实她就是 50 多岁的人吧）；高中的班主任是张伟江老师，他后来当了上海市教委主任；在中国作家协会工作时，上海市委宣传部原部长金炳华是我的直接领导、作协党组书记；而我的老娘舅一家是松江泗泾镇的……你说我的上海缘断过吗？

我在《浦东史诗》一书中曾给一些人纠正了一个常识上的错

误：黄浦江并非上海的"母亲河"，苏州河才是上海真正的"母亲河"。了解上海发源的历史过程，对我这样的老"吴国人"所说的这句话就不会有质疑了。那么黄浦江是一条什么样的河呢？在我看来，或者说在我了解了黄浦江的形成与它所呈现的本色与内涵，以及对这座号称"东方巴黎"的伟大城市的作用和影响后，我突然发现黄浦江原来是一条"爱情河"——浦东与浦西之间一条缠绵千年、柔情百般的爱情河。因为我这样比喻浦东与浦西：一个是失散于民间千百年的公主，一个是被宠爱惯了的王子。它们因为历史的原因分离了数百年，又因改革开放、浦东开发开放重新回归，相亲相爱在一起。这就是我们现在看到的由无数条美丽的大桥、无数条江底隧道联结成"一家"的新上海！

是的，我喜欢自己的这个"发现"，以文化和未来意义的视角，将黄浦江称为上海的爱情河。自然，这条上海的爱情河，是因为沧桑而曲折的城市形成史和炽烈的城市发展史而开辟出的一条充满激情、浪漫，又有浓浓的洋味的东方大城中的"爱情河"，所以你再去细细观察与品味黄浦江时，就会发现它确实具有雄浑而炽烈的潮奔潮落的壮丽之美，它在湍急的奔流中也确有那种催人泪下的凄婉和慷慨的施与之气，当然它作为一个伟大城市中间的一条大江更承担着平衡两岸庶民百姓生计，为整个中华民族贡献工业生产与海派、江南、红色文化的唯美责任。所以说，黄浦江在我的眼里，它就是一条世界上最富浪漫情调，又能够高扬民族精神，彰显地区品质的爱情之河。

在上海的日子里，我就喜欢贴着黄浦江，选择离它最近的地方驻足入眠，而且每每看到它的时候，心灵深处便有了一种安宁、一种激情，有一种想热切拥抱它并对其永远怦然心跳的感觉……

有道是，上善若水。这种对黄浦江的爱，源于我喜欢水，喜欢江河，因为我本身就是在水中出生与长大的——江南的生活是我生命的印痕。

而上海这个城市本身也是如此——它是水孕育出的一个社会生命体。在遥远的 6000 多年前，上海就是一片时隐时现于海水之中的"上海"胚胎儿。那时浦东、浦西两地浑然一体，彼此不分；青梅竹马，爱意绵绵；它们以水为介，以水为媒，共同修炼着这块土地最原始的"初心"与美德。

后来"上海"与上海人，用了 6000 余年的时光，伴着累积而起的层层沙粒，将这种"初心"和本土的品质，铸造与修炼成一种"上海城市的味道"，一直延续到今天。那些骨子里的东西：坚韧、勇敢、果断、开放、透明、包容、睿智、细腻……皆与水有关。

因为水能磨砺一切，它也可以诞生一切。水让万物生与亡，水自然也能让物质高贵与低贱。水对城市的沉浮作用，完全取决于这个城市里的人对水的态度。我的祖先在这块土地上垒起了一个小渔村，就是因对水的期待与尊敬；后来的继任者，是因为摸熟了水的性情与脾气，充分利用了水的能力，而将它开埠成"东方大港"。再后来的上海人，就更会用水，让四面八方来客都成为这里的"阿拉"——他们以水为友、以水结友、以水交友，用水拉来了一批又一批苏州人、宁波人、绍兴人、安徽人……于是共同拥有了一个称呼"阿拉是上海人"。当然，还有一批志向远大的理想主义者，以上海的水，"运"来了中国最需要的精神产品——马克思主义和俄国革命的经验，于是让这座城市从"平民"变成了王者！

呵，水，上海之水，你仰仗于黄浦江日夜奔腾的胸怀，以及潮去潮落永不停息的精神，铸造了金色的外滩，筑成了苏州河上的伊甸园，龙华寺的神坛，以及南京路上的七色"百货"和小弄堂里那悠扬远播的二胡小调……当然，黄浦江的水，更有它与众不同的特质：咸味的海水与甜味的江南湖溪之水所交融出的那般柔软的清淡和闪着灵光与智慧的新鲜，让它有了独特而迷人的诱惑，这也是为什么后来开埠以后，一下拥进了那么多洋人来到远东的上海冒险。当然，最让黄浦江的水色在世界范围内扬名的时代当算改革开放之后的今天，你如果能在夕阳西斜之后的黄昏，乘着游轮，从十六铺起航往东到杨浦大桥方向游览一个来回，纵情地观赏两岸的上海夜景，我相信你必定会陶醉，并且心头暗暗吃惊：世上还有比这更美的仙境吗？

确实不多了。走过纽约，到过伦敦，再游完莱茵河、尼罗河……之后，你来到上海，就会由衷感慨：还用去哪儿吗？世界最美就在你身边！它独傲于东方。

这就是我为什么爱上黄浦江的一个重要原因。当然，我的生命里还有一个特别的原因，因为它曾经让我死而复生过。这个故事，并不遥远，但一晃也半个多世纪了：

那个年代叫"文革"。被打倒的"走资派"的我父亲，成为面朝黄土背朝天的农民那会儿，带着年少的我第一次到上海"装肥料"。那时浙江一带很多农村用大上海的各种工厂特别是化工厂、食品厂泄出的"下脚水"作为农田肥料，所以也就有了上海周边乡村"开船到上海装肥料"的光荣任务。

一个夏天，轮到"走资派"的父亲接受这一任务时，他心血来潮要带上小学放暑假的儿子到上海"白相"。七八岁的儿子欣喜若狂，那时能到上海"白相"一趟，有点像今天中国人到纽约、巴黎一样令人兴奋。一路拉纤将小木船行至上海时，幼小的我，完全被岸头那密密麻麻的高楼大厦、车水马龙的宽阔街道以及穿着裙子和高跟鞋的时尚姑娘所迷住了。感觉唯有一点不好的是：苏州河太臭、水太黑，而且潮起潮落时水位反差太大，能忽而将小船抬至与河岸齐肩，又忽而搁至枯底的河床让你动弹不得。幼小的我，第一次被潮起潮落后的骇人景象吓着了，多次眼圈里噙着泪水不敢吱声。但这还不是最吓人的。第二天，尚未装载"氨水"的小船驶向黄浦江（父亲他们的任务是到十六铺的一家化工厂装氨水，其实就是下脚水）。那时没有机器动力，划船全靠人工摇橹，船头上一人执着竹篙前行与稳定方向。7 月的黄浦江潮汐时，其流湍急，呼啸声不绝于耳。父亲他们靠摇橹前行的小船在宽阔而汹涌的江面上，宛如一片竹叶漂荡着，根本无法自我控制。身子躲在船舱、探出半个小脑袋的我，此刻已经忘了什么是害怕，睁着一双好奇的眼睛，张望着江上来来去去的巨轮与岸一侧那像排着队似的高楼大厦——后来父亲告诉我：那就是上海的外滩。

小木船自入黄浦江后，完全失去了控制，尤其是那些趾高气扬的大轮船从旁边一过，泛起的浪潮更让小船无法承受，只能在浪尖上打滚。"进水了！""进水了——！"似乎刚听到父亲和船工们的几声叫喊，我的眼前突然被一道巨大无比的"水墙"轰然罩住，后来便没了知觉……再醒来时，发现自己和父亲他们都躺在泥滩上。赤着身子的父亲用拧干的衣服裹着我的小身子，不时地问："吓着了吧？"我没有回答，也不摇头，一双小眼睛只是怔怔地望着急流向东的黄浦江和对岸热闹非凡的外滩。不知过了多久，失魂落魄的我问了一声父亲："这条河老大个，叫啥？"父亲说："不是河，是江，黄浦江……"

从此我知道了黄浦江，也记住了上海有这么一条水很急也很宽的一直通向大海的江……

后来我从学校毕业，当兵去了。部队在湖南湘西的山沟沟里，而可以探亲回家的时间里，每年我都是坐火车到上海，再乘车到老家。其间在上海转车之前，一定会到外滩，去看一看那条曾经让我死而复生的黄浦江。那时在我的眼里，黄浦江特别大，也特别激荡人心，因为那些来来往往的、响着汽笛的各色各样、大大小小船只，总叫人看不够。再后来，到北京工作后，也会常常来到上海，并且依旧有年少时的习惯，必到外滩看一看我那异常留恋的黄浦江。如此年复一年，渐渐也越来越多地认识了上海，认识了这座因水而生、伴水而兴、顺水而昌的城市，以及它所孕育出的海纳百川、追求卓越、开明睿智、大气谦和的独特精神。自然，我会情不自禁地把创造这种城市奇迹的因素归结于这条奔流不息的黄浦江……

我一直相信是这样。因为在它身边，有绵延数百里的苏州河，有一泻千里的滔滔长江，还有近在咫尺、浩淼无边的东海……黄浦江就在这样的"水兄弟"之间，孕育出了自己的"基因"和品质，所以它在落潮时泄出的水，永远是清漪的、淡怡的，甚至还有些湖草的腥味，这是真正的江南甜水，它带着泰伯和言子等先人之气，以及青山沟谷、江河塘浜所孕育的平和与宁静，又积卷了内蕴生动丰富的苏浙地域传统文化的柔润和丰韵。这样的江南水质，是江南人才喜欢的那种永远携而不嫌的味道。这味道平日里总在上海的大街小巷内流动不已，并且渗入每一条弄堂，飘进每一户灶头，甚至摇曳浇洒在女人的旗袍舞动之中。涨潮时的黄浦江水，是从远方的大海那边涌来，它翻卷和涌动着外域的咸味。这时的黄浦江水中带来粗犷的狂野，带着勃发中的朝气，也带着勇猛和浪漫，具有男子汉的特质。这也就是我为什么心底里特别喜欢黄浦江的重要原因之一，因为它有浩荡气势，有勃兴动力，有高远智慧，既多彩与丰富，又宽广与纵深……潮涨时，浸入你血脉；落水间，敲酥你筋骨，而且永远保持着勇猛向前的姿态和不屈的韧性。

像我这样一个出身平民又靠自己闯荡天下的人，其实是非常欣赏黄浦江的这种气质与性格的，也与"上海"二字的精神比较吻合。所以对上海的景物中，我特别钟情于黄浦江。

因从 2017 年清明开始创作《浦东史诗》，第二年又写中共上海地下党革命斗争史的《革命者》，我那两年的一多半时间在上海住着，而下榻的地方总选择靠近黄浦江东侧的浦东一岸，那片我祖先曾经留下痕迹的"和氏码头"一带。这样的选择，是想接接地气，接接上海原本的血脉。而这儿，有每天总潮起潮落的黄浦江相伴，眼里、心里、听觉里，都流淌着黄浦江水的流动声……我对黄浦江的这份情感，其实可能超过了许多上海本地人。

"一级响应"前一天，甚至更早一些，上海和全国各地一样，已经有些空城了。过去潮水般涌来的春节旅游观光的人基本没有，原本在上海打工的人也跑得差不多了，尤其是武汉疫情的"警报"已经在全国拉响，武汉"封城"也成了身在上海的想"赶回家过春节"的人加快脚步的一种催化剂，所以上海的人一下少了，尤其是浦东陆家嘴及外滩和南京路上，突然变得异常萧条。到了 25 日大年初一之后的几天里，上海城内几乎很少见到有人在外面逛荡了，外卖的飞车身影基本不见，市民们响应政府的号召，一律"宅"在家中，上海市有关部门还每天通过各种媒体和手机短信，提醒大家一定要在家"屏牢"，意思是说不要忍不住，要有点耐心，"屏牢"了就能不让病毒传播开来。春节假期，可以感觉到从上到下，大家都对"新冠肺炎"会不会突然在自己生活的城市与乡村传播开这个问题异常警惕和担忧，因为谁也说不准。上海更不用说，但可以肯定的一点是：在市领导和专家的心头，那十来天时间比一年还漫长……因为钟南山等专家说了，武汉暴发的病毒，潜伏期约14天左右，1月20日算作病毒在武汉大暴发，那么14天后就可能在全国各地大暴发，14天左右的时间，不恰好是春节初一前后那些日子嘛！我们现在再看看那些日子，确诊病例和疑似病例，除了武汉之外，全国各地也是一直在飙升，升得比火箭还要快似的……那阵势够吓人！

大上海的形势同样不乐观。大城市的疫情大暴发远快于一般城乡和边远地区，上海是除武汉之外大家最担心的地方，只是当时人们没有说出口的话而已。上海人心里清楚。我也清楚，而且我明白：相比于北京、广东，上海劣势更多。一是广东、北京都有过抗击"非典"的经验；二是广东天气比上海要热，同样暴发病毒传染，广东那边结束得快。北京又比上海冷，太冷的天气那病毒"不敢"出来放肆。如此这般，上海危也，上海险呵！

"屏牢！""把头扎到黄浦江的底底头，也要屏牢！"上海市政府领导这样号召。市民们相互间也在这样鼓励。我们每一个在"疫"中的上海人也在努力着……

然而"屏牢"的日子又是多么地苦闷、单调、寂寞和令人忧心与烦躁。没有家庭，没有亲人，没有同事在一起的我等在外游荡的人，更加苦楚与孤独。

庚子年的春节，又是一个天气十分不好的时间段，北方总下雪，一场场莫名其妙的寒雪，把北京人的心都吹得冷冰冰的。通常是，北京寒冷刺骨，上海和江南一带一定是阴雨连绵，寒风肃杀。

"屏牢"的日子里，看着窗外灰暗的江面上波起波涌，没有一艘来往的船只，两边寒风中的高楼大厦，也像秃枝的林木，孤独无声地站在那儿低泣着，天上乌云密布，地下残落的树叶和纸片，被吹得乱跑……那般情景，着实叫人心底直泛寒气。

这就是上海？这就是疫情下的上海？疫情中的上海到底会走向何方？疫情袭来的黄浦江你就这般低迷无助？你往日的雄壮、你往日的气度、你往日的风姿、你——你这样甘心沉沦与落败？在病毒面前束手无策、甘拜下风？

呵，这难道是你，是你上海的样子？是你黄浦江的风采？

我不相信。我绝对不相信！

于是我带着这样的疑惑与疑问，从酒店跑了出来，迎着寒风，迎着可能袭击的病毒——任你肆虐吧！我要去看看黄浦江，看看我心目中的大江，看看上海的魂魄与本色……

我来到了黄浦江边。

江边的风很大，我向大江的西面看去，一直看到十六铺那边，没见到一条船在江上，那江似倒在地上的一个病人在痛苦地低吟着；我向大江的东边望去，一直望到杨浦大桥，江上同样没有一艘船，停靠在岸边的一些游艇和船只，在风浪的吹动下不停地摇摆着，仿佛是摇篮里的婴儿既无力又无奈地痛苦挣扎着。那般情景，叫人心如刀割，哽咽难言。因为黄浦江自有小渔村至今的数千年里，即使在腥风血雨的岁月里，也不曾如此悲情。

沿着江边，我缓缓而行。脚下踩的是那条红色的滨江大道，这条世界一流的健康之道，平时每天都有许许多多锻炼身体的老人和青年、男人和女子，他们一个个朝气蓬勃、满面春风地在上面奔跑、散步，充满了活力与精神。然而现在，我一眼望去，滨江道上竟然没有一个人影，它所有的生机与生气，全都凝固了，仿佛凝固成一条有颜色的石路绕在我心头，那般沉重压得我喘不过气……

我不能再在上面走动了，我迅速离开它，跑到了贴在江水上的堤廊上。这里与黄浦江最近，可以看到江水的颜色，可以看到江水流动的速度，甚至可以在巨轮开过的时候溅来滴滴扑面的江水。

每次来到江边，我最喜欢在这里驻足，然后再静静地感受江的两岸和江上的所有景致，特别是那些流动的潮水和潮水上鸣着笛、拖着万千物资或者带来许多欢笑着的旅游者的游轮与船只，它们的存在，给黄浦江以生命和活力、价值与风采。然而现在，疫情中的它们都悄然消失了，只剩下凝固般的江面，以及江面上偶尔飞着的一两只鸟儿。大概已经是数天没有觅到食物，那鸟儿飞得很吃力，其低沉的叫声十分凄怆和尖厉，很是绝望。我想伸手相助，但它又十分惧怕；我想用呼唤安慰它，可这是最不当的，鸟儿吓得更不知所措，一飞而去，飞到了江中，似乎落在了水面上……是不是飞不动了？我心头一紧，不知如何是好。

情绪油然低落。

再看长长的、宽阔的岸廊上，独我一人在此走动，不见平日熙熙攘攘的景致，一个月前后，宛若天壤之别。

我走到那只留有浦东老船厂历史印记的大铁锚面前，凝视了它半天，我相信这大铁锚与我祖先有关，或许就是我们"和氏码头"的老船厂铸成的它，故每次路过此处，我都要停留几分钟，轻轻抚摸它那铮铮的"体肤"——一般人不会感觉到它的温度，而我则能够感受到它是有热度的，这个热度像从很遥远的地方慢慢传递过来，然后导入我的身体之中，与我的血脉融在一起，于是我会感到自己的血一下沸腾了许多。这一过程，我相信是我爷爷的爷爷在呼唤着我、在发出历史的回声……

今天，疫情下的大铁锚，我感觉它第一次那么失落，那么孤独，并且有些凄然。今天的它，任我花了比平时多一倍的时间，也没有感觉到它的像以往一样的温度传导到我的身体内。这让人不寒而栗。

在大铁锚的旁边，平时是一群垂钓平民的天地。在江边漫步的时候，我喜欢在此停留一些时间，观察这些悠闲的老人（中间也有一些看起来年龄并不大）在此钓鱼。我觉得他们很了不起，因为他们的前方是灯红酒绿的外滩和南京路，身后是一座座摩天大楼耸立的国际金融中心陆家嘴，那都是中国最富有的地方，可谓寸土寸金。然而在这些垂钓者眼里，它们可能什么都不是，他们的心思从不被金山银山和证券大厅内你死我活的叫卖声所动，也不被游人的一两句赞美或嘲讽所动，他们只属于自己的世界——那钓竿和钩子上的鱼饵。我以为这样的人是有境界的，他们每一天在江边出现，就是黄浦江生生不息的象征；他们每一天的劳作与收获，就是黄浦江潮起潮落的精神所在……他们其实是上海市民生活的基本血脉。

我敬佩他们。

然而现在——疫情风暴中的黄浦江边，他们走了，他们也"宅"在家中，不能出来垂钓，这不等于束缚了他们那颗沉静的心和宁静的灵魂吗？

想到此处，我的心格外痛，钻心地痛。

啊，可憎的病毒！你为什么如何无情，如此猖獗，如此肆虐众生？！

你凭什么？凭什么这般？

那天，从黄浦江边回到酒店房间时，外面的寒雨扑打在玻璃窗

"疫"前，作者在黄浦江上

黄浦江边的垂钓者

上，犹如一把小榔头捶打在我胸口，我感到有种窒息感。

也就在这个时候，我再次凝视已处于夜色下的黄浦江，心头涌起万千波澜与忧思，于是写下了第一首"致黄浦江"的诗——

致黄浦江：你流动，我心泪随动

被困家中
我的心犹如被巨石压着喘不过气哟
春天——你的温暖在哪个尽头
请告诉我
告诉我
何时我们能够到院庭
到外面走走
而且不用戴着口罩
像以往那样轻松愉快地欢笑着
自由着

一个特殊的节日——
城，没有了喧嚣
街，不见了行人
唯有每个居民宿舍的窗口里亮着灯火
遵守着同一条纪律：
不让疫情再肆虐地侵袭到我们身上

是，这是一场生死较量
我们与病毒，也与我们自己

没有回旋的余地
只有听从一个号召：
保护自己和亲人
就是保护国家和民族

许多时候我有些消沉与悲苦
因为每一次、每一日的疫情"简报"
总如针扎在心尖
有种欲哭无泪的痛楚……

于是我每天站在窗口
看到了奔流不息的你时
我总是默默流泪
默默祈祷
为了我的城市
我的人民
还有大批大批被隔离的
患者以及冲锋在前线的医生和护士

也许此刻，也许此时
也许这个不该有的节日
人们把你忘在一边
去无止无休地等待疫情的变化
等待商场开门时还能看到
满架的面包和青菜

然而你——依然默默地潮起潮落
背上万千重任、驮上百舟千船
装着这个城市每天所需要的口罩与粮食
不分昼夜地日复一日
日复一日

呵，黄浦江啊
你再一次闪亮着"母亲河"的光芒
让我懂得和明白了什么叫无怨无悔
爱的伟大，伟大的爱

你，还在流动
你从未不曾流动
你从不为风与云所动
你也不曾为喜与悲改变自己的脚步
你更不可能丢下这个城市
和城市里的每个人
每一个我的姐妹兄弟

呵，我已无更美的语言赞美你
唯有每天热的心、热的泪
随你而动
而动

这首诗写于 2 月 2 日。它表达了我对当地疫情的担忧与思虑，

也表达了对上海和黄浦江的深深感情。后来连同其他几首诗被上海
有关方面索要去作为"疫情文艺"配音播出,著名艺术家陈少泽充
满磁性的男中音和他彻骨的深情,让这首诗一度传扬在黄浦江两岸
的上空……

23 悲情出诗人

有道是：愤怒出诗人。在我看来，很多时候，悲情更能出诗人。记得 2008 年"5·12"大地震时，印象最深刻的一首诗就是《孩子，快抓紧妈妈的手》：

孩子　快
快抓紧妈妈的手
去天堂的路　太黑了
妈妈怕你　碰了头
快　抓紧妈妈的手　让妈妈陪你走

妈妈　我怕
天堂的路　太黑
我看不见你的手
自从倒塌的墙　把阳光夺走
我再也看不见　你柔情的眸

孩子　你走吧
前面的路　再也没有忧愁

没有读不完的课本　和爸爸的拳头

你要记住　我和爸爸的模样

来生还要一起走……

这诗不是哪位著名诗人写的，甚至至今我都不知道是谁写的。但我认为这是一首好诗，是一个真正的诗人写出来的诗。

当今诗坛我觉得是诗多好的少，我绝没有全盘否定中国当代诗，比如像叶延滨、韩作荣、雷抒雁等先生的诗，我一直非常喜欢，并认为是真正的诗，代表了中国当代诗歌水平，当然还有一大批有才华的青年诗人。然而确实有些"诗"你读不懂，比开水还没味。我想大概是因为"诗人"太缺乏真情实感和太矫情了。

我不是诗人，但偶尔也写几句"打油诗"。然而，在痛苦和压抑苦闷的疫情中，我快成"诗人"了。

曾经根据我在北京"非典"疫情的实况调查与采访，我认为"新冠病毒"传播的范围比北京要大些，因为想到武汉没有首都那么特殊，所以防控力度与措施上会差些，但相信17年之后我们再经历一场疫情，还不至于全中国"吃不消"呵！所以我在跟人家通话时，保守估计了一个数字：大约死亡患者可能会达到200人左右就基本控制住了。哪想到我的这个"预言"彻底失败！

最令人揪心的时候，武汉每天成百成百的人死亡……那种揪心和痛，无法让人不悲伤。那时我常常在想：一个城市，几百万、几千万人生活在同一个地方，每天都在看着身边有人成百成百地死亡，那该是怎样的一种情形和心境？真的无法形容。

那时我又在想：那些昨天还是好好的，突然发现自己发烧了，然后到医院去诊断，被确诊，然后没几天病情加重，被推进了重症病房，上了呼吸器的人，转眼就要离开他的爱人、他熟悉的人、他相伴的城市，那一刻，生离死别何等之痛、何等之无奈啊！

这样的情景，这样的事情，就在我们面前，就在我们每一天所经历和感受的时光中……有一天突然在手机上看到一群武汉人推开窗户，集体高唱国歌，我真的很感动。也在想，那国歌的歌词人们都能背得出，然而有几个人理解了其中"中华民族到了最危险的时候"之意呢？我想不会有多少人在意或者根本就不明白当初毛泽东为什么决意要用聂耳作曲、田汉作词的这首抗日歌曲作为中华人民共和国国歌，那么此时此刻——无情而残酷的病毒每天让我们亲爱的同胞一片片死亡的时刻，它就是中华民族到了最危险的时候，万众该拿出一心的决战姿态，去抗击万恶的病毒，哪怕是牺牲在战斗的途中！

我的另一首诗《假如，明天我将死亡》就这样写了出来，同样并没有用多少时间——

假如，明天我将死亡
——致逝去的疫难者

庚子年大疫袭击我中华，每天听到疫区死亡人数在飙升，心如山压，胸闷难喘。我由此想到了你们和仍然艰难地活着的我们自己……

假如，明天我将死亡
我就只想唱一首歌，
唱我最想唱的国歌：
"起来，不愿做奴隶的人们，

把我们的血肉，筑成我们新的长城！
中华民族到了最危险的时候……"

假如，明天我将死亡，
我仍然只想唱一首歌，
唱我最想唱的国歌：
"起来，不愿做奴隶的人们，
把我们的血肉，筑成我们新的长城！
中华民族到了最危险的时候……"

假如，明天我将死亡，
就算只剩下最后一口气，
我仍然想唱歌，
唱我最想唱的国歌——
祖国啊，我用生命爱着的国，
期盼你早一刻战胜病魔、摆脱困难，
让人民重新幸福地生活，
这样，我的死亡就是一种解脱、
一种荣光……

假如，明天我将死亡，
就是走向天堂的路上，
我还要高声地唱一句：
"中华民族到了最危险的时候——
　　　　到了最危险的时候——"

2020.2.7 早上

　　我依然认为我并不是诗人，但平时喜欢诗歌。特别是年轻时在部队那会儿，改革开放刚刚揭开帷幕的 1978、1979 年，当时许多世界经典还没有全面开禁，买一本外国文学书费劲着呢，不像现在满地废书中都能找到全世界最经典的作品。因为喜欢莎士比亚的十四行诗作，记得为了买他的书，有一个冬日的早晨，还不到两点，我就穿着军大衣，从军营到近 10 里路外的地方新华书店排队，一直到 8 点半开门，才购得一本莎士比亚诗歌集。

　　诗歌是一种独特的语言和创作方式。真正的诗人非常了不起，他的语言精致是其他文学样本不易达到的，所以我在创作报告文学时，有时一累或语塞时，喜欢随便拿本诗歌翻翻，哪怕是一个新诗人，他的作品总能给我一些启迪，于是再伏案写我自己的作品时，"诗情画意"顿时喷涌……

　　这是我的体会。然而我自己的"诗情"奔涌一般总在特别激动的时候，通常悲情更容易让我产生"诗意"。我记得疫情中压抑了好几天后的 1 月 29 日（初五）早晨，突然拉开窗帘时，一道阳光射在我的脸上。那一瞬我激动和兴奋不已，穿好衣服后直奔酒店楼下，在空地上张开双臂，迎着阳光，感受着似乎有些陌生的温暖……那一刻，我内心真的呼唤和呐喊了一声：见到太阳——真好！

　　是啊，苦难的瘟疫中，阳光多么亲切与温暖，有了温暖的阳光，病毒就会散去，就会消失，万物就会复苏，人类就会再度热烈、自由地拥抱春天……

　　我的诗情来了！我这样写道——

见到太阳真好
能让我们看到光明和希望
更让我们内心产生丝丝温暖

见到太阳真好
笼罩在头顶的恐惧
今天开始消亡

见到太阳真好
万物重新恢复生长
无耻的瘟神你何处逃跑

见到太阳真好
你将晒干血的教训
你将重振国的威望

向太阳保证：
我们不再一次又一次恣意肆虐
不再让瘟神侵袭我们的肉体与灵魂

孩子们需要欢乐而非惊慌
老人们只求平安健康而非提前死亡
因为我们从来就不曾离开你无私的光芒

见到太阳真好

　明天、后天……我想天天见到你
　天天这样好

　　这首诗后来被几位艺术家拿去朗诵，解放军原总政话剧团一级演员、朗诵家刘纪宏和上海艺术家陈少泽的朗诵最具感染力，他们二人告诉我，他们都是一边朗诵，一边热泪盈眶。后来这首诗被许多地方刊发，并传播到了武汉。

　　我以为这首小诗说出了疫情中许多人期盼的一种心情，因此大家比较喜欢它。连同《致黄浦江：你流动，我心泪随动》一起被腾讯视频录制播出后，达到了4000多人次的点击率，是我所不曾想到的。

　　但诗歌不是疫情中我们所要表达的主要心境，疫情处于一种高度暴发的时候，全国人民更多地在关注健康，在表达对国家、社会未来的担忧与关切，比如眼前的武汉疫情问题、公共卫生问题。也就在这个时候，我想到了两件事，一是应当为那些在疫情中匆匆而去的死难者以及牺牲和殉职的医生、干部、干警及普通公民，举行一个国家级的追悼活动，同时要迅速立法，健全国家的公共卫生体系建设，不能再一次次苦受像"非典"、武汉"新冠病毒"肺炎这样的大疫情之难了！我们的人民靠几十年辛辛苦苦努力而创造的繁荣景象，不能让一些人不加制约的生活习惯和不健全的管理机制给毁了。所以我在2月11日，提出了以下两个建议：

关于清明节国家为疫难者公祭，并设立"中国防疫日"的建议：

　　一、为了深切悼念在此次疫情中被病毒夺去生命匆匆离去的所有遇难者，追悼那些在此次战"疫"中光荣牺牲和殉职的医务人员、干部、人民群众，特建议今年清明节，国家为他们举行隆重的公祭活动。

二、作为经历了2003年的"非典"和此次新型冠状病毒肺炎两次大疫情的一个中国公民，我和全国人民一样，坚信在习总书记的领导下我们终将能够很快战胜此次疫情，并愿尽所能参与战"疫"，同时又深深地感到：加强国家、政府和民众的防疫意识是何等地重要及迫切，尤其是我们中华民族在走向富强的伟大历史征程上，绝不能缺这一课。为此建议立法部门研究并确立是否可以把武汉疫情暴发日作为今后一年一度的"国家防疫日"或"国家公共卫生日"，以此来不断提醒和强化国民改善自身生活习惯、增强防疫意识，督促政府部门不断健全防疫体系等方面的国家治理能力建设。

特此建议。

何建明

2020 年 2 月 11 日

正如有人说过的那样：一百部经典作品，有时还不如一句警世忠言。人类社会历经千万年，既需要阳光雨露，还需要时时敲响警钟，特别是对一个飞速发展着的大国，我们更需要说真话，说到位的话，说管用的话。

难道不是吗？此次疫情让全国如此折腾，有些问题还不需要清醒？

这两个建议，应该说是有很重要的建设性意义，特别是后一个：设立"国家抗'疫'日"或"国家公共卫生日"。十几天后，一些全国政协委员也提出了类似的建议。许多朋友说这个"专利权"怎么算？我说，只要是好事，谁的都一样。这是公民参与国家治理的一种权利。再说，你可以查"百度"，看谁最早提的嘛！

24 "疫"中小夜曲

我知道,即使在最残酷的战场,有时我们也能听到美的乐曲。眼前这场突如其来的疫情,竟然让我收获了一支浪漫而醉人的小夜曲……

17 年前的那场"非典"战"疫",我因为接受了到前线采访的任务,不能回家,自己在西四胡同的一间房子里过了两个来月的"独居"生活。那时每天都有采访,也经常要到北京市政府大院去参加"抗非"指挥部的一些会议,通常我会被进门的检测温度仪挡住:你又 37 度多了!每次我进测温小门框时,红灯就亮。开始工作人员不让我过,因为属于发热"危险分子",后来就习惯了,知道我体温超标而非感染。用中医的话说,我有内热。其实是身体在某个方面有毛病的信号。但那时年轻,自以为没事。而且"非典"疫情时我们并没有太多恐惧意识,上面一声命令,我们这些军人背景的作家就往前冲。最后倒也没有太大的问题,没有谁感染。看来"新冠病毒"传染力度和广度确实比"非典"要大了许多。

"独居"生活两个多月,任务紧张艰苦,又没处吃饭,所以我每天 3 顿几乎都是方便面。哪知多吃方便面很容易让人发胖,我真的胖了起来,后来发现有些收不住地胖,体重涨到 193 斤……当然不全是这两个月里长的,但 2003 年 4—6 月份的前线采访时间段是

"催胖期",诱发我身体开始出现了毛病。之后连续几年体检时医生总提醒我"你已经血糖高了""高了……8点多了!"可我没有在意,依然不在乎,一直拖了六七年,我被无情地戴上了"糖尿病"的帽子,前两年空腹体检指标达"12"(标准为5—7)。完了,我感觉自己变得越来越没劲和脸黄……

这两年只能靠吃完饭就去"跑",靠消耗热量来降低血糖。其实也控制得不好。可必须走路。以前我是个最不爱动的人,但必须迈开双腿了,所以现在每天早晚尽量想办法走一走。开始走3000步,后来加到5000,现在可以达到10000步了。

疫情暴发之后,全国一片"宅",我每日的"降血糖行动"成为难题。原先酒店有健身房,现在所有的公共场所全部关了。房间内那么小,无法让我跑步,甚至连走动都十分别扭。无奈,我只能到酒店楼底下的一片空地上去走走,在没有疫情时也经常在此活动。但那里有一个不太好的方面就是有不少野猫,大概它们的生命是靠酒店有人走来走去扔下一些食物而维持的,平时它们活得很自在。我刚开始在那空地上活动,有五六只猫就很凶地从各个方向的花丛和小树林窜出来,向我狂叫一通,那意思好像在说:"你是谁?""谁敢到我们的地盘来?""带好吃的没有?""没有带就赶紧走!""要不下次一定带点吃的来……"它们很凶的架势,让我内心有些恐惧,于是后来就很少去那儿了。

但没有想到,全民"宅"后,我无处可去,只能又到这块"猫领地"去锻炼身体。

那些日子,泱泱大上海,平时在外走动,你看到的不是鳞次栉比的高楼大厦,就是车水马龙的大街小巷,再就是人山人海的车站口和商场……但现在,疫情中全民"宅"的时刻,你会特别感到身边的一切都变了，变得让你十分恐惧，因为此刻眼前大大小小的马路没有了人，连车子都需要几分钟才出现一两辆；当然更不会看到地铁口如潮的人流了，那一个个通向地心深处的进出口像一张张饥饿的嘴在向你乞求着……这种物的凝固，物的死寂，物的变态，比突然出现在你面前无数僵硬的尸体更可怕，因为它们太"宏大"和"壮观"了，完全颠覆了我们平时印象中的形态，颠覆了的我们的思绪和情感会错乱与崩溃……

我在那片小空地上开始走动。那小空地上走 100 步需要用一圈半来完成。我走着走着，突然"喵呜——""喵呜——"声大作，然后见五六只猫从东南西北 4 个方向向我围集过来……

开始它们一边叫，一边轻步地慢慢向我靠拢，后来就干脆围在我四周，那一双双眼睛令我心惊肉跳，那里有贪婪和带着欲望的目光，而且带有挑衅性。那意思是："我们饿了，你带什么东西来了吗？""我们几天没吃的了，你怎么不带好吃的来？""你想饿死我们呀？"

"你们、你们……"我被吓着了！堂堂七尺汉子，竟然被这群野猫吓着了！

我无法再"走"了，它们的一双双欲以我为食物的贪婪利目让我惊心。"你们等着！你们……"我给自己壮胆，然后拔腿就跑，一口气跑到了楼上的房间。

这算什么事？被一群野猫吓得屁滚尿流的。

连续好几天，我再没到后面的小空地去。大约正月初十左右，我想这回野猫们该不会在了。于是我轻松地走到小空地上，开始数着我的"一圈、两圈"的设定步数，因为我要争取恢复到一次走半个小时，三四千步数，这是降血糖的基本运动指标。

"喵呜——"

"喵呜——"

"喵呜……"

天哪，野猫又来了。而此次来的猫与叫声，完全变了，变得有气无力，变得那叫声让我心底酸酸的，因为那叫声很嘶哑，像婴儿的啼哭声，像垂死者的绝望声……

我毛骨悚然。

再细看，我先看到的是一只小黑花猫，后来又发现一只比较大一点的黑猫，再后来又出来一只白猫。还有的跑到哪儿去了呢？因为前几天我看到5只野猫呢！另外两只到哪里去了？我一边寻找，一边心里想着。于是想着想着，心就揪了起来——大概它们没能挺过来，饿死了，或者跑到别的地方去了。我这样安慰自己。可仔细看了看身边出现的3只猫又发觉它们应该是"一家"的，那小黑花猫是孩子，大黑猫是父亲，白猫是母亲。真的是呀，从来不怎么喜欢猫的我，对这个"发现"甚为兴奋：瞧它们这一家三口，小黑花猫娇嗲嗲的，一边叫一边朝我靠近；老黑猫的姿势还有些凶，时刻准备着与我决斗；而白猫则躲到更远一些的地方观察着我的每一个动作甚至表情……它们的分工十分清楚，完全是"一家人"的职能布局。这让我暗暗吃惊。

"喵呜——""喵呜——"这是小黑花猫的叫声，我听后感觉它是在向我示好、示亲，因为它的"肢体语言"已经充分地表达了它的乞求。"我饿""我饿"……那声音跟一个无助的婴儿的啼叫与哀求无异。

它，完全打动了我，打动了我内心最脆弱的部分，让我产生了怜悯之情……

"喵呜——""喵呜——"它不断地叫着，而且一边叫，一边向我靠近。我心头越来越"紧"了，脚步也走得越来越快……我以为把这只可怜的小黑花猫甩掉了的这一刻，我的脚下突然绊了一下，下意识地使劲又踢了出去。

"哇——喵！"哇——喵！"一阵尖噱的猫叫吓得我全身冷汗顿涌。原来，那小黑花竟然在绕着我脚下跑走，然后被我不小心猛踢了一脚，它滚了个个儿……

"对不起！对不起——我不是故意的，不是的……"看着小黑花猫躺在地上的可怜样，我的眼泪快要出来了，连声向它道歉。

"喵呜""喵呜……"它在地上慢慢翻滚着身子，有些摇晃地站立了起来，恢复了"我饿""我饿"的乞求声，那双眼睛还目不转睛地看着我。

怎么办呢？显然它是饿极了。我掐手指一算：从上海"一号响应"（1月24日）起至初十，也有10多天时间，一个人十几天没能正经像样地吃一顿饭，能行吗？酒店早已人去楼空，只剩我等三五个"宅留者"，其他的人也不可能路经酒店附近并且带着食物遗留在这块小空地上，这就是说，这群猫至少已经饿了相当长时间了！

呵，天灾人祸时，人类叫苦喊悲震撼山河，可曾知你们身边还有无数弱小生命更加难过，它们或许早已死亡了千千万万……甚至灭绝于一旦。

一向对野猫从不同情甚至有些讨厌它们的我，此刻有一阵特别强烈的怜悯之情涌至心头，像看到自己的孩子受到饥饿威胁一般，我弯下身子对小黑花说："我知道你饿了，知道……"

"喵呜——""喵呜——"我的天哪！这小家伙此刻竟然对我撒起娇来，不停地凑过身体，在我双脚上蹭来蹭去，那种亲昵劲儿让

小黑花猫和大黑猫父子俩

人心酥、心碎、心软。

"好好，知道了，知道了……"我像哄孩子似的对它说。我越这样说，那小家伙越用身子蹭我的腿，蹭得我无可奈何，蹭得我泪水直涌……

"知道了你还不给我弄点吃的？快去吧！去吧！""喵呜——喵呜！"突然，那小黑花猫冲我几声狂叫，那架势很有些像我欠了它什么似的。

"好！好好！你……你就在这里等着！等着我，我马上到楼上去拿吃的给你！不要动啊，别动——我马上来！"那一刻，我像救自己的孩子一样，放下小黑花猫和它的"爸妈"，飞奔着上了酒店的楼上，然后把早餐时从自助餐厅里拿的两个鸡蛋——准备晚上吃的"口粮"，抓在手里，又顺手抓起一根香肠后就往楼下跑……

跑到空地上，我看到了"三口之家"的猫们，赶紧蹲下身子，给小黑花猫剥鸡蛋，然而放在一块干净的砖上……结果发现它并不吃蛋白，于是又给它掏蛋黄。这回它拼命吃了，两个鸡蛋黄几乎是狼吞虎咽地进了它的肚子。

"慢点吃，慢点吃……"怕它吃噎了，可根本管不住。

"喵呜！""喵呜——"嗯，是你啊！专注看小黑花猫吃相的我，突然听到一旁的大黑猫在叫。好吧，给你爸点吃吧。我顺手就把一根香肠一撕为二，一半给了小黑花猫，一半扔给了大黑猫。哪知，小黑花猫蹿起先抢过我给它爹的半截，然而又回头兴高采烈地嚼起它的那半截……

这家伙！我想笑，可又觉得这孩子太可怜了！估计它实在是饿极了，连"爹妈"的面子都不顾。不过让我感动的是：当爹的还真有样，它不去跟孩子争，而是去舔那孩子刚吃完的一点点残羹，而那只远远看着的母白猫则站在一旁，根本就不过来跟爷儿俩争抢——那一刻，让我感到这是一个多么和睦的家庭，一个多么伟大的母亲啊！

天下为母者皆无私，皆有爱。我的泪水再度涌上了眼眶……

第二天早餐时我对服务员说：以后每天加 4 根香肠、8 个鸡蛋，我要带走，到时一起结账。

戴口罩的服务员一笑，说："何先生这几天的胃口大开呀！"我笑笑，没有说话。

从这天起，我那孤独的"宅"生活里有了一份责任和一份必不可少的事情要做。

酒店后面的那片空地上的 3 只猫不再是恐怖地"喵呜""喵呜"叫了，而是见到我就甜甜地轻声地叫着"咪哟——""咪哟——"。

那声音，在我听来，就是一支"疫"中的浪漫小夜曲，它让我时常陶醉。这也是我在"疫"中亲身体会到的最暖心的一件事，它从另一角度也让人明白了自然界、动物间应该是和平的、亲密的、共处的关系，有了这种相互依存的关系，或许这个世界就不会那么独孤、那么灾难频频……

> 我的歌声穿过黑夜
>
> 轻轻飘向你
>
> 一切都是寂静安宁
>
> 亲爱的快来这里
>
> 看那月光多么皎洁
>
> 树梢在耳语
>
> 树梢在耳语

没有人来打扰我们

亲爱的别顾虑

你可听见窗外传来

夜莺的歌声

她在用那甜蜜歌声

诉说我的爱情

她能懂得我的心情

爱的苦衷

用那银铃般的声音

感动温柔的心

歌声也会使你感动

来吧亲爱的

快快投入我的怀里

带来幸福爱情

……

    不知何故，此刻，当我再仰望黄浦江边的那些闪亮着灯光的大楼和居民区时，那里仿佛一同在飘扬着舒伯特的这首《小夜曲》，那悠扬而动人心弦的乐曲，给这个"屏牢"的城市重新点燃了生机与爱的活力……

25 战争风云

　　这就是一场战争。既然是战争，那么此时此刻的人所呈现的形形色色"表情"，也就不足为怪了。

　　3月之前的中国"疫"战战场在武汉。但现在的主战场在上海、在北京。而我从"疫"战开始，就一直在黄浦江边那个今天与来自境外的病毒魔鬼疯狂侵袭的地方——

　　眼前的浦东机场，是承接通往世界各国的中国最大客流量的国际机场，平时每年过往的境外客流高达5000万人次！大疫席卷全球之后，尽管进出的航班少了许多，然而进入3月之后的浦东机场及隔岸的虹桥机场，似乎成了那些想躲避病毒袭击者的首选。从人性的角度看，这似乎也没有什么不对之处。

　　然而，像我们这些在这几个月"宅"惯了的人，如果到国际机场看一眼，恐怕会吓得心惊肉跳：这哪是机场，简直就是"120"救护现场！有多少身穿防护服的战斗队员？有多少辆医用急救车？还有多少等待在那里的医生？总之，到处都有恐怖的"白色"。而上海的机场，眼下确实已经成为了名副其实的疫情"前哨"——中国的，也是世界的前哨。

　　"真的吓煞人了！"海关防控检疫员老肖与小曾在T1航站楼的

某疫情重点国飞来的机舱内，刚刚对 180 多个入境者进行防控检疫，这已经是今天他们 6 人战斗小组干完的第四个航班检疫活儿了！知道吗，上机舱检疫完全体入境者，短则 1 小时，长则近 2 个小时……那是啥光景？嚷嚷的、愤怒的、绝望的、叽叽喳喳、骂骂咧咧的，所有平时不见的嘴脸，此刻全然"绽放"。也难怪，在生死面前，表情总是最生动、也最丑陋。然而老肖和小曾他们想不到的事还是发生了：一位三四十岁的女士"哇"的一声大叫："哎呀呀，我不行了！不行了……"

"怎么啦？怎么啦？"机舱口顿时大乱，可谁都不知发生了什么。

拖着沉重防护服的老肖和小曾赶紧拨开拥挤在机舱口走廊处的旅客，冲到那位已经完全失态的女士身边。

"怎么啦女士，哪儿不舒服？"

"我、我……呜呜……"女士掩面而泣。

"到底怎么啦？哪儿不舒服？"小曾年轻，他本来已经憋不住了自己的裤裆了——已近五六个小时没能上厕所，下面胀疼胀疼的，刚才在给旅客做体温检测和核对健康信息时是因为全神贯注，才没有感觉到。这回又一个航班的防疫检测完成，松弛下来的他才有了自己的神经感觉。可这女士突然的一声"哇"，又把小曾的那点"感觉"憋了回去。

"怎么回事？别哭哭啼啼了嘛！"小曾还在嘀咕时，老肖朝年轻的伙伴轻轻地厉斥道："嚷什么你！快去下面搬辆推车来！"

"推车干吗用？"小曾不解。

老肖气得直想揍他一拳。他用眼睛朝小肖暗示了一下，让他看一看那女士的脚跟处……

"天哪！血哟！"小曾的眼珠瞪圆了。

"还不快去推车！"

"哎！"

小推车来了。老肖和小曾一个推着小车上的女士，一个在推车前面喊着："让一让！让一让！"

怎么啦？怎么啦？航站楼的通道上，本来就很紧张的入境旅客，都被眼前的一幕吓呆了：他们看到那个女士裤腿下面不停地淌着一滴滴鲜血……顺着推车走过的地方，滴满了长长的一条线！

"这位女士大出血了！请海关迅速通关！"跑得气喘吁吁的老肖一边给海关人员作揖、一边又朝几位公安人员招手："请帮忙去调辆车来，有病人！重病！"

"晓得了！晓得了！"公安人员一看这架势，立即飞步去调度专车。等他们再回来时，老肖已经将该女士的入关手续从"绿色通道"办妥。

"车子已到，我们已经联系机场这边最近的妇科医院，你们把她交给我们来处理吧！"公安人员从小曾手中抢过小推车，推着就往外跑。

"同……同志……"那半昏半醒的女士这时仰过头，想跟老肖和小曾打个招呼，可她根本就没有力气，只有两滴眼泪不由自主地淌在脸颊上。

"Hungry！Hungry！"（饿！饿！）

"No！No！"（不行！不行！）

"怎么回事？"小曾还没有来得及目送远去的那位大出血的女士，又听到身后大哭小叫的声音，而且这回是一对拖着两个大箱子的外籍母子，那哭喊着的小男孩看上去也就四五岁，年轻的母亲拉着他显得疲惫不堪。

"Sorry，请问先生，吃的哪里有？我、孩子……飞机上 14 个小时，我们只吃了两只 Bread……"那位欧洲女士，眼泪汪汪地张着双手问老肖。

"她说的'Bread'是什么东西？"老肖这回被难住了，问小曾。

"面包！她说她和孩子在飞机上只吃了两只面包，饿坏了……"小曾有些得意道，因为他的"散装英语"比老肖要高出那么一点儿。

"那你还不快去拿！"老肖火了，命令小曾火速去食品分发点给这"老外"母子拿点吃的去。

"我、我这不是下面胀嘛！"小曾一跺脚，气得抖动着沉重的防护服。

"赶紧！跑步！"老肖才不管这呢，朝小曾扬扬手。

"哇靠！"小曾又是一顿小跑。

"哈罗！"老肖的"散装英语"更散，而且就那么几个字："Hello！""OK！"瞧，这回他用上了。

"哇……"那个卷发的小男孩见穿着庞大白色防护服的"中国熊猫"，更是吓得直哭。"Afraid！""Afraid！"（害怕。）

"Sorry！Sorry！"那洋女士不好意思地将孩子拉到身后，直向老肖致歉。

几米外的老肖意识到是自己的"熊样"吓着了小男孩，有些束手无策，最后还是拿着面包等一堆食品火速跑步回来的小曾救了他一场。

"拜拜！"

"拜拜……"

有了面包和冰激凌吃的小男孩不再哭了，欢笑着跟妈妈一起向两位中国防疫人员"再见"。

"我实在憋不住了……"这回小曾对老伙计说了一句,刚想迈开步子去"方便"时,突然又被一个尖厉的声音吆住了:"喂喂,我要问你们……"

老肖和小曾回头一看,是位模样三十来岁的"中国人"颇为气势汹汹地冲他俩而来。

"什么事?"老肖问。

"你们不是说有病的进医院治疗可以免费吗?"那人的嗓门很高,说。

"是啊,你有什么不明白的?"老肖看小曾憋得连腰都有些弯了,便继续接那人话茬儿。

"可他们又对我说像我这种情况要自己掏腰包!咋啦?我也是土生土长的中国人,凭什么要我掏腰包嘛!"那人的眼珠子瞪得溜溜圆,似乎谁都欠了他的账。

小曾上前一步,问:"你是留学生?还是小老板?"

"我留什么学?当什么小老板?老子是硬邦邦的美国公民、白领!"那人一脸高傲。

"嘿,你既然不是中国人了,你有什么权利嚷嚷要我们为你掏腰包啊?你在外国赚大钱时想过给咱国家缴点税什么的?啊?这回你想回来占便宜?"小曾的嗓门突然高出几分贝,他的这一串大嗓门把那个假"中国人"吓得连连示弱道:"我、我就问问嘛……你这么大脾气呀!"

此人接下来撒腿就跑的速度可以参加百米比赛。

"哈哈……"老肖终于忍俊不禁。

"小兔崽子!他想占阿拉便宜呀,没门!"小曾刚想得意,突然猛地蹲下身子："哎哟哟！哎哟哟……"

"你'哎哟哟'啥？哎——哟哟哟……"老肖刚想怒斥小曾，哪知自己的下身也胀得快不能动弹。

这是怎么回事？一群刚下飞机的入境者，在路过这两位蹲在地上的中国防控人员时，觉得很奇怪。

老肖和小曾对视了一眼，羞得不行，因为他俩裤裆里的尿不湿这回全都水淋淋了……

类似这样的"大男孩"光天化日之下尿裤的事儿，这只能算整个"疫"战中的"小插曲"而已，防疫的真正战场其实在小区、在某个单元房、在你身边的某个不太注意的时间段里。

日本人太郎先生在中国已经一二十年了，最早靠倒卖两边的紧俏物资发了不少财，在上海一个著名国际社区置了一套很像样的高级公寓单元。算是个有钱人的他，平时出门，小头梳得光溜铮亮，西装革履，派头十足。

这回疫情期间，太郎从日本转机到澳大利亚再到虹口机场。可"坐"不逢时，偏偏同班飞机上有两位旅客在海关检疫时有发热症状，这种情况下凡是同行者都要居家隔离。

"第七居民区某某号楼的太郎是已确诊者的密切接触者，需要隔离！你们现在立即护送到他居住地，按照居家隔离要求，严格安排好他的一切……"十几分钟时间内，从市到区再到街道，到居委会的防控系统便全部启动。小区地段医院的医生必须在第一时间赶到太郎先生所处的地方，然后对其实施隔离和相关要求。

这天值班的是李医生，同她一起上楼到太郎家的还有居委会干部张姐和民警小王。

"太郎先生，我们是社区的防控人员，现在请你配合我们核对相关信息和测量体温……"李医生说。

"我不懂中文！"一脸不高兴的太郎先生指指墙上的时钟，意思是说："你们看看都几点了？还没完没了了呢？"

李医生用眼睛瞟了一下挂钟，时间确实不早了：已近凌晨 2 点 10 分。

"请先生配合，我们也希望早点给你把隔离的相关问题交代清楚，并按防控检疫要求，准确地测好体温……"李医生耐着性子，说。

太郎突然"叽里呱啦"地说了一通日语，3 位小区防控人员一下傻眼了，他们都不懂日语呀，这在境外输入病毒防疫初期，是普遍遇到的问题。

"先生刚才中文不是讲得特别好嘛！怎么现在又讲日语了？"李医生觉得对方有些成心为难他们，便问。

"哼？"太郎一下瞪圆了一双金鱼眼，直冲李医生又一阵"叽里呱啦"，意思是说，我是日本人，我只会讲日语。

李医生看出来了，此人成心不想配合防疫工作，于是心头不由怒气陡生，但还是强压了下去。"测体！"她拿出温度仪，用手势示意对方。然后又指指一份统一格式的《防疫医学隔离承诺书》，"请在上面签上名。这上面有日文说明关于隔离期间你所要做到的事情，比如时间为 14 天，其间你不能出门，每天要测量两次体温向我们报告。请先生在这份承诺书上签上你的名字……"在李医生要求太郎签名的同时，居委会干部张姐随手一只"暖心包"放在桌子上，这是小区专门为所有入境者准备的一份防疫"小百科"，里面有不同语言的各种要求说明书及口罩等日用品。

"请签字吧。"李医生还在向太郎重复要求。

太郎拿起《承诺书》，左看右瞧，脸色涨得红红的，怒发冲冠道："我为什么要签这个东西？为什么要签？"

"这是我国《传染病防疫法》所规定的法律条文要求，你是居家隔离人员，所以必须要签署这样的承诺书，它既对你个人的安全是保障，也是对其他健康人群的保护……"

"我不是你们中国人，我是日本人！"太郎竟然如此嚣张道，脸涨得更红了。

"你现在在中国领土上，就必须服从我们中华人民共和国的法律！"民警小王严正指出。

"我不听你们说的！我要跟我们的总领事打电话……你们现在给我出去！"太郎向中国防疫人员下了"逐客令"。

"岂有此理！他想干什么？"民警小王的拳头握得嘎嘎响，他真的气坏了。

办事沉稳的居委会干部张姐给小王使了一个眼色，意思是："他爱打就打吧！反正承诺书是必须要签的！"

"我现在需要给总领事打电话，请你们出去！"太郎快歇斯底里了！

"走，我们到门外等他！"张姐示意张医生和民警小王暂时撤到楼道。

什么鬼事儿！3位小区防疫队员站在楼道的走廊上，周围一片寂静，只有不远处的大街上偶尔还有车辆驶过的声音。

10分钟、20分钟……一个多小时过去了，那太郎的"电话"竟然还没有打完？还是根本就没打？

"他是成心给我们出难题！"民警小王气得眼睛直冒火星，"再不出来，咱们砸他门！"

张姐摇摇头，不紧不慢道："天亮之前谅他没胆出这门。只要没出这个门，证明我们防控没脱节……再等等吧，已然都等到这时间了！"

靠在墙上的李医生，看上去疲劳不堪。她伸了个懒腰，看看手机上每天的"运动记录"，有气无力地喃喃道："昨天走了27030步，又超纪录了……"

"我的天，李医生你也太厉害了！我平时一天最多也就跑18000步，你这个纪录我得至少锻炼三年才能跟得上！"民警小王敬佩地连连点头。

"证明你的工作还有很大潜力呀！我这水平，就是春节到现在的疫情值班给逼出来的……"李医生苦笑了一声，话还没说完，身子就摇晃了起来。

"哎哎，你这要干啥？干啥……"张姐赶紧用肩膀顶住她。

"咔嗒——"巧吧，太郎的门这时竟然开了。只见他弓着九十度的腰，毕恭毕敬地做了个"请"的姿势，嘴里连连说道："我签！我签！"

"早签了不就得啦！"李医生和民警小王使了个眼色，低声道。

一旁的张姐微微一笑，就在等太郎签字之际，她在太郎的房子内左看右看，回头对太郎说："先生你在隔离期间一定要注意室内空气，最好每两三小时开一次窗，通风通气很重要！"

"明白！谢谢！实在太麻烦你们了！不好意思！真不好意思！"这个时候的太郎完全像个没有写好作业的小学生见了老师一样。

在一连串"不好意思"声中，3位小区防疫队员终于完成了对一位隔离者的相关工作。此时，东方已白，新的一天又将开始。

"不好意思了！我有急事请麻烦你们过来一下！越快越好……"这才天亮，怎么又来位日本"太郎先生"给社区防疫值班室连续打好几个"十万火急"的电话。

"快去看看到底出什么大事了!"小区防疫小组的几位穿着防护服的战斗员接到命令后,立即从另一栋楼宇,跑步奔到这位"太郎"家。

"啥事呀先生?"他们敲门问"太郎"。

"我、我想回国!马上……""太郎"从门缝内露出光光的脑袋,哆哆嗦嗦地说道。

"那怎么行!你还在隔离期呢!"防疫人员一听就愣了。

"是是,知道我是在隔离……可我必须回国呀!""太郎"先生一把鼻涕一把眼泪地向小区防控队员们如此这般地说道,最后又是连连鞠躬,"实在添麻烦了!麻烦了!"

是够麻烦的了!可这咋弄呢?小区防疫人员真傻了眼。"你等着,不许动啊!我们马上去请示上级……"3名队员中留下一名公安在此守门,其余两人赶紧回去向上级报告。

前所未有啊!这是第一位正在隔离的入境者要"逆行"哪!怎么办?先弄弄清楚到底是怎么回事!

一审核,此"太郎"提出的回国理由确实充分,而且日方驻上海领事馆也专电给上海防控部门:拜托中方了!

一声"拜托",可就苦了上海从小区到机场的整个防控闭环系统:凡是"太郎"出去的线路,必须全部与外界的人士隔断任何接触,所有护送他的人员也需要按隔离防控人员的标准全副武装,那些运送他的车辆与通道也得在"闭环"中运营,从他家门出来,到开出小区,再一路奔机场、进海关、登飞机……所有细节,等于把"太郎"先生装在一个封闭的"特殊通道"内行走,这也就是所谓的"闭环"。

"想不到我竟然在全世界大疫情背景下，享受了一回'天皇'般的待遇呵！"此"太郎"看到自己乘坐的飞机从上海地面起飞的那一刻，激动得泪流满面。

战争就是这样，你想得到的事它可能都有，你想不到的事它也会出现，人在其中都会失常甚至变态。前些天一位在上海隔离的澳大利亚籍华人女子，她说的一口中国普通话，对着中国公安防控人员在呱啦呱啦地喊着"我不喝开水！我要矿泉水！我要人权！"并且对执法人员出口不逊，骂骂咧咧。

这事闹得沸沸扬扬，估计那位女子也很后悔自己这回的"丑脸"远扬！确实，最近的疫情中，有那么一些人明明才当了几天"洋人"，一回到母国就矫情得不行，于是各种离奇的"战况"层出不穷……

离虹桥不远的一个住着1万多人的国际小区，突然之间有了十几个新入境的居家隔离者。该落实的各项防控措施似乎都彼此可以接受了，但是居委会还是连连接到一个个"举报"电话：你们不是说每天上午9时、下午6时两次来上门取走垃圾的嘛！怎么总差那么三五分钟、十来分钟才弄走呀？我的邻居都向我抗议了！

"我们要抗议！抗议！"居委会干部刚放下那边的投诉电话，这边办公室的门口就来了一群气喘吁吁的老居民前来"闹事"。

慢慢讲，请慢慢讲。居委会干部耐心给来者让座。人家不坐，非说"这事你们必须马上解决，否则继续向上反映"。

啥事体嘛！侬讲来听听……

"我们的邻居都是隔离者，他们每天有两次把垃圾扔在门口的走廊头是吧！可你们讲好的上午9点来拿走、下午6点再拿一次。但是这些天我们天天看到每次拿垃圾的时间总会迟那么十来分钟、甚至二十来分钟的呀！这怎么行呢？让我们怎么生活？"

"是啊，阿拉现在天天乱套了呀！"众老居民嚷嚷一团。

"明白了，听明白了伯伯阿姨们！你们静一静好哦！"小区居委会干部承认是有这种情况，并解释：这是收垃圾的人员有个"时间差"，所以请大家谅解。

"那不行！这个我们不干！""我们不同意！天天晚十分钟、二十分钟的话，阿拉就啥事体都做不成了……"居民们七嘴八舌，寸步不让。

"你想想，我每天9点钟要出去锻炼身体，晚十分钟、二十分钟，那些老朋友以为我不来了，他们三缺一就不高兴了！"

"侬白相还是小事情。阿拉晚上6点钟带小孩子回家，这在楼底下等上十分钟、二十分钟的，大冬天的，又黑乎乎的，再弄出个发烧发热，那麻烦就大了去了！"

"就是！你们必须要赶快解决这个事体呀！"

"是啊，必须马上解决！"

居委会干部终于明白了事情原由，答应道："好，这个问题我们一定解决，如果现在把每天两次收取垃圾拖下的时间缩短到五分钟以内，你们觉得可不可接受？"

"三五分钟嘛，倒也不是啥事体……阿拉以为可以接受。"

"行，明天我可是要掐表检查的呀！"这些老居民们，说一是一，啥都认真。

"好好，欢迎检查我们的工作！"送走老居民后，居委会干部着实犯难了：这十几个隔离者，分散住在八九栋楼里，有的在高高的十几层楼上，上下一次得"听"电梯，怎么才能掌握时间可不是个小事儿！

战"疫"到底如何打,最后还是交给了具体"冲锋"的物业公司。

"现在我正式下达任务:你们几位,必须确保对每户居家隔离者的收取垃圾时间规定在上午不能超过9点零5分、晚上不能超过6点零5分的时间段内!谁要是超时,罚谁的奖金!听好了没有?"物业公司的方经理一副"大将军"的风度,对手下的几位垃圾收取"突击队员"如此道。

"我们没问题呀!可我们还得看电梯给不给力嘛!"突击队员很是为难。

"这个我不管!总之,这个碉堡由你们去'炸'了!你们是董存瑞,还是黄继光,我就不知道了!"方经理说。

"怕这样的英雄我们谁都学不了!"队员们哭丧着脸,直摇头。然而,他们毕竟是"突击队员",一旦投入战场,那就是勇猛的战士。在往后的日子里你瞧他们:每天一到收垃圾的两个时间点,个个如百米冲刺的赛跑运动员,分别在几栋楼的楼道里疯一般地上下奔跑……而且其速度必须掐在分分秒秒之间。

哎,这回他们拿走的时间正好!

不错,居委会干部说话还是蛮算数的哩!

隔着门缝看"热闹"的隔离者和老居民这回满意地点着头。瞧这些人,可他们的要求也没过分吧:可能有毒的垃圾扔在家门口可不是个小事嘛!

是啊,他们哪里知道,为了分秒不差地取走这些垃圾,物业"突击队"员们可就惨了,要知道,随着境外疫情越来越严重,上海已经宣布:从3月17日起,有16个国家列为疫情重点国,凡从这些国家到上海入境的人员皆得隔离14天,这也意味着境外防疫战场比前期扩大了一倍多！自然，小区收垃圾的"局部战场"打得更加激烈和精彩。

再见到方经理时，他的那张黑了的脸上露出一丝苦笑，然后自嘲道：前世作的孽，今生做物业。碰上病毒来袭，立地做了"无冕之皇"。

哈哈哈哈……

"笑，你还有脸笑！快交代——到底是怎么回事？"公安人员正在审问"锦绣前城"小区的居住者张某。此人前些日子带一对11岁的双胞胎儿子从重点疫区回到上海，与两个孩子一起被要求居家隔离。14天中均没有异常，怪就怪在第15天时，他突然向小区防疫队报告他体温高了。医生立即上门重测，果然高了！这种情况下，小区防疫人员高度警惕，立即将其送往集中隔离点进行采集咽拭子，结果张某很快被确诊为"新冠病毒"肺炎患者，被"押"到上海市的"方舱"医院治疗去了，但他确诊的同时，有关部门迅速开展了相关的"流调"，结果发现：此人在隔离期间，每天偷偷地出来遛狗——他家养的。这是小区防疫人员"破案"破出来的，因为在调查他认识的人中有人举报张某：前几天他通过手机在"朋友圈"里炫耀自己如何如何"瞒"过防疫人员的眼睛，每天早晚偷偷下楼到小区遛狗……

这还了得！一个确诊者天天偷着下楼在小区遛狗，这会造成多少"密切接触者"啊！张某可是犯大事了，而且是犯罪呵！

已经被"确诊"的张某，在执法人员的审讯下终于低下头。还好，根据他交代的，以及公安人员调来的电子探头录像核实，张某每次遛狗的时间内，没有与小区居民接触，这与他趁人家还在休息时"偷偷"出来遛狗，打了个时间差。

好了，看来张某的罪责可能会减轻些。但现在的问题是他又给防疫人员带来麻烦：家里两个未成年的双胞胎儿子怎么办？"送集中隔离点呗！"作为密切接触者，隔离是必须的。但因为是"未成年人"，所以得征求张某意见。

张某说，孩子小，他不同意送到集中隔离点。他提出："你们把正在重点疫区的孩子妈妈接到上海来。"

这根本不可能！防疫指挥部不同意。千里迢迢，风险无法估量。"既然不同意，我也不同意让孩子按你们说的办。"张某还很狠。

一时间，防疫队员被他"将"得束手无策了！怎么办？如果强行把两个未成年的孩子从家中送到集中隔离点，一旦出了事咋办？这责任可就大了！

社区、居委会、街道三级防疫人员急得团团转，因为两个孩子在家时间一长，不知会出什么差错！一旦这道防线突破，整个小区的防疫就处在极其危险之中啊！

怎么办？怎么办呢？大家都在着急，可又拿不出办法。张某和他妻子的态度又不肯让步。到底怎么办？

"有了！我觉得有办法！"街道防疫指挥长李嘉定是学法律出身的，他拿出有关法律条款说，"根据《未成年人保护法》条款，我们只要确认这两个孩子目前他们的合法保护人不能履行保护责任时，我们街道或社区是可以把孩子的保护权接过来的。这样就可以直接把孩子送到集中隔离点，统一由那里的专人负责他们的日常生活。"

太好了！所有防疫人员好不兴奋。李嘉定指挥长说："我还得请教一下在上海司法界大名鼎鼎的'师兄'，他要说了我们的做法合法，那就万无一失了！"

"当然可以。你们的做法完全合法！""师兄"的回答十分肯定。

"现在我向你宣布，根据我国《未成年人保护法》规定，目前你的两个孩子在失去自然保护人之际，我们街道可以作为他们的临时保护人。所以我们将按照当前疫情的相关要求，送他们到集中隔离点，孩子们的一切都由我们来负责……特此告知。"

躺在病床上的张某，连眨了几下眼，无奈地听任政府安排。

问题又来了：孩子被送走后，那条狗咋办？它说不准也感染上了呀！社区防疫人员又急出一身汗。还好，最后通过与公安部门联系，将狗送到了市宠物场隔离。

"我要看看孩子啥情况了！"治疗中的张某还在担忧。

"你放心治疗吧！孩子们好着呢！"医务人员专门给张某放了一段在集中隔离点的双胞胎生活录像，张某感激得就差没掉眼泪。"比跟他们妈在一起还要好啊！"

经过一段时间的隔离，孩子们平安无事，到了该回家的时间。张某又恳切地提出："能不能让孩子们再在集中隔离点待下去，他们也很喜欢在那里……"

"这怕不行。我们现在的集中隔离人数越来越多……"集中隔离点表示不能接受。

孩子还是被接回了家。居委会的干部就忙碌了起来，好在没几天，孩子们的妈妈也平安地回到了他们身边。

确诊患者张某后来也在上海医生的精心治疗下，健康出院。像他这样的治愈患者，仍需在家中观察一段时间。那天护送他回家的有公安人员，他们向张某亮出"拘留证"："等你身体彻底康复后，你将接受法律的调查与裁决。"

张某又一次无力地瘫下身子，叹道："我这是自作自受。"

这些看起来像故事，其实都是真实发生的画面，不过是 2020 年上海战"疫"的一个小小的缩影。这些真实故事的背后，凝聚着抗"疫"一线工作人员的艰辛和努力，他们布满血丝的双眼，汗水未干的额头，逆行的身影，无疑是这场战"疫"中最美的"表情"，他们用无私的付出、细致的工作，与蔓延的病毒搏斗，为上海，为全国，甚至为全世界，赢得时间。

"战争"依然在继续，而胜利，就在不远的前方。

26 上海"张爸"不止一个

写到此处，武汉又突然发生了一件事：孙春兰率中央指导组在3月5日到武汉青山区一个小区检查工作时，当地居民突然隔窗高喊"假的""假的"，这情景被做成视频放到了网上。一声"假的"，让国务院新闻发布会上也作出了官方回应。

本来并不是一件什么大事，然而一声"假的"，却在官场和民众中产生了振聋发聩的效果。为何？就是因为平时我们看到了太多的"假的"。老实说，平时的那些"假的"，充其量也就是糊弄上下级、害害老百姓、影响点诸如"统计数字""工作业绩""公仆形象"而已，然而大疫当前，在一个个活生生的生命垂危的时刻，这种"假的"实在太危险和令人气愤了！人们愤恨那种领导来之前做出一套又一套够水平、让领导露笑容的假事的作风。这似乎已是当下社会的一种陋习和有些人习以为常的风气了。

有人面对现实、面对疫情，不说假话、不做虚伪的事、不说不着边际的话、不说不痛不痒的废话，而说那些管用的话、实在的话、符合真情的话、别人能听得懂的话。这个人就是此次疫情中突然飙红了的"上海一号新闻人物"——张文宏。

此人现在在全国人民心目中的地位很高，毫无疑问，钟南山是属于泰山一样的人物，顶天立地，气吞山河。张文宏完全属于"另类"，他根本不惧自己说了啥，别人怎么看他，他当然也不会看着别人的眼色行事，所以他想说什么就说什么，因此成为了真正的"网红"。

今天看到一篇文章说他是"逼疯媒体人的医生"，他"就是位没有感情的'鸡汤杀手'"。小文章不长，但很好玩。那些媒体人，真是太难了！上级领导派他们去深入挖掘感人故事，可他们偏偏遇到了上海的张文宏。这位华山医院感染科主任，官不大，却是一位"藏"在医院队伍里的"公关鬼才"，具有超水平的本领。嘴上随便"滑"出点东西，就能说得 14 亿人跟着大笑、跟着大悟、跟着反省和跟着一起行动。

有人甚至说他"就是一个毫无感情的真·硬核·反矫情·达人"。张文宏却说："你们把我捧到天上，等疫情一结束，我还是贴着墙回到单位干老本行。"

张文宏"一战成名"，确实有他的"鬼才"一面，其实最可贵的是人们在日常已经不太见得到的那种不按套路出牌——按"套路"工作、当官、做事的现在实在太多了。但张文宏一反"套路"，说了几句让人听着特别过瘾的真话。

比如，当媒体上满屏歌颂医护流产 10 天、强行断奶、怀孕 9 个月依旧上前线的"伟大无私"时，张文宏就生生地从根上切断了如此"好"的宣传材料，他横眉冷对这种行为，抛出一句："碰到这种情况，我绝不让你们去！为啥，为了几十块钱？"

比如，华山医院组织医疗队去武汉时，院里一位医生的父亲住进了重症病房，张文宏得知后，说："你放心回去吧！照顾父亲重要。"

比如，一位刚刚援外回来的医生再度请战，张文宏怒色道：

"你刚援外回来，这次先不派你去，回家休息！"之后的 1 月 29 日，张文宏干脆换掉了所有从年底工作到那时的医生。如此疫情紧要关头，他这么做是要"吃生活的"！有人担心。张文宏的眼珠瞪圆了，说："第一批人实在是太累了，我们不能欺负听话的人！"于是有人就问："那换谁？"张文宏的脑筋根本就没用转弯，脱口而出："党员啊！"又补充说："我管你们当初入党是为了什么，但你们宣誓的时候不都说了吗？要把人民的利益放在第一位。平时你喊喊口号就算了，现在你都给我上去，不得讨价还价。"

没有一个党员再畏缩战"疫"前线，最多伸伸舌头，心头骂一句："这个赤佬，拿他没办法。"

哈哈……张文宏就是在一次次实话实说中成为了"上海一哥"，后来大家干脆亲昵地叫他"张爸"。上海人称爸爸不叫爸，而是叫"爹爹"，或者"阿爹"。

"喔哟哟，阿拉吃不消啊！牙齿都要落下来了！"张文宏对"阿拉"老乡们说。

疫情中自然要鼓励那些干活的，鼓励"加班加点"的好同志，但张文宏又提出完全相反的主张："我不鼓励加班加点，抛弃家庭、无休无止工作是不人道的。"

天，他竟然把一向鼓励的事说成"不人道"！反了他？

"就是不人道嘛！"他的脸涨红了，像被激怒的公鸡，准备跟你为此"决斗"。

"对于普通人它就是一份工作，不要用高尚来绑架别人。"他说。而且点出了为什么在疫情关键时刻对医务工作者的工作不能老去宣传、歌颂，而是要关心。因为他认为：第一关心的是防护，第二是关注他们的疲劳，第三是关心他们的工作环境。"如果这些跟不上，就说明没有把医务人员当人，只是当机器。"这难道不是不人道吗？

看看，后来证明张文宏都是对的——上海没有医务人员感染。真是奇迹！

伤痛。真正地伤痛。

对专家也是。不能迷信。专家也不能"胡说"，更不能说假话，说废话，说大众听不懂的话。再说专家和医生也不是什么文质彬彬的人，脾气大着呢！"大家看到医生都是文质彬彬的，那都是假的，全都是假的！"

瞧瞧，他真敢说。说得自己都在笑。老百姓笑得更欢——"我们喜欢你，张爸！"

危难之际，许多人想"套"他的话，甚至挖坑看他跳不跳。张文宏才不吃这一套："你问我重症病人治疗方案是什么？让我给你一个准确的答案？我回答你吗？你这样的问题问得好吗？你以为是为了关心和拯救病人。可你知道真有'专家'回答了你，你又拿它当作'法宝'的话，会害多少人吗？你没有发觉你的提问没有错，良心不坏？可我觉得很坏，很错。你不服？为啥？那我告诉你：我跟你讲你也听不懂，因为我们读的书是不一样的。你能听懂我说的每一个字，但你不懂什么意思。但我可以告诉你重症病人是集中了上海最好的多学科团队治疗。治疗方案不是写在纸上的，而是写在病人身上的。你问我这个药、哪个药有效？那我告诉你：最有效的药就是你的免疫力！"

可不。大家听完张文宏的话，回家一想：可不。对于"新冠病毒"肺炎，至今全世界的医生和专家都不知道它到底是怎么回事，似乎谁也没有拿出灵丹妙药，只能"听天由命"。钟南山院士也是这么说的：最好的医生就是你自己，加强免疫力就是最好的抗"疫"武器，人人都可以拥有。

上海人对张文宏的看法与外地人的看法不尽一样。上海人现在也都喜欢张文宏，因为他让上海的形象从另一个角度大大增色。过去在外地人看来，上海的男人都是些"娘娘腔"，现在突然发现还有像张文宏这样的人，整个就是钢牙铁嘴，气吞山河！过去上海女人都不太喜欢自己的男人，嫌他们说话办事一点儿不干脆，别别扭扭的，始终大气不了。现在她们发现自己的男人如果把他"松绑"的话，当个张文宏式的也蛮好嘛！

哈哈，我在上海，我也算大半个上海人，再看张文宏的话，我觉得他有几点"情况"：

第一，他本来就不是"正经"的上海人。因为他是浙江温州瑞安人，1987 年考入上海医科大学医学系医学专业，毕业后才留在上海进入华山医院感染科。所以至今他张文宏才在上海待了 30 多年，用老上海的话说，这个"乡下人"还没有完全落掉身上的烂泥，所以他说话做事，还有相当"不太识相"的农民劲头。当然，后来他到香港大学、美国哈佛大学医学院以及芝加哥州立大学微生物系做了访问学者及博士后，那个素质上海人是认的，因为上海人爱高看有"海外洋留学"背景的人。这才不会太有人当面说张文宏是"乡下人"了。再后来当了复旦大学附属华山医院感染科主任、主任医师、博士生导师，复旦大学生物医学研究员和国家防控专家后的张文宏，更没有人敢叫他"乡下人"。大家以他为荣，说这是我们真正的"阿拉上海人"，尤其是这一次疫情之中"行情暴涨"的张文宏，他现在的名声在上海滩绝不比哪个市里领导小。

第二，他的嘴"油"，甚至太"油"，油腔滑调。但张文宏的

"油"是真货，那从他嘴里"滑"出来的"油"味是香喷喷的呀！不是那种让人呕吐的油渣与油腻。这不，他"网红"出名后，有人就觉得他是了不起的上海人，所以想象他一定"根红苗壮"，于是想挖他祖宗三代，结果人家张文宏说："别给我戴高帽子，我农民一个，到上海念书就是为了养家糊口。"有人又问："那你现在又怎么在抗'疫'中表现那么伟大？"他说："这么夸我就没意思了，当医生治病救人是基本工作，分内的事，有啥伟大不伟大的。给人治了病，是应该的，没治好就证明医术还不够，对未知世界认识还差距远着呢！"

这不，我写到这儿，正好国家卫健委等部门表彰一批参加抗"疫"战斗的医务工作人员，长长的一大串名单中，没有张文宏的名字，于是网民们大呼"怪了"。

其实没有什么怪，钟南山也没在其列。事实上此次国家表彰的是在武汉前线的参战者，张文宏和钟南山等大将不在其列也属于再正常不过。

我在上海多少"知情"一些，在大上海像张文宏这样的人，其实并不止他一个。上海之所以称"大上海"而非"小上海"，就是因为它藏龙卧虎，人才辈出，如同奔腾不息的黄浦江水，一浪更比一浪高。因为我写了中共地下党的斗争历史，因为写了浦东开发史诗，所以才知道这一点。

明年就是中国共产党成立 100 年。大家是否有一个问题该问一问：中国共产党的诞生地为什么不在当时的"革命大本营"广州，也不在共产国际首先接头的北京，而是在上海？我的认识是：上海除了可以隐蔽的自然条件如小弄堂、小阁楼多外，还有洋人的许多租界，"三教九流"多，便于混水摸鱼，更适合地下工作之外，还因为上海人"脑子活络",反应快,而且有一种骨子里的"要做事体就是呱呱叫"的高远追求。于是这块土地上诞生了一个最伟大的政党,并由这个政党领导建立了世界上人口最多的社会主义新中国。如今这个伟大的国家正被全世界所认可和尊敬,14 亿人民生活越来越美满幸福。

以为上海只有一个"张文宏"其实就是没有真正认识上海。今年是浦东开发开放 30 年,中外人士到浦东,特别是陆家嘴那个国际金融区走一走,一定会对这片新崛起的现代化城市感叹,因为它确实太美了!美到你无法不折服。估计世界上也很少有比浦东陆家嘴更现代化、更美丽妖娆的城市风姿了。可有谁知道 30 年前这里仅是一片水稻地和破破烂烂的乡村?

如此巨大的变化靠什么?当然靠党中央和国务院的政策,靠改革开放。但大家应当知道,浦东开发开放比深圳要晚了 10 年,而且 1990 年年初的中国,面临西方世界对中国全面经济制裁的局势,那时的上海其实穷得还不如周边的乡镇。朱镕基在那时是上海市委书记、市长一肩挑。开始他答应市政府从财政拿 9 个亿给"浦东开发办",因为"开发办"下面成立了 3 个具体操办浦东建设的公司,最初设想是每个公司拿 3 个亿把浦东这件事"干"起来。哪知后来的情况完全让"浦东开发办"的同志傻了眼,因为朱镕基"说话不算数"。

整个过程很有意思,也可以从这件"历史往事"中看出其实上海在不同时期有许多"张文宏"式的存在——

有一天朱镕基匆匆找到当时身为"浦东开发办"主任的杨昌基,说:"不行啦,浦东开发 9 个亿是给不了你啦,只能给你 1 个亿了。"杨昌基就急了,反问:"不是说好了给 3 个公司 9 个亿吗?每个公司 1 个亿哪够？咋个启动嘛！"

朱镕基笑了笑，有些抱歉地说："你先张罗张罗再说。"

"你的意思是有多少钱干多少活呗！"杨昌基想争辩几句，可见朱镕基火急燎远去的背影，想说也说不着了，内心感叹道：大上海一大堆破烂，1200 多万人，要动钱的地方太多了，他这个市长难当呀！

杨昌基无奈地摇摇头，回头赶紧找开发办和 3 个开发公司传达。前几天还是热情高涨的开发办同志们和 3 个刚刚成立的公司的头头们说："这么点小钱，也就够开个皮包公司啥的！堂堂浦东大开发怕是大东海捞月，不知何年何月成事哟！"

"钱少但有政策呀！把政策用好了，就是钱嘛！"杨昌基说。

"我同意昌基主任的意见。只要能把土地增值用活，钱不缺。"坐在一旁的新到任的开发办副主任黄奇帆点头赞同。

大家面面相觑，将信将疑，因为他们中间谁也没有尝试过利用"土地增值"，实现资金滚动的开发战术。

不行了，不行了！才几过天，杨昌基又把开发办和 3 个公司的负责人叫到一起，传达"上面的秘密精神"："朱镕基市长刚刚说，1 个公司 1 个亿的钱也不能给了，只能每家公司给 3000 万元，加上开发办留 1000 万，总共 1 个亿的钱。"

杨昌基传达完仰头大呼："这该咋整嘛！"但浦东开发如邓小平所说的是中国手中的"王牌"。不往前行动，绝对不行。这可是个关乎政治大局的问题，当然也是关乎经济大局的问题。

怎么办？上海人就是有办法，也就是在这个时候，一批比"张文宏"可要厉害多得多的人站了出来。我这里有杨昌基的一段回忆文字：

又过了几天，朱镕基同志即将离开上海赴北京工作了。临行前，他又对我说，先少给一点，马上启动要多少钱？我当时感到难以启齿。想了想后对朱镕基同志说，那就一个公司给 3000 万吧！

"能行吗？"镕基同志问道，可能他也意识到，这一数字毕竟太少了些。当时，我这么说，是经过深思熟虑的。我们已经把 3 个开发公司的启动资金从向政府要钱转到了向市场筹钱。办法就是"财政投入，支票转让，收入上缴，土地到位"，俗称"土地出让，空转启动"。后来，这一办法被中共中央党校一个副校长概括为"空手道"。"空转启动"的程序是这样的：由市财政局按土地出让价格开出支票给开发公司，作为政府对企业的资本投入；开发公司再开出支票付给市土地局，并签订土地使用权的出让合同；市土地局出让土地使用权以后，从开发公司所得到的出让金再全部上缴市财政局。通过这样一个资金"空转"的过程，达到"出让土地，启动开发"的目的。

当时，我对镕基同志说，土地空转，千分之四归中央，叫财政拿空头支票，土地局拨土地，公证处公证，按 60 元 1 个平方米算，4 平方公里土地财政拿 2.4 亿出来。

"那就这样先搞起来吧。"镕基同志的话语中寄予信任和希望。我将这情况在班子内进行了传达。

杨昌基在内部一传达上述精神，下面的人立即嘀咕起来："这不是开'国际玩笑'嘛！"

　　开发办的小会议室里，大家彼此苦笑着相视，先摇摇头，又点点头，道："确实是'国际玩笑'，人家广东、江苏一带的每平方公里面积已经到了1个亿，我们浦东350平方公里，总共才给1个亿！不是'国际玩笑'是什么？"

　　这回倒是杨昌基先笑了："看来我们在浦东开发的事情上，真的要开个大大的'国际玩笑'，真正让全世界知道我们上海人是些什么能人！"随后，杨昌基用目光扫了一下他的将士，问："你们谁愿意把'土地换钱'这活儿给弄起来？"

　　"我来。这事我愿意干！"后来我们大家知道他当了重庆市市长并在城市建设方面成果卓著的黄奇帆自告奋勇地站了起来。

　　在场的人有人惊诧，有人欢笑，反正大家都把目光盯在了黄奇帆身上。几天后，浦东开发开放中著名的"空手道"模式便这样诞生了：

　　先由财政部门早上向浦东开发办开出一张"空头支票"，再由浦东开发公司拿着这张财政部门的支票到土地部门交上开发区划定的开发土地的评估费用。而开发公司拿到土地部门评估后做出的文件后，就立即转头到土地交易市场挂牌换取开发土地预支支票，这时的开发公司所获得的支票金额肯定远高于早上财政部门开出的支票金额。这同一天的下班前，浦东几家开发公司必须以火箭般的速度，填上早上所获得同样金额的支票，及时送回市财政部门……如此空转一天，市财政局其实从账面上看一分未少，而浦东开发公司各家则已经在账面上有了实实在在的一大笔钱了！当开发公司有了这笔钱后，就可以去征地、去动员农民拆迁，就可以搞"三通一平"（通水通电通电信和平整土地），之后就可以向外招商。商家看中后，就得缴上一大笔土地租金。开发公司便用商家缴上来的钱，进行新一轮的征地、拆迁和"三通一平"甚至"七通一平",然后再收进更大的投资商上缴来的钱……如此滚雪球般地一直飞快地往前推、推了再推,周而复始,一直到浦东今天的大楼林立、满地黄金的新纪元……

这就是中央给予的浦东土地批租政策,朱镕基领导和推进的、黄奇帆等人一手运作的"浦东模式"的资本积累的"高级空手道"套路。这一套路,是中国的创造,马克思的《资本论》在总结资本主义社会的"原始资本积累"中都没有这样的"模式"与"先例"。后来在中国的城市化进程中,不少地方用上了这一"浦东经验"。自然黄奇帆到重庆当副市长、市长期间用这经验是最成功的。

邓小平有句经典的话:发展是硬道理。今天在抗"疫"战斗中,他张文宏那么"红",难道"玩"的不就是把病毒"闷死"、让人活下来才是"硬道理"吗?所以他的言行从这一基本和本质的目的出发,他再"油"也滑不到哪个沟里去,所以他越干越受广大人民喜欢,越干水平越高,或许奥妙就在于此。

上海之所以是上海,它绝对不可能是一大堆庸俗之人、无能之人、无为之人在支撑着的,它一定是有许许多多个张文宏一样或比张文宏还要张文宏的人杰的存在,所以它才有可能卓越不凡,而且几乎每一个时代都有一大批这样的人在上海叱咤风云。当年中国共产党成立于上海是一例;二三十年代中国新文化运动的旗手鲁迅、茅盾、巴金、夏衍等在上海是一例;抗击日本侵略者的淞沪大战虽然中国失败但因为上海人和驻上海军队的勇猛反击仍然堪称壮丽的民族史诗而载入史册又为一例;新中国成立之后的前几十年里,上海所创造的国民生产总值一直占全国总产值的六分之一又是一个极好的说明。再往后浦东开发自然更不用说,如今的大上海光照人间，难道就因为多了张文宏这样的"怪才"？绝非。恰恰说明，上海习惯的"闷声发大财"，早已浸入其骨髓，印刻于其精神之中。

今年是浦东改革开放 30 年，这过程中上海人经历了许多惊心动魄和激动人心的大事件。外界其实并不知道创造如此辉煌的现代化新上海过程中有多少苦干的、实干的、精明的、忠诚的"张文宏"在为其操劳操心。我们现在许多人一到新上海就会去两个有标志意义的地方，一是 632 米高的上海中心大厦。这楼之高，一直是中国"第一"，挺拔巍峨，气势磅礴。但我现在看到它，就会想起一个人，此人叫倪天增，原上海市主管城市建设的副市长。这位个子很高、人又很瘦的副市长任职在他风华正茂之时，正值浦东开发开放和大上海旧城改造、新城刚刚起步的时候。我从历史的新闻镜头中和报纸照片上看到：每每大项目施工和紧要关头时，他总站在最前头。而收工和庆典时领导出现在现场那会儿，他又站到了人群的后面。由于他个头高，所以还总能见到他的形象，然而他的头发总被风吹乱了，竖得高高的。据上海的同志告诉我，倪天增就是一位特别令人尊敬的"市民市长"——他总把百姓所需求的放在心头。清华大学建筑专业毕业的他，对浦东开发也极其上心，尤其是要建一座属于"上海形象"的摩天大楼一直是他的心愿。然而他只看到了规划蓝图，却没能看到大楼崛起。已任了 9 年副市长的倪天增，于 1992 年 6 月 7 日，因劳累而突发心肌梗塞逝世，终年 54 岁。后来这座"中国第一楼"在他逝世 9 年后封顶完工，负责这一大厦建设和至今一直在管理这栋大厦的正是他当年的秘书顾建平先生。

上海浦东还有一个每天吸引几万、几十万游客的大项目——迪士尼。这可不是一般的旅游观光项目，它在中国大陆仅此一家，原因是人家迪士尼公司太牛了，它才不会轻易给你呢！当年"会白相"的上海当然很想引迪士尼到浦东。第一次朱镕基亲自出马，谈得尚可。但没多久对方的"老板"不幸遇意外事故去世，一件好事就冷冰冰地被搁了下来。

时至 2001 年，上海重新启动与迪士尼的谈判。这回派了浦东开发的老资格人物、新区区长胡炜出场。这位人称"浦东开发战场上的李云龙"的精彩故事就拉开序幕了——那比"张爸"张文宏的不知要精彩多少：

2001 年某日。美国洛杉矶，迪士尼总部。胡炜带领的中国上海商贸洽谈代表团一行到访。

"你们？想跟我们来洽谈？"迪士尼接待人员以傲慢的目光打量胡炜和他身后的一行中国人，毫无表情地说道，"知道吗，法国跟我们洽谈，是他们的一位副总理、一位省长和一位部长；在香港，是曾荫权来谈的……胡先生，你是？"

"我是中华人民共和国上海市全权代表胡炜。"胡炜以不卑不亢的严正口气回答道。

迪士尼方迟疑和惊异地看着这位中国"全权代表"，有些拿不定主意了，问："与我们谈判需要各方面的专家，胡先生你们中国方面有这方面的专家吗？"

"有。"

"所有与我们迪士尼的谈判，需要对等的专家人数。我们需要50 个相对应的谈判专家，你们准备好了吗？"

"准备好了。我带了中国最优秀的 50 名律师和专家。"胡炜朝身后门外等候的随员们挥了挥手，于是一支浩浩荡荡的中国谈判团列队出现在"迪士尼"面前……

"OK！"

迪士尼方面笑了："Please，come in！（请进！）"

然而，走进迪士尼的大门，并不意味着一切"可能"，恰恰是随时随处的"不可能"。作为全球最大的文化娱乐巨头，迪士尼的霸气是出了名的，几乎99%想求取合作的谈判对象，最终皆被拒之门外。

中国、上海、浦东会是什么样的结果？

不得不佩服世界娱乐巨头的霸气所在：一切娱乐元素都具有独创性、全球性和不可复制性。

谈判最初阶段，是了解迪士尼的产品为什么那么贵。

仅仅是一头人工制作的娱乐马，对方的工作人员对中方的"全权代表"胡炜说："先生能猜得出这马值多少钱吗？"

胡炜左看看、右瞅瞅，心想：一定是不一般的价格。那就咬咬牙往"顶"上说个数吧："10万！ 10万美金行了吧！"

迪士尼人的脖子摇得像拨浪鼓，说："NO！ NO！ 100万，是100万美金！"

"是黄金做的？有那么贵重吗？"胡炜觉得不可思议。

"是我们的知识产权贵重！"迪士尼人颇为骄傲地说，"你们中国对知识产权不够尊重，而我们迪士尼的所有产品的贵重性就体现在知识产权上。看中方的合作诚意，也许主要也体现在知识产权方面……"

胡炜庄重地说："我们上海浦东将与贵公司合作的诚意，包括了对知识产权的高度重视。"

"期待我们的合作成功！"

"我们的合作一定成功！"

美国迪士尼人和上海浦东人的手握在了一起。

然而，接下去的正式谈判远比握手复杂和艰难得多。

"与迪士尼的谈判有多少个回合？"竟然没有人能回答我的问题，原因是，与迪士尼的谈判，来来回回用了 10 余年时间。"不说别的，光我带团第一次赴洛杉矶那回，整整两个星期，我们没有离开过对方安排的那家小旅店。"胡炜说，一台新买的传真机，竟然都被用坏了！

"可以想象一下我们在谈判过程中用了多少资料啊！都是靠这台传真机在洛杉矶和上海之间传送！"从胡炜的一位助手那里得知，当年他们一行 50 人的谈判团，每天从上午 9 点开始投入工作，要工作到深夜，甚至通宵达旦。

令外方谈判团奇怪的是：这些疲惫不堪的"中国人"为什么在每晚谈判结束回到旅店后，不是进各自的房间，而是穿着短裤（正值夏天）在大马路上溜达？

"嗯，怎么回事？"连我都感到好奇。

胡炜笑了："谈判是讲究艺术的。我们在人家的地盘上，不能不防我们在商量事情时被人窃听呀！所以我们自己开会时，选择了在比较安全的大马路上开……"

原来如此！

"什么叫谈判？跟打仗没啥区别！""全权代表"胡炜感触颇深地说，"与迪士尼的谈判，光涉及知识产权的商业谈判书，就高过一个人头！每一份谈判协议里，既有各自的利益，也有国家的尊严在其中，所以你必须每时每刻都要绷紧神经。"

我知道，为了这样的谈判，胡炜挑选了上海和全国最优秀的律师与专家；为了让这支队伍在异国他乡能够"服水土"，他这位"全权代表"，既要在谈判场上当指挥员，还要在回到休息的居住地后当好"后勤部长"。

"谈判是耗体力和脑力的战斗，你得保障我们的专家们有足够的精神和体力去迎接每一个回合。"胡炜回忆起"洛杉矶之旅"时，眉飞色舞，"有一天晚上，我们的谈判一直持续到凌晨三四点，我看到自己队员们个个累得精疲力尽，便让人赶紧从唐人街买来一些自助餐，大家狼吞虎咽地吃起来。谁知，就在这个时候，美国方面的谈判专家毫不客气地冲过来跟我们的人抢吃起来，那个场面很好玩……最后我一看，好家伙，我们的人一个个累倒在桌子上呼呼大睡！再看看那些穿着西装的美国人，简直笑死人了：他们全都累趴在了地上，而且一个不少，正好50人……"

"这就是谈判现场。其实这也仅仅是谈判开端……"胡炜说。

一日，胡炜他们刚刚从迪士尼谈判会议室回到那个小旅店。同团的部下紧张地跑过来向他报告："不好了胡主任……"

"别慌嘛，啥事？"胡炜问。

"环球影城的人来了，就坐在我们这个旅店门口的咖啡厅那儿。"

"来就来了呗！"其实胡炜的内心也是一惊：因为他此行率团的第二个任务就是跟环球影城谈判。而这样的安排是带有"秘密"性的，即迪士尼和环球影城彼此并不知晓对方都在与中国谈判团谈判。现在，环球影城谈判方突然出现，意味着他们对胡炜与迪士尼的谈判全然明白，这多少让胡炜的中国代表团有些尴尬。

既来之，则应对之。"全权代表"胡炜已知无法回避，于是便向环球影城的"老外"直面迎去。

"真的就像演戏似的。我一看，确实有点坏事了，因为坐在那里的不是别人，正是环球影城跟我们谈判的首席格兰先生。"胡炜说，此人是环球影城的国际总裁、美国导演协会主席，律师，犹太人，是一位经验极其丰富的国际谈判高手。"那一天，他与他的副手俩人装模作样地坐在那里似乎很轻松的样子，一见我，就皮笑肉不笑地说：'我们知道你们住在这里，也知道你们这些日子除了跟我谈判外，还跟迪士尼打得很火热啊！'他们说这话的意思是：'你们中国人玩的小把戏，我们全知道了。'一阵寒暄之后，格兰等便走了。我的助手赶紧提醒我，说原定下午与环球影城要签订的一个协议恐怕没戏了。我说看看再说。"

"全权代表"胡炜虽对助手这么说，其实心里也在发毛。格兰在谈判场上素有"老狐狸"之称。他就这么心甘情愿？

果不其然。下午，环球影城来人告知中方代表团，原定于下午的签约事宜取消了，中方不用再去人了。

"你去，看看他们到底想怎样？"胡炜令自己的副手亲自去环球影城打探实情。

结果，这位助手回来报告：环球影城方面声称，谁都不用去了，如果中方一定要去，那就让"全权代表"胡炜一个人去。

"看架势，他们不会给好脸了，你就别去了吧，胡主任！"同事们议论道。

"为什么不去？"胡炜的眼睛一瞪，"去！他们不是点名叫我去嘛！"

"还是不去的好。"同事们为自己的团长担忧。

"必须去。"胡炜坚持道，"人家已经向我们发出了挑战书，如果我不去，就意味着我们认输了。我们中国人什么时候输过？我们从来就没有输过他们嘛！去！"

胡炜去了。除了翻译，他谁也没有带，便径直走向环球影城，那步子迈得坚定而铿锵。

"来了！"

"来了。"

环球影城总部。首席谈判格兰和中国全权代表胡炜共同用毫无表情的口吻打了个招呼。然而，格兰将头一侧，随即环球影城方面的几十名职员"哗啦"一下全都端坐在胡炜面前……那阵仗大有泰山压顶之势。

另一边，中方全权代表的胡炜与翻译，显得势单力薄。

谈判——不，是一场国与国之间的尊严的较量开始了——

格兰扫了一眼自己强大的阵营，然后将目光转向胡炜，瞬间，这位美国导演协会主席仿佛进入演戏角色一样，以排山倒海之势，冲胡炜勃然大怒道：

"你，现在，我对你失去了尊敬！原来我一直以为你是值得让我尊敬的人，现在不了！你和你们中国人不讲信誉！

"你们……

"你……"

真不愧是一位"杰出"的导演。像一头撞墙而不知痛的黄牛一样的格兰，当着自己的部下，整整痛骂了中方全权代表胡炜近 1 个小时。

看着胡炜始终笑眯眯的样子，声嘶力竭和颇有些疲劳感的格兰，突然疑惑地停顿下来，问："你，胡炜先生，现在你怎么想？怎么向我们解释？"

平静的胡炜依然笑眯眯地看着对方，不紧不慢地问："格兰先生，你今天当着你部下的面所作的演讲是不是结束了？"

格兰一愣，点头："Yes。"

胡炜说："那好。现在你是不是可以请你们的职员退场了？"

格兰迟疑了一下，又点头："可以。"

于是环球影城的职员陆续离开现场。现在，只剩下4个人：格兰和他的翻译，胡炜和他的翻译。

胡炜说："尊敬的格兰先生，现在我是不是可以说话了？"

依然有些气喘吁吁的格兰不知胡炜想说什么，便点点头："Please。"

胡炜说："格兰先生啊，我发现以前对你高看了！太看高你了！阁下是国际大导演，谈判高手，可今天我发现自己全错了，原来你格兰只是个心胸狭窄的普通人而已。"

格兰："……？"

胡炜说："难道不是吗？我千里迢迢，从中国来到你们美国，干什么？跟你们谈生意、谈合作来的！谈如何保障贵公司在中国浦东投资的合法利益，让你们能赚到钱、赚大钱。"

格兰说："可你们为什么要跟迪士尼谈？我们之间是有保密协议的……"

胡炜说："不错，我们此行的目的，其中之一是与你们来谈合作事宜的，而且我们之间签有保密协议。但是，我想问一下尊敬的格兰先生，你是著名的谈判专家。我的问题是：我作为中国上海的全权代表，作为上海浦东新区的行政长官，我们正在向全世界招商，面向全世界几百个、几千个合作单位。我们彼此都有合作项目。请问：我除了与你们环球影城谈合作项目外，难道我不能与其他世界伟大的企业们谈吗？难道我们不能跟与你们同样伟大的迪士尼谈吗？这种合作洽谈何罪之有？如果有罪、有错，我今天到你这儿来谈，对迪士尼来说不也成了有罪吗？然而人家迪士尼没有提出过我与你们谈就有罪了，而他们也知道我们此行到洛杉矶也会同另外的企业洽谈合作项目，因为浦东开发开放将吸引的是包括美国在内的全世界众多公司，而不是一两家美国公司……"

格兰两眼发直地听着，脸上一阵红一阵紫。

胡炜说："你刚才的一番慷慨陈词，是什么意思？格兰先生，你错了！大错特错了！你有什么理由如此强硬和毫无道理地指责我？指责我们的国家？指责我们的浦东改革开放政策？"

格兰终于低下了头："Sorry，我错了。向你道歉。"

胡炜说："NO，你以为你的一个'Sorry'就可以了结对我的侮辱？你刚才的话，不仅侮辱了我，而且侮辱了我的国家，你当着你自己的部下，如此侮辱我和我的国家，能用一个'Sorry'了事吗？"

格兰彻底被击垮了，一脸沮丧地询问中方全权代表："你叫我如何办？"

胡炜轻蔑地说："尊敬的格兰先生，你是国际著名谈判专家，如果让我教你如何做的话，那不是有损你格兰先生的威望吗？你的智慧需要我来教你吗？"

格兰似乎恢复了常态，顿了顿，说道："明白了，胡先生。谢谢你的指点。今天真的很对不起，我会以我们的方式向你和你的国家表示歉意。"

第二天一早，环球影城方面拿来准备与中方签订的协议。胡炜一看，马上说："OK！"

因为在这份总额为 7 亿美金的合作项目协议文本中，格兰先生代表美方向中方让步了 100 万美金，权作昨天对胡炜和中国的一份歉意。这自然让作为中方全权代表的胡炜感到欣慰。

与环球影城合作项目的谈判仍在继续。棋逢对手的格兰先生和中方全权代表胡炜也成为了朋友。在谈判过程中，格兰常常会起身从自己的座位走到对面胡炜的座位去添茶倒水。这时中方的副代表自然而然地将自己的茶杯移到格兰手边,格兰立即板起脸:"NO,我只给你们的团长倒水!"

全场一阵欢笑。

格兰从此每回到场谈判,总是对中方全权代表胡炜格外表示友好,而且在兴之所至时,会突然跪倒在胡炜面前,嘴里不停地念着"道歉"之类的话语。他连跪过三次。

这让胡炜有些受不了:"格兰先生,你跪在我和我的同胞面前,让我很感动。我们中国有句话,叫作男儿膝下有黄金。你跪下来是对我的尊敬。但是,我看得出来,你是美国导演协会的主席,你的下跪里有表演的成分。可即使如此,我仍然对你的下跪表示真诚的感谢。"

格兰听后,满脸尴尬,他只好伸出双臂,将胡炜紧紧地拥抱:"朋友,我的真正的朋友!"

谈判桌上的对手,后来真的成为了好朋友。格兰先生收获的不仅仅是代表环球影城完成了与中方的合作项目的谈判任务,而且还把胡炜当成了终身好友。在他儿子上学时,他把胡炜请到家里,请求其作为儿子上学的推荐人。

上海迪士尼从谈判开始到建成开馆,长达19年时间。可以想象一下其中的曲折与复杂,若不是胡炜等在一线工作的人物"拼"了又"拼",能成得了吗?

2016年6月16日是上海迪士尼正式开馆日,中国国家主席习近平和当时的美国总统奥巴马互致"贺信"。该项目总算画上句号。如习近平所说,上海迪士尼的项目从谈判到建成,是中美两国人文交流达到一个高度的生动体现,它也展现了跨越文化的合作精神和顺应时代的创新思维。项目建成后，迪士尼公司发现：中国和上海的市场确实惊人呵，赚钱可以赚得盆满钵满！上海更不用说了，他们又一次"闷声"发了一个大财：据统计，迪士尼开园后，每年的收入达1000亿，拉动周边地产等生意值达2000亿。这还不算多吗？仅此一项！

瞧瞧，这就是上海，又一次"闷声发大财"！

在书写《浦东史诗》过程中，我收录像胡炜这样的故事至少有上百个，胡炜本人的精彩故事也至少有十来个，还有像"国嘴"（国务院新闻办公室原主任）、上海浦东新区首任主任兼书记赵启正、上面已经提到的黄奇帆等等，都是"大将"级的"张爸"式人物。

所以说，上海的"张爸"肯定是好样的，而且上海在不同时期至少有千百个"张爸""李爸"式人物，他们也都是好样的。这就是大上海人的真正品质。你不能不服。你应该学习。

27 城市有爱，生命才会灿烂

落笔此处的这一天是 2020 年 3 月 10 日。这一天的上海又见太阳出现……见到太阳，就有温暖。这一天我们在中午时分就看到了习近平总书记即到武汉的新闻。习近平总书记到武汉的意义很多，肯定有几个重大之点：其一是党中央、国务院对武汉疫情及武汉疫情发展至今所取得的战"疫"胜利的充分肯定；其二是"疫"中的武汉人太需要阳光和温暖了，习近平总书记代表中央和全国人民送去的这份关怀和慰问，肯定让所有武汉和湖北人心暖如春——他们太需要了！从"封城"到这一天已经长达 50 天，谁受得了呀！它可不是让你待在家里就完事了，那是每天都处在与病毒拉锯的生死线上的"宅"生活呵！

或许武汉人此次受的苦难与痛苦的煎熬，我们还找不出第二个城市与之相比。向武汉人问一声安好，是应该和必须的。

上海呢？其实疫情让哪个城市、哪个乡村都没舒畅过，只是与武汉相比，其他地方要好得多。然而我们回头也会发现一个核心问题：城市环境与城市素质有时会决定你的命运好坏和生命长短。难道不是吗？武汉疫情使三江之城在短短的时间内死亡 3000 余人、数百万人处在危险的煎熬之中，那是正常人所能承受得了的心理压力吗？某些干部和机构的无能与平庸，城市缺少应急条件下的医疗资源储备等触目惊心的现实，难道不是此次武汉疫情造成巨大灾难和给人民带来心灵创伤的重要原因吗？

对个人来说，出生在什么样的家庭、在什么样的环境中生活与成长绝对很重要；而作为一个现代人，我们生活在什么样的城市和这个城市有什么样的水准其实已经关系到我们的生命长短与生命质量了，一场大疫使得这样的问题更清晰地放在我们每个人的面前。

我自然庆幸整个大疫期间都被一个伟大的城市庇护着，我自然也在这个疫情中的城市里看到了它好的和不尽完善的地方——当然不可能所有事情都已经完美了，那它就不是现实社会，即使天堂，恐怕也有让我们继续想象的空间与争取更好未来的努力余地。从1月15日驻足上海到现在的50余天里，只有两件小事让我不太舒服，我深思了一下它的问题所在。

第一件事是2月25日左右的一天，我所处的酒店门口已经开始有出租车和其他车辆在那里等候了。早上和晚上是我跑步的时间，前两天我进出酒店大门外的候车地方，我看到了很恶心的事，不知哪个出租车司机，竟然又把没有吃完的方便面和其他食品扔在停车的地方，而在他不足10米外的对面马路边就是两个垃圾桶……我对这种低级行为很愤怒。打工者你在辛苦地劳动，他人应该尊重你。然而这个城市也是你的，如此粗俗、肮脏的行为为什么不改一改呢？我们现在的大都市确实离不开普通的劳动者，每一个进城的民工、知识分子、商务人员、旅游者等，城市都应当欢迎和拥抱你、尊重你，可你也应该明白，既然你进了城，到了一个新地方工作、旅游，哪怕只是路过一个时辰，你就是这个城市、这个新地方的主人之一，你就有责任保护它、像爱自己一样爱它，你不能随心所欲，你不能把自己的陋习带给这个城市，你应该提高素质，你到了国外更应该注意这个细节，因为我们是中国人，世界都在关注和另眼看我们的中国——国民素质教育在数年前参加全国"两会"时，我就曾认真地提交提案。我以为此次疫情大暴发，给飞速发展过程中的中国一个重要提醒就是：我们不能不抓国民素质了！否则会害死人！害更多的人！这也让我想到了早前我提出的几个"建议"。相信国家和其他有识之士都会起来关心这样的事。

当然，还有一件小事：在酒店和商场测量体温时，数次遇到那个"手枪"一样的测温器，其实有时就像摆设，至少我碰上五六次根本没测出来——小"手枪"常失灵。我不能怪罪测温的人，主要是仪器的问题。我想，如果在疫情疯狂的关键点和关口上，也许一次、一个患者的测温漏掉，或许就是一场灾难等在我们后面……我自然知道在如此大规模的突发灾情下，前方后方需要很多这样的小"手枪"，但无论如何我们不能忽略每一个细节，尤其是与看不见的病毒作战，丝丝毫毫的战术上的和武器上的问题，都可能造成整个战线的溃败结局。这需要我们在以后特别注意，万不可此次没有出事就可以把这类"小事"忽略了。中国人做事容易采取"差不多""估计""大概"的行为方式。它曾经让我们吃尽了苦头，以后最好不再吃这类因小失大的苦头。

纵观整个大疫，再看上海，以我一个"外人"的目光和内心的全部感受而论，我不得不说大上海此次的的确确比其他大城市更显耀眼的风采，那种大气、精致、细腻、宽宏、无私，还有高智商的品质，你说吧，还有什么好听的！它全都淋漓尽致地发挥了出来。这可不是那种在某些光环照耀下的"假的"，而是我和2400多万市民，甚至周边的1亿多人口的长三角都亲身感受的。尤其是在执行中央决策、从本市实际出发、第一时间果断而全力地采取措施，并始终全神贯注、开足马力，站在保护这个城市和 2400 多万人民生命角度，以及出手支援武汉、严控复工后的疫情"回流"和境外来的病毒传染新疫情方面，真乃可圈可点，甚至许多方面令我感动不已、感恩不尽。

其实，要感激和感恩于上海的何止我一个人，武汉自然在其列，因为上海在第一时间派出了医务工作者，而且是第一时间派去医护人员的各省（区、市）中派出人员最多的一个。我知道 1 月 24 日那天，也就是除夕之夜，许多上海医务人员正在吃年夜饭时，接到了赴武汉前线的通知，他们几乎都是"放下筷子"就走的一群"逆行者"；口罩在春节前后的几天里，对武汉人来说，就是保护生命的盾牌，在全世界叫紧缺的时刻，上海又是给武汉捐赠最多的一个城市……我们大家当然也知道，上海还把自己的市长应勇"送"到了武汉。

在 2 月 10 日之后的返城与复工潮来临之际，作为重要交通枢纽的上海的机场与车站，它的压力巨大，对人口最多、流动性最大的整个长三角地区！为了上海，更为了长三角和全中国，上海人可以说在那段时间里真拼了，拼得远比"屏牢"时要累得多、苦得多，而且极少有人去关注、关心这份无私的贡献，因为人们的目光仍在武汉和湖北，并且慢慢把心思放在关注国外的疫情形势之上。

从"一级响应"到 2 月底，上海无论在防控和医治患者方面，皆可用眼下时尚的"硬核"二字形容。累计 342 例（截至 3 月 8 日）的确诊病例和死亡 3 例的数字来看，比最早中外某些机构预测的 80 万传染上病毒患者的人数少了多少？零头之零头数都没到，且这 342 例中，有三分之一是外地来沪人员，多数是武汉和湖北来沪人员，和近一周从国外疫区"输入"进来的确诊者，也就是说上海本身受病毒传染的也就只有二百来位。2400多万人中被感染者仅有二百来位，这在如此大疫情之中难道不是奇迹吗？大疫中的上海在乌云密布、黑云阵阵的疫情中，如此"硬核"地保卫了这个美丽而伟大的城市、如此"硬核"地让2400多万包括我在内的这个庚子年春节生活在这块土地上的人平安、健康地没有受伤害地活了下来，难道不值得赞美和感恩她吗？

自然需要。极其需要。永远需要。

平时我们都在说，人活着是因为有爱，有追求，那么大上海让我们平安、健康地活下来了，在大疫情渐渐消失的时候，我们是否也会想到一个最重要的字眼：爱？！

我想会的。至少我会这样想的。

什么叫爱？爱就是一个人内心最幸福温暖的情感，爱就是一个人内心最激动亢奋的情感，爱就是一个人活着的动力和有希望的情感，爱是我们每一个生命最重要的源泉与力量，它闪耀着最绚丽和灿烂的光芒。它能让一个卑贱的人感到前面有金山银山有自己的尊严；它也能让一个高贵的人懂得去回报并在这种回报中获得更崇高与伟大的精神升华。爱让政治家明白想成为合格的执政者就必须真心实意地去抚恤和体贴民众，用勤政、善政和明政、良政去构架国家与政体及制度。

社会和人是离不开爱的。一个城市更得有爱。有爱的城市，才可能保持永恒的光艳；有爱的城市，才可能充满活力与生机；有爱的城市，才可能不断创造更强大的防御和抵御各种风险与危机的能力；有爱的城市才可能让我们每一个生命绽放得更加灿烂。

也是因为进而理解了"爱"这个神圣字眼，所以在2020年这个被可恶的"新冠病毒"肺炎夺去许多美好东西的"情人节"那天

（2月14日），我特意从浦东乘摆渡船过了黄浦江，来到对岸的虹口区，来到了传说中的上海最浪漫的"爱情街"，去寻找这个城市时尚而又古老的"爱之源"……

上海"爱情街"的正式名字叫虹口区"甜爱路"，它南起四川北路，北至甜爱支路，全长公共汽车两站的路程。相传曾经有一个财主家在此生活。该财主家有一个女儿名田爱，从小知书达礼，聪慧过人，长大后更是才貌双全，性格脾气又温柔。田宅里有一位聪明能干的放牛仔阿祥，他与田爱从小在一起长大，时常陪小姐读书和"白相"，两人日久生情，勇结甜美的爱情之果。恋爱时的田爱与阿祥，经常相依相偎，牵手漫步于一条幽静的小路上……所以后人就把这路称为"甜爱路"。

甜爱路在改革开放之后，它的名字便慢慢被上海的少男少女们所熟知，于是热恋中的青年男女们就把甜爱路当作"定情地""许愿地"和"牵手地"，甚至"山盟海誓地"。很会经营城市的虹口社区因势利导，便将这条"甜爱街"打造成现今的"上海第一浪漫街"。

散步于这条被两边高大葱绿的水杉树掩蔽的幽静小马路，一边默念着挂在街墙上的28块"名人论爱情"的经典语录，再看长长的"爱情墙"上不知有多少少男少女涂鸦的各式各样的图案与写下的句句"爱情宣言"，一股浓浓的清香的甜美的爱情味道，会从你心底缓缓升腾而起……

这是疫情下的上海"情人节"：我看到三三两两的青年男女，尽管他们戴着口罩，但他们仍然手牵着手，不时地在爱情墙上画着、写着他们的"爱情鸟"与"爱情宣言"。我还看到一对70多岁的老

上海爱情街

人也手拉着手，漫步于爱情浓浓的小街上。

"阿伯、阿婶，你们可好？第一次到这儿来，还是……"我好奇地上前跟老人打招呼。

他们友善地停住脚步，轻声地告诉我："阿拉两个已经金婚了……每年'情人节'都要到这里重温一下爱情的热度。今年也一样，虽讲病毒能咬坏大家的身体，可不能让它咬坏我们的爱情呀！"

哈哈……老阿伯的话让我忍俊不禁。

"来来，能不能请侬帮照张相片呀？"阿婶递过手机，对我说。

"可以可以！"我忙摆开架势，连连帮他们"咔嚓"几下。

"谢谢。谢谢。"

我看着这对依偎在一起散步的老恋人，耳边响起从他们口中轻轻传来的柏拉图那段温暖而经典的诗句：

> 当你抬头望星星，
> 我的爱人！
> 我愿成为天空，
> 可以用千万只眼睛，
> 好好将你打量……

呵，那一刻，我被上海"爱情街"、我被"爱情街"上的这两位老人和身边走过的每一对恋人所感动。自然，当我回到黄浦江边摆渡船，重新展望疫情即将过去的大上海时，心头难抑激荡和飞翔的感情……

我想唱。我想歌。我想对上海唱。我想对上海歌。

唱她的美丽。歌她对我们的爱。

还想如此告诉她：我的祖先曾经在你怀抱。我一生又将回到你的怀抱。我的后代，他们终将也会来到你的怀抱，吮吸你的乳汁，与你共辉于世……

2020 年 1 月 15 日至 3 月 10 日于上海浦东

后记：致敬上海！

庚子年的春节过成"疫"情中的"宅"年，是我们谁也没有想到的。谁的责任？谁之罪？在恐慌和痛苦中，我们经历了难以想象的苦难，国家承受了巨大的损失。武汉之痛，痛彻心扉。

然而同时我们也看到，在同样的危险袭击到不同城市、不同地区时，有的城市、有的地区应对而成的完全是另一种局面。他们有序地、科学地、有效地、果断地堵住了疫情在他们那里的肆虐，坚定地保护了人民生命的安全，比如我所写的大上海。当然还有许多值得赞赏的其他省（区、市），他们的防控工作也是可圈可点。

我自己也没有想到，一场突如其来的大疫情，竟然让我与上海这座我热爱的城市，共同度过了整个"疫"期——到今天为止正好60天……

这60天我干了什么？老实说我一天也没有休息。开始的15天，我一直在忙着一项采访任务，有一段时间独自"宅"在酒店，一边颇有些惊恐地与大家一起观望武汉疫情发展、一边躲避病毒的侵袭，同时在创作另一部"扶贫"题材的作品。后来随着疫情越来越严重，我内心颇有感触，同时对所处的上海市的战"疫"情况的所见所闻，使我无法再安心和平静了：我必须用自己的笔去写点什么。而且我强烈地感受到：如果在这样的大疫面前，我们再无动于衷的话，简直就是没有人性和良心！我内心一直坚信这样一个道理：武汉的混乱状态、武汉官员们犯的错误甚至罪行，必须有人站出来批判。武汉人民受的苦难和他们与病毒进行斗争的精神，是非常值得同情与敬佩的。同样，那些为了武汉、为了武汉人民和湖北人民而"逆行"向前，无私奉献，甚至英勇牺牲的医务工作者、干部、人民警察、普通公民，也一定要歌颂！那些把防控工作做得尽美尽善，让人民和城乡牺牲最小、获得最大安全的行为，也一定要赞美！

如果这种赞美也被认为是"廉价"的，那么什么是可贵的呢？什么是崇高的呢？把这种赞美看成是"奉承""献媚"，那不等于否认这个世界上没有什么正义和公平、英雄和伟大了吗？而这，不也等于是没有人性的表现吗？

疫情袭来后，我们听到、看到的，包括我们自己在内都有许多埋怨与愤怒，我们一直在指责这有问题、那有问题。这本身并没有错，但静下心来想一想：到底有几个人真想出现这种坏事呢？到底有几个人想到事情会搞成这个样子呢？到底有几个领导干部和管理者，有几个我们的城市、乡村，有几个人经历过这样无法想象的、至今还没有揭开病毒真面目的疫情来袭呢？

几乎没有一个人、一个干部，甚至一个医生、院士，一个科学家遇到过"新冠病毒"这样狡猾的敌人……既然如此，谁能保证假如你当了市长、省长，某某医院院长，你就能头脑清醒、做得万无一失？我不相信有这样的人，或者这样的人是有的，但不多。既然如此，我们的怨气可能就会少一些，或许能更理性一点儿，更客观地判别是非。

其实，任何一个领导者，都有从不成熟到成熟、到能够得心应手地处理各种复杂与困难局面的成长过程。我们应该多一点宽容和理解，给他们多一点自我检讨与自觉成熟的空间。这样，我们才真正可能少犯、不犯重复性错误，少走那些损失特别巨大的弯路。

《上海表情》之所以要写，完全是"意外收获"，或者说完全是一次不同状态下的激情投入。

17年前的北京"非典"时，是我最早提出了"民族危难之际，作家不能缺席"的话。当时我就是觉得大疫情来临时，各行各业都在支援前方作战，我们作家怎么就没有行动？所以我向时任中国作家协会党组书记的金炳华提出了申请：到前线去采访，去写写"非典"的疫情与那些"抗非"的人们。金炳华书记及时回复我：他正有此意。这才有了我和高洪波带着几个有军人背景的作家到前线去采访的事。我应该是采访调查时间最长的一个作家吧！毕淑敏、王宏甲等也在其列，他们后来也写了很好的作品。当时我的《北京保卫战》是最早和比较完整的一部"现场战'疫'报告"，连续在《文汇报》上发了6个整版。哪想17年过去，我们竟然又经历了一场比"非典"还要大的疫情袭击！这多么不应该啊！可谁预料得到呢？

我以为自己已经没有当年的那种勇气了，而且"新冠肺炎"疫情对55岁以上的男性威胁最大……我想如果拉我到武汉去采访写作，恐怕我不一定能回得来了。

我也以为在上海"度疫"可能是自己所能做得到的最好的选择，因为"宅"在家也是战斗——大家都这么说。可是，后来疫情的发展和上海的战"疫"确实感动了我，也有许多在疫中所经历的事太令我无法平静与"宅"了……于是，许多时间我悄悄地走到大街上、走到黄浦江边、走到商场和码头，去亲眼观摩与感受疫中的上海，这让我得到了许许多多平时不可能获得的收获与感受，比如与野猫的互动、比如去像偷东西一样进超市买东西等，当然我也一直在把自己身处的上海和武汉作比较，并且不断为来自大上海的那种细致入微的关怀而暖心，也看到了上海因为决策果断而出现的不一样的结局、因为准备充足而具备了不惧风浪袭击的实力等。我发现自己这 60 天变成了一次最完整和最充实的"深入生活"和"体验生活"的过程！由此我认为，再不写点东西就对不起"作家"的称号和大上海的恩情了！

《上海表情》就此在笔下"滑"了出来。

写到悲情，我的眼眶常常盈满了泪；写到趣事，我也会开怀大笑；写到温暖，我会肃然致敬大上海……上海表情，既是这座伟大城市和 2400 多万人民的疫中表情，也是这座伟大城市和 2400 多万人民战"疫"的表情，同样也是我在其中的一些悲喜之情。它是真实的，有时是悲怆的，更多的是痛苦与感动交织的复杂情感。把它写出来，权当我对这座城市的一份礼赞与感恩。也希望它是对其他城市的一份礼物，因为上海确实有不少值得学习和借鉴的地方。从上海的表情中，我们能够了解"上海为什么是上海""上海为什么能"的基本道理。

而我知道，这部急就的《上海表情》，仅是我个人眼里的上海抗"疫"之战的前期。它仍然还将面临已经出现的境外办理入疫情的严峻考验，那个时候的"上海表情"一定会是另一番精彩与惊心。

让我再次以虔诚之心致敬大上海！

2020 年春

图书在版编目（CIP）数据

上海表情/何建明著. -- 北京：作家出版社，2020.8

ISBN 978-7-5212-1062-0

Ⅰ.①上… Ⅱ.①何… Ⅲ.①纪实文学－中国－当代 Ⅳ.①I25

中国版本图书馆 CIP 数据核字（2020）第 129879 号

上海表情

作　　者：何建明

责任编辑：田小爽

装帧设计：留白文化

出版发行：作家出版社有限公司

社　　址：北京农展馆南里 10 号　　邮　　编：100125

电话传真：86－10－65067186（发行中心及邮购部）

　　　　　86－10－65004079（总编室）

E－mail: zuojia@zuojia.net.cn

http://www.zuojiachubanshe.com

印　　刷：河北鹏润印刷有限公司

成品尺寸：145×210

字　　数：196 千

印　　张：8.5

版　　次：2020 年 8 月第 1 版

印　　次：2020 年 8 月第 1 次印刷

ISBN 978－7－5212－1062－0

定　　价：48.00 元